READERS

读者

名人堂·世界潮

一百年，不孤独

读者杂志社 / 编

读者出版传媒股份有限公司
敦煌文艺出版社

图书在版编目（CIP）数据

一百年，不孤独 / 读者杂志社编 .-- 兰州 ：敦煌文艺出版社，2015. 5（2022.12 重印）
（《读者》名人堂世界潮）
ISBN 978-7-5468-0836-9

I. ①一… Ⅱ . ①读… Ⅲ . ①世界文学—作品综合集 IV. ① I11

中国版本图书馆CIP数据核字（2015）第088460号

一百年，不孤独

读者杂志社　编

责任编辑：余　琰

封面设计：粉粉猫

敦煌文艺出版社出版、发行

本社地址：（730030）兰州市城关区读者大道 568 号

本社邮箱：dunhuangwenyi1958 @ 163.com

本社博客（新浪）：htp:/blog.sina.com.cn/lujiangsenlin

本社微博（新浪）：htp:/weibo.com/1614982974

0931-8773084（编辑部）　　0931-8773235（发行部）

北京市兴怀印刷厂印刷

开本 787 毫米 ×1092 毫米　1/16　印张 17　字数 260 千

2016 年 3 月第 1 版　2022 年 12 月第 2 次印刷

印数：15001 ~ 25050

ISBN 978-7-5468-0836-9

定价：29.80 元

一百年，不孤独

前　言

《读者》杂志 30 年风雨兼程，成为了“中国人的心灵读本”，这得益于其在精神领域的耕耘与建构。这一点，在 2015 年第 1 期全新彩版的卷首语上，社长、总编辑富康年先生说得很透彻，“《读者》更愿意成为一座明亮的灯塔，守望、梳理、传播那些容易被遗忘，却值得被沉淀的信念和价值观，希望这座灯塔能提醒所有匆匆的步履，在浮躁的社会中，精神不能盲从，灵魂不能走失，信念要有所坚守。哪怕周围的世界再复杂，我们也要保护好内心的善良和温暖”。

著名作家余秋雨先生曾评价说：“《读者》的大多数篇目，挖掘出了许多普通人蕴藏在心底的点滴美好。这些美好并不壮丽却纯净得不掺杂质，因此可以一篇篇、一期期地再拿起，组成一个独立的精神天地。”然而，这一篇篇能够挖掘出普通人蕴藏在心底的美好的文章，皆出自各派优秀作家之手。日复一日，年复一年，《读者》已积累大量的名人名篇，这些篇章被分散到不同年份里的每月两期中。正如余秋雨先生所说，“我们可以一篇篇、一期期地再拿起，组成一个个独立的精神天地。”

《〈读者〉名人堂》系列丛书便以此为引，将三十年来出现在《读者》

上的名家进行分类，并精选各流派中颇具影响力的名家及其文章，以飨读者。

其中，《〈读者〉名人堂·潮流派》精选时下颇具影响力的青年与影视圈的名作家。纵观各大网站的图书排行榜，越来越多的青年作家直逼榜首，他们所创造的成绩正在不断刷新记录，新生代的力量早已不可小觑。“潮流派”将男、女作家的文章编为两册。

《〈读者〉名人堂·港台风》精选港台地区的名作家。这些老牌的港台作家，在挖掘人性的同时又展现的有别于大陆的人文风貌。翻开以女作家为代表的“遇见更好的自己”和以男作家为代表的“那些年，青春正红”，便可一探究竟。

《〈读者〉名人堂·世界潮》则是搜罗多年来出现在《读者》杂志中，曾获得诺贝尔文学奖，以及其他国际大奖的名作家所撰文章。诺贝尔文学奖堪称文学创作者的最高荣誉，将这些文学大家集结在一起，可一睹世界文学潮流的风采。这个主题分两册出版。

《〈读者〉名人堂·智慧光》将出版两册，文章多为国学大师和哲学家所撰。中华文化博大精深，所谓国学，其实已经包括了中国古代的思想、哲学、科学、技术、历史、经济及书画、音乐、术数、医学、星相、建筑等诸多方面。国学大师更是集智慧与才华于一身，这批人是传承中华文化精髓的重要人物。

《〈读者〉名人堂·文艺范》结集出版一册，主要精选当代著名作家，即“五四”运动之后涌现的一大批优秀中国作家。他们是一代具有独立思想的自由作家，他们的出现使中国当代文学呈现真正繁荣，达到有史以来最鼎盛的局面。

《〈读者〉名人堂·复兴梦》精选近现代著名作家，也就是鸦片战争至“五四”运动前夕的文学大家。这一时期是中国现代文学的孕育期，该时期的作家在文学创作上起着承前启后的作用，反映了中国文学挥别传统、重塑现代的精神追求，汇编成一册。

《〈读者〉名人堂》系列十册图书传承经典，是一部将文学发展史串联一线的名家合集。诚邀广大读者，一起分享中国大阅读时代中的尖端文化。

一百年，不孤独

目 录

第一辑 颤抖的夜晚 ▶1

爱丽丝·门罗	亲爱的生活	2
赫塔·米勒	一滴德国水，杯子便满了	5
多丽丝·莱辛	草原上的日出	7
多丽丝·莱辛	关于拿不到诺贝尔奖的人们	9
莱　辛	莱辛寓言	13
奥尔罕·帕慕克	父亲的手提箱	16
奥尔罕·帕慕克	颤抖的夜晚	20
科菲·安南	点燃蜡烛	24
奈保尔	布莱克·沃兹沃思	27
君特·格拉斯	回忆就像剥洋葱	34
大江健三郎	孩子为什么一定要上学	37

加西亚·马尔克斯　建设一个繁荣而公正的国家……42
加西亚·马尔克斯　落入凡间的天使……49
特蕾莎　美丽的微笑与爱心……54
基辛格　“最熟悉中国的美国人”说中国……56

第二辑　归来的温馨……58

聂鲁达　服饰的妙用……59
聂鲁达　归来的温馨……63
海因里希·伯尔　优哉游哉……66
索尔仁尼琴　索尔仁尼琴散文四章……69
川端康成　父母的心……72
川端康成　娶新娘的车……75
川端康成　面　貌……78
费　曼　父亲这样教育我……80
马丁·路德·金　我的梦想……82
斯坦贝克　早　餐……86
海明威　一天的等待……90
海明威　克拉克河谷怀旧……94
海明威　老人与海（节选）……97
罗　素　如何避免偏见……101
伯特兰·罗素　我为什么生活……104

第三辑 劳作者的伊甸园 ···························· 106

纪 德 沙 漠 ···························· 107
赫尔曼·黑塞 树之赞 ···························· 110
赫尔曼·黑塞 荒原狼 ···························· 113
米斯特拉尔 芦苇为什么是空的 ···························· 117
米斯特拉尔 母亲的回忆 ···························· 120
米斯特拉尔 星 辰 ···························· 124
约翰尼斯·延森 安恩和奶牛 ···························· 126
路易吉·皮兰德娄 战 争 ···························· 129
托马斯·曼 父 亲 ···························· 133
柏格森 笑 ···························· 136
法朗士 苏 珊 ···························· 138
汉姆生 向生命中的青春举杯 ···························· 140
泰戈尔 劳作者的伊甸园 ···························· 142
泰戈尔 图书馆 ···························· 146
泰戈尔 山茶花 ···························· 148
泰戈尔 苦行的修士 ···························· 152

第四辑 青春的甘露 ···························· 106

罗曼·罗兰 青春的甘露 ···························· 155
罗曼·罗兰 呼吸英雄的气息 ···························· 156
罗曼·罗兰 回顾那遥远的年代 ···························· 159

塞尔玛·拉格洛芙　我一生的亏欠……162
居里夫人　我的信念……166
显克微支　灯塔看守人……168
列夫·托尔斯泰　一个人需要多少土地……173
列夫·托尔斯泰　劳动、死亡和疾病……180
列夫·托尔斯泰　人靠什么活着……183
列夫·托尔斯泰　同　情……188
列夫·托尔斯泰　穷　人……197
弗兰西斯·培根　论爱情……200
弗兰西斯·培根　论天性……202
弗兰西斯·培根　论狡猾……204
康　德　美和崇高……207
伏尔泰　两个得到安慰的人……209

第五辑　人生的智慧……211

爱因斯坦　探索的动机……212
叔本华　人生的智慧……216
叔本华　生活，也让别人生活……220
叔本华　领导者四维……222
伽利略　我们的知识是有限的……225
蒙　田　我的心灵没有说谎的嗜好……228
蒙　田　幸福意味着自我满足……230
尼　采　朋　友……232
歌　德　自然——断片芬……235

歌　德　一对奇异的邻家孩子……239
达尔文　我的观察……244
卢　梭　一点不能再浪费光阴了……246
卢　梭　生活在大自然的怀抱里……249
爱默生　把吹口哨的心情找回来……252
爱默生　相信自己吧……255
马斯洛　低级牢骚、高级牢骚和超级牢骚……257
阿贝尔　布拉格之手……260

第一辑 颤抖的夜晚

亲爱的生活

● 爱丽丝·门罗

我的父亲并不满足于他的父母期待他生活的方式——继承他们的小农场。当他和我的母亲抛下他们的村子，在陌生的小镇买下这块土地的时候，他们的想法就是：通过饲养银狐和水貂肯定能致富。他将所有已经筹集到的钱投入其中，而我的母亲贡献出了她当教师的存款。他建起了供所有动物们居住的饲养棚，又立起了可以圈住牲口们的栅栏和铁丝网墙。

现在我回想起来，那里发生了相当多的杀戮。马匹必须被屠宰，制成马肉；提供毛皮的动物每年秋天要被淘汰，只留下产仔用的牲畜。但是我习惯了这些，可以轻易地视而不见，为自己构建出一个经过净化的场景：那里有青青的草地和波光粼粼的河水，还有从河岸上的草地中涌出的一眼令人惊喜的泉水。它为那些注定要被宰杀的马和奶牛提供着饮水，我也用一只捡到的铁皮杯子来喝它。四周总是有新鲜的动物粪便，但是我忽视了它们。这些场景仿佛是来自我喜欢的那些书中。

在那些日子里，我必须时常帮我的父亲干活，因为我的弟弟年龄还小。我用泵汲取了新鲜井水，然后在栅栏里来回地走着，清理干净牲口的饮水罐，再重新灌满它们。我很享受这项工作。这项工作的重要性和持续的孤独正是我所喜欢的。后来，我不得不待在屋子里帮我的母亲干活，于是我怨气冲天，说话总是像吵架似的。那被称为“顶嘴”。我伤害了她的感情，然后她会去谷仓向我的父亲告状。于是父亲中断他的工作，用他的腰带揍我一顿。之后，我就会躺在床上哭泣，制定出各种离家出走的计划。但是那段叛逆期终究也过去了，我变得乖巧听话，甚至成了开心果——我擅长描述从镇上听来的趣事和学校里发生的事情。

可是，我的父亲进人毛皮行业太迟了，他的生意很萧条。父亲剥掉了所有狐狸的皮，然后是水貂，他用它们只换来了少得可怜的一点点钱，之后他白天忙着拆除饲养棚——那里是这份事业诞生和死亡的地方，然后他出发去铸造厂做五点钟上岗的门卫，半夜才回来。比收人的损失更加令人意外而且将会变得更加具有毁灭性的是帕金森病的早期症状，在我母亲四十多岁时显现了出来。

一开始，情况不算太坏。她的双眼只是偶尔会以一种游移的方式向上翻白眼，而她的嘴唇四周由于口水分泌过量，那些柔软的汗毛变得很显眼。每天早晨，她可以在别人的些许帮助下穿衣服，她还能偶尔做些里里外外的家务活。她依靠内心的某种精神力量支撑了好长一段时间。

你也许会认为，这一切太过分了。生意失败了，我母亲的健康状况不容乐观，但奇怪的是，我记得那段时光并非是不开心的。家中并没有异常的、绝望的气氛。也许那是因为我当时并不明白我的母亲不会有任何好转，只会更糟。至于我的父亲，他有他的精神力量：他喜欢那些在铸造厂里和他一起工作的兄弟，他们大多数和他一样，都在生活中经历了某些挫折或者磨难；他喜欢在他前半夜的门卫工作之外所做的挑战性工作，比如将熔化了的金属倒入模具中。这很危险，但是正如我的父亲所说的，“小心全靠你自己”。这份工作收人还不错，而且这对他来说是件新鲜事。

父亲出了门，我就开始做晚饭。我会做些我认为有异国风味的食物，例如意大利面条或是法式鸡蛋饼，主要原料都是便宜的菜，但我乐在其中。当盘子都洗好之后，我的妹妹必须将它们擦干净，而我的弟弟必须要我催促着才会把刷盘子的水泼到外面黑乎乎的土地上。吃完饭，我坐下来，把双脚放进保暖箱里，它的门已经没了，然后我阅读从镇上图书馆借来的大部头小说《独立的人们》，它是关于冰岛的生活的，书中的生活远比我们的要艰苦，但是其中有一种绝望的庄严；或是《追忆似水年华》，是关于那些我完全无法理解的事情的，但是我不会因此而放弃；或是《魔山》，是关于肺结核和一场伟大的辩论的，其中的一方似乎是友好的、进步的生活观念，另一方是黑暗的却令人莫名激动的绝望。

在我结婚之后，我搬家到了温哥华。我没有回家探望病重临终的母亲，也没有出席她的葬礼。我有两个年幼的孩子，而在温哥华找不到可以帮忙照顾他们的人。我们穷得没钱支付路费。我们会说某些事情是不可以被原谅的，或者是我们永远不会原谅我们自己。但是我们会的——我们总是会那么做的。

在我的母亲临终前的一天夜里，她莫名其妙地离开了医院，在镇上四处徘徊，直到某个完全不认识她的人看见她，将她收留进屋。如果这是小说的情节，正如我前面说过的，那么这太过分了，但是这是真实的。

一滴德国水，杯子便满了

● 赫塔·米勒

如果一个人，一个单个的人说“我是幸福的”，那么同这个人交往我会觉得困难。

然而如果一个政客，一个德国的政客说“我们的人民是幸福的”，我则会感到一种悚然。有自己的幸福的单个人，总会对那些没有他的幸福也没有自己的幸福的人视而不见。有自己的幸福的人民，常常会把那些没有他的幸福也没有自己的幸福的人民踩踏在脚下。

政客的脸在电视屏幕上神采奕奕。他的目光抬起，如果不在室内，人们现在应当是可以看到一方天空的。

人们没有看见一方天空，但是看见了政客陶醉在自己的那句话中。我关上电视机。那张脸消失了。那句话悬浮在房间的半空中。第二天上午，我走过城市的街道，审视所有从我身边经过的行人，看他们是不是符合那句“我们是幸福的人民”。

一个女人提着两个购物袋；一个男人用劲关上车门；4个男人在艾都咖啡店围着咖啡桌坐成一圈，蓝色工作服的口袋里插着螺丝刀和折尺；一个男人独自坐在长凳上看报纸。

也许他们是“幸福”的。

火车站，一个老妇人，她在拉手风琴。鞋尖上放着一张纸：“我的音乐为穷人而演奏。”商场外面有一个乞丐。帽子旁边有一张纸条：“我失业了，我饿。”

他们不“幸福”。他们不属于幸福的人民。

我买了一份报纸。一篇文章，篇幅比伸开的巴掌还要小，但是“德国”这个词出现了2次。第一句，“这是一个德国年。”最后一句，“世界格局中的德国年。”在头尾之间的句子中，“奥体馆的草皮经过德国绿色大夫的整治，已经焕然一新。”稍后又有一句，“草茎焕然一新。”然后是，“胜利是德国心灵的肥料。”

在同一份报纸上，还有一个这样的标题：联邦共和国在989年出生的德国孩子更少了。这篇文章指出，“德国”孩子的出生是有别于“外国”孩子的出生的。“据统计，去年死亡的德国人比新生人口多87000人，而外国居民的新生人口则比死亡人口多71000人。”

我合上报纸，那些句子依然萦绕在我的脑中。我倾听了一下手表，它滴答滴答走得很准。指针一颤一颤地从一个数字走到另一个数字。有3个孩子在内院里玩耍。他们相互不说德语。一个裹着白头巾的女人朝窗户外面喊着什么。

她如果读了这份报纸，太阳穴不知道会怎么跳呢。

这一天渐渐萎缩了，它潜伏了。我在自言自语着有“德国”的词：“德国的窗户，德国的门把手，德国的毛栗子，德国的云彩。”

晚上，德国足球队的男人们在用身体为人民的幸福做着最大的贡献。香槟酒和焰火发出砰砰的声响。

休闲的勇士们靠国家赚足了钱，德国国旗在今夜泛滥。落下了一场雨，飒飒的雨声，雨把旗子弄得湿乎乎的。一场由沉重的水滴组成的雨。

这是德国的雨滴。

一滴足矣，因为杯子满了。

草原上的日出

● 多丽丝·莱辛

在清晨的灌木丛中，一个小男孩遇到了如下情景：

他跑得更近了，然后又静静地站住，一种莫名的新的恐惧使他停下了脚步。他四周的草儿生机勃勃，正在窃窃私语。他慌乱地四下张望，接着低头看去。地上黑压压的全是蚂蚁，又大又壮，它们对他视而不见，急匆匆地向挣扎着的什么东西奔去，好像亮闪闪的黑水在草中流淌着。

之后，他屏住呼吸，怜悯和惊惧攫住了他，只见一只野兽倒在地上并停止了尖叫。此时此刻，他只听见一只鸟儿在鸣唱，以及行色匆匆的蚂蚁的沙沙声。

他抬头冲那只不住扭动、时而抽搐的黑色东西望去。它比刚才安静了。从那团微微扭动的东西尚能模糊看出像个小动物的形状。

他突然想到他可以开枪射击，让它结束痛苦。于是，他举起枪，但又放了下来。那只鹿不可能再有什么感觉了，它的挣扎是神经的机械反射。但使他放下枪的并不是这个，而是一种在脑海里逐渐膨胀的愤怒、痛苦和抗拒感：如果我没来，它就会这样死去，我干吗要干涉呢？类似这样的事情灌木丛中随处可见，随时都在发生。活着的东西在极度痛苦中死去，这是生命的演变过程。我阻止不了，我也无法阻止，我无能为力。他很高兴那只鹿已经失去知觉不再感到痛苦了，因此他不必下决心去杀死它。此时，他脚下的蚂蚁们嘴里衔着粉红色的肉片正浩浩荡荡地返回。他的鼻子闻到了新鲜鹿肉的酸味。他极力控制着空胃徒劳地抽搐，然后提醒自己：这些蚂蚁也需要吃东西！

那东西已经小了。现在，它看上去已经难以辨别。他不晓得时间已经过去了多久，随后看见那个黑影渐渐变小，些许白色从中显露出来，在阳光下闪闪发亮。是的，是太阳刚刚升起来了，它照耀在岩石上。唉，整个过程可能不超过几分钟。

他跨步前行，信步踩死了几只蚂蚁，将它们从衣服上拂掉，直至他站到那具骨架前。它已经被剔净了肉。除了白骨上粉红色的碎肉块，仿佛它已经在那里躺了好多年。骨头四周，蚂蚁嘴里衔着肉，渐渐稀少。

男孩朝它们——又大又黑又丑的蚂蚁们望去，其中有几只停住，正用闪亮的小眼睛盯住他看。“滚！”他冷酷地对那些蚂蚁说，“我不喜欢你们！不管怎么样，都不喜欢。滚吧！”说完，他想象着那些蚂蚁转身离去的情景。

他在那些骨头边弯下腰，触摸头颅上的孔穴：那是眼睛所在的地方，他想到了鹿那双水汪汪的黑眼睛，觉得这一切令人难以置信。

那天早上，也许一小时前这只小生灵还骄傲又自由地走在灌木丛中，感受着皮毛上的凉意，就像他自己感受到的那样，感到兴奋。它自豪地踩着大地，轻轻地甩动着漂亮的白尾巴，嗅着清晨寒冷的空气。它像国王和统治者们那样行走，自由漫步在这片灌木丛中。每片草叶为它而生长，闪亮纯净的河水供它饮用。

但是，接着发生了什么事呢？谁会想到这样一只健步如飞的动物会被一群蚂蚁困住呢？

关于拿不到诺贝尔奖的人们

● 多丽丝·莱辛

编者按：本文是2007年诺贝尔文学奖得主多丽丝·莱辛在颁奖典礼上的演讲稿的一部分。贫穷国家的孩子对知识的饥渴，发达国家的年轻人对互联网的过度依赖、对传统书本知识的漠视，都纳入了作者的视野。

我站在路口，透过滚滚沙尘向前看，他们说那里还有没被砍伐的森林。昨天我开车出去，途经之地，是绵延很远的树桩，还有林火后黑炭般的余烬。可就在1956年，这里还是我所见过的最美丽的森林。现在，所有的一切都毁掉了。人们得吃饭，他们需要有烧火的燃料。

这是20世纪80年代早期津巴布韦的西北部。我要去拜访的是一位朋友，他曾经在伦敦的学校当老师。他因为参加了“帮助非洲”项目而来到这里。他是一位温和的理想主义者，在这所学校看到的一切使他震惊，他陷入了难以自拔的沮丧当中。像独立后修建的其他学校一样，这所学校有并排的四间大砖房，泥土地面，在一头有半间房子是图书室。教室里都有黑板，但我的朋友得把粉笔放在口袋里，否则就会被偷走。学校里没有地图，没有地球仪，也没有课本、练习册、圆珠笔。图书室里没有孩子们喜欢看的书，只有从美国的大学运过来的大部头书，甚至都搬不动，还有白人图书馆淘汰的书——侦探故事，或者类似《巴黎周末》《费利西蒂找到了爱情》这样的书。

一只山羊正在枯草中找吃的。这所学校的校长因为盗用学校的资金被停职了，引发了一个我们大家都很熟悉的问题：既然这些人知道大家都在看着他们，他们怎么还能这么做呢？

我的朋友没有多少钱。他一发工资，不管老师还是学生，都会向他借钱，而且很可能永远也不会还给他。学生的年龄从 6 岁到 26 岁不等，因为有些学生小的时候没有上过学，所以到这里来补课。很多学生不论晴天还是下雨，每天早上都会步行很远来上学，其间可能还要过河。村子里没有电，学生们没有办法做家庭作业，而依靠燃烧木头发出的光来学习则很困难。无论是放学回家后还是上学之前，女孩们都要为家里挑水做饭。

当我和朋友坐在他的房间里时，人们陆续腼腆地走进来，每个人都希望得到一些书。“等您回到伦敦后请给我们寄些书来吧。”一个人说道，“他们教给我们怎么读书，但是我们没有书。”我遇到的每个人，都迫切希望得到书。

我在那里待了些日子。风沙弥漫，饮用水短缺。因为水泵坏了，妇女们又不得不从河里打水。

还有一个来自英格兰的怀揣理想的教师，在看到这所学校的情况之后，甚至大病了一场。

我在那里的最后一天，正值学期末。他们宰了一只羊，剁成小块用一口大锅煮着。这就是众人期盼的学期末的盛宴——煮羊肉。在宴会进行的过程中，我驱车回去，再次穿越了火劫后的森林余烬和绵延的树桩。

依我看，这所学校的很多孩子不太可能得到什么奖项。

第二天我已经在伦敦北部的一所学校里，这是一所众人皆知的很好的学校，是一所男校。有很好的建筑物、漂亮的花园。

每个星期都会有某个名人来这所学校，而这些名人很可能就是学生的父母或亲戚。对于这些学生来说，名人来访并不是什么大事。

津巴布韦西北部风沙中的那所学校依然活现在我的脑海中。看着这些略带期待神色的面孔，我努力想告诉他们上周我所见到的一切。教室里没有书，没有课本，没有地图册。墙上甚至连一张地图都没有。那所学校的老师恳求别人送给他们一些书，并告诉他们如何教书。而他们自己也只不过十八九岁。我告诉这所男校的孩子们，那里的每个人都迫切希望得到一些书。“请给我们寄点书来吧！”不过当你看到听众们没有什么反应的表情时，你就知道他们并没有真正听懂你说的——对于你所叙述的事实，他们的脑海里并没有真切的形象来对应。

对于他们来说，真的无法想象这种赤贫吗？

我尽了最大的努力告诉他们我所看到的一切。听众们都很有礼貌。我确信这里会有一些孩子能够获得某些奖项。

讲完以后，像往常一样，我向老师问起这里的图书馆怎样，孩子们是否读书。在这所贵族学校，我听到了在很多中小学甚至大学一贯听到的回答。

“你知道现在的情况，很多孩子根本就不读书，图书馆的利用率只有一半。”

“你知道现在的情况。”是的，我们的确知道现在的情况，我们所有人都知道。

我们处在一种断裂的文化中。几十年前我们还确信无疑的事情，现在却受到质疑。当今的年轻人，尽管受过多年的教育，却对这个世界不甚了解，因为他们不读书。他们只知道某些专业知识，比如说计算机。这种现象司空见惯。

计算机、互联网和电视这些惊人的发明，带给我们的是一场革命。这并不是我们人类经历的第一场革命。很久以前印刷术的发明改变了我们的头脑和思考方式。正如以往一样，我们接受了它，从来没有问过“印刷术的发明会给我们带来什么”。同样，我们从未停下脚步去质疑，我们、我们的思想，将如何随着新的网络时代的来临而改变。互联网已经使整整一代人沦落于空虚之中，即便是那些相当理智的人也会承认，一旦他们上了瘾，就无法自拔，整天沉迷于网络。

还是在不久前，任何一个稍微受过教育的人都会尊重知识、尊重教育，并尊重我们丰富的文学储备。当然我们都知道，当社会处于这种风气时，人们会假装去阅读、假装尊重学问，但是工人们渴望书籍是确确实实的。8 世纪、9 世纪的工人图书馆、工人学院就可以证实这一点。

阅读书籍曾是大众教育的一部分。

年长者在和年轻人谈话时，一定能体会到读书对人起到了何等重要的教育作用。因为现在的年轻人懂得的东西太有限了。如果儿童不会读书，那是因为他们还没有读过书。

我们都知道这个令人伤感的故事。但是我们不知道它的结局如何。我们都知道一句古老的格言："阅读使人充实。"阅读使一个人信息丰富，了解历史，通晓各类知识。

我们拥有一座宝库，那是一笔财富——文学财富，这财富可以追溯到古埃及人、古希腊人和古罗马人。文学的财富就在那里，等待那些有幸认识它的人重新去发现。财富啊，如果它不存在会怎样？我们将多么贫穷，多么空虚啊。

我们拥有语言、诗歌和历史的遗产，这份遗产将永远不会枯竭。它就在那里，永远。

莱辛寓言

● 莱　辛

猴子和狐狸

“告诉我，有哪一个动物灵巧得我不能模仿！”

猴子这样对狐狸夸口。可是狐狸回答说：“你告诉我，有哪一个动物下贱得想去模仿你。”

我的民族作家——还要我更清楚地解释吗？马和公牛一个冒失的男孩骄傲地骑在一匹烈马上跑了过来。一头粗野的公牛向马喊道：“真可耻！我是不会让一个孩子驾驭的！”

“可是我，”马回答说，“把一个孩子甩下去，又能给我带来什么光荣呢？”

鹅

一只鹅的羽毛洁白得令新雪感到羞愧。她为大自然赋予她的这种得天独厚的恩赐骄矜异常，宁愿把自己看做是一只天鹅，而不相信自己原来的出身。她离开自己的同类，孤独而庄重地在池塘里游来游去。一会儿她伸长脖子，用尽力气去补救这不争气的短处；一会儿她又设法使自己的脖子弯成一个漂亮的曲度，天鹅都具有这种不愧为阿波罗的鸟的高贵的外观。但毫无用处，她的脖子过于僵硬了。她费了九牛二虎之力，也没有变成一只天鹅，依然还是一只可笑的鹅。

乌鸦

狐狸看到乌鸦在抢夺神坛上的祭品，并用这些养活自己。于是他思忖：我想弄清楚，乌鸦因为它是一只能预言的鸟，才在祭品里分得一份呢，还是因为它厚颜无耻地和神分享祭品，人们才把它看做是能预言的鸟？

仙女的礼物

两位慈祥的仙女来到一位幼小的王子的摇篮旁，这位王子将来就是他的国家的最高统治者。

一位仙女说："我把鹰的锐利目光送给这个宠儿，他有了这双眼睛，在他辽阔的国土上连最小的蚊虫也逃躲不掉。"

"这个礼物好极了，"第二位仙女打断她的话说，"王子要成为一位卓有见识的国王。鹰不仅要有能观察最渺小的蚊虫的那种锐利目光，它还应当有一种不屑于追捕蚊虫的高尚的轻蔑。让王子从我这里得到这份礼物吧。"

"姐姐，我感谢你这个聪明的限定，"第一个仙女说，"这是真的，许多国王要是有敏锐的理智，少屈尊去管一些最琐细的事情，他们本来会成为更伟大的国王的。"

荆棘

杨柳问荆棘："请你告诉我，为什么你对过路人的衣服那样贪婪呢？你要它们有什么用？它们对你有什么益处？"

"什么用处也没有！"荆棘说，"我也不想夺掉他们的衣服，我只是要把它撕破而已。"

夜莺和云雀

有些诗人是那样喜欢高高地翱翔在他们大部分读者的理解力之上，对于他们，我们该说些什么呢？没什么好说的，只有夜莺一次对云雀说过的那句话："安静吧，朋友，你飞得那么高，不就是为了不让人听到你的歌唱吗？"

鼠

一只富有哲理感的老鼠赞美仁慈的大自然，说大自然给鼠类造就了有利于延续它们种族的良好条件。它说："我们中间的半数从大自然那里得到了翅膀，即便我们在地面上全都被猫扑灭了，大自然仍能轻而易举地从蝙蝠里再造出我们这支被灭绝了的种类来。"

这只善良的老鼠不知道，还有带翅膀的猫呢。我们的骄傲多半是基于我们的无知！

鹰

有人问鹰："你为什么到高空去教育你的孩子？"鹰回答说："如果我贴着地面去教育它们，那它们长大了，哪有勇气去接近太阳呢？"

父亲的手提箱

● 奥尔罕·帕慕克

在父亲去世的前两年，他给了我一个小手提箱，里面装的是他的作品、手稿和笔记。他故作轻松地要我在他走后再看，这个“走”说的是他死了以后。他说：“翻翻就行了，看看有没有对你有用的东西，或许在我走后你可以挑选一些发表。”

说这话时是在我的书房里，父亲想找个地方放下箱子，就像一个想把自己身上的痛苦赶紧卸下去的人一样。最后，他悄悄地把它放在了一个不起眼的角落里。

父亲走后，我围着那个箱子转了几天，却碰都没有碰一下。这个小小的黑皮箱子我太熟悉了，就像是一个老朋友，承载着我的童年及过去的记忆。可现在我却不能碰它一下，为什么？当然是因为其中沉重的内涵。

上世纪40年代，父亲曾想当一名伊斯兰诗人，他还把瓦雷里（法国诗人）的诗译成土耳其语。但他不想过那种在一个穷地方写几首没人看的诗的生活，于是放弃了他的作家梦。

可真正让我无法打开父亲箱子的第一个原因，就是我害怕发现父亲是个优秀作家。因为如果从父亲的箱子里拿出来的真是伟大的文学作品，我就必须面对父亲身体里完全不同的另外一个人。这个可能的不孤独结果太可怕了。因为即便是一把年纪了，我也只希望父亲就是父亲，而不是作家什么的。

作家是一种能够耐心地花费多年时间去发现一个内在自我和造就“他的世界”的人。当我谈到写作时，我脑子里想到的不是小说、诗歌或文学传统，而是一个把自己关在房间里，单独面对自己内心的人；在内心深处，他用言语建造了一个新的世界。这个男人或是女人，写作的时候可能喝茶，喝咖啡，抽烟，还时不时站起来，望着窗外在大街上嬉戏的儿童，如果幸运的话，可能还能看到绿树或其他风景，又或许他只能面对一堵灰墙。

我害怕打开父亲的箱子，还因为父亲没选择和我一样的生活而生气。但与其说是“生气”不如说是“妒忌”。每逢想到这点，我就会轻蔑、恼怒地大声问自己：“幸福是什么？”幸福是孤独地关在暗无天日的房间里吗？或是与芸芸众生一起，过着或装出过着舒适生活的样子？这些问题实在太让人烦恼了。准说幸福是衡量生活的唯一标准？大众，报纸，每个人都把幸福当作评判生活的重要尺度，这件事本身是不是说明其反而也很值得探寻一番？

我第一次打开父亲的箱子时，就是受这种情绪影响的。父亲生活中是不是有什么我毫不知情的秘密或是不幸，而他又只能默默忍受，倾泻在纸上？一打开箱子，我就认出了其中的几本笔记，它们大多是父亲去巴黎时写的。我就像读我所崇拜的作家的手记一样，急切地想要了解父亲在我那个年纪都想了些什么，写了些什么。不久后我就意识到不是那么回事。最让我不舒服的是我在笔记中时不时能读到作家的腔调，一点都不真实。在对父亲写作时可能不是发自内心的担心之下，我开始担心内心深处的自己是否也不真实。

当我关上父亲的箱子时，被放逐感和对自己缺乏真实性的怀疑就深深地包围着我。这当然不是我第一次有这样的感觉。多年来它们就一直在我的阅读、写作当中存在着，我也一直在研究甚至深化着这些既让人精神崩溃，又让人情绪高涨的情感和色彩。只有当我写书时，我才对真实性的问题（比如《我的名字叫红》和《黑书》）和边缘性的生活（比如《雪》和《伊斯坦布尔》）有了更全面的理解。对我来说，做一名作家就是去揭自己内心深处的隐秘伤疤，真正去拥有这些伤和痛，把它们变成我们精神和作品中看得见的部分。

一个作家闭门数十载，就是在用这种姿态宣示一个基本的人性，揭示一个没有中心的世界。但是从父亲的箱子和伊斯坦布尔人苍白的生活可以看出，这个世界的确有一个中心，而且离我们很遥远。我知道大部分人都有这种情绪，有些人可能还遭受着更为深刻的物质匮乏，没有安全感和受堕落感折磨。人类面临的重大难题还是土地匮乏、无家可归和饥饿……但今天的电视和报纸可以比文学更为迅速简洁地报道这些基本问题。而文学最迫切的任务，是要讲述并研究人类的基本恐惧：被遗弃在外的恐惧、碌碌无为的恐惧，以及由这些恐惧衍生的人生毫无价值的恐惧；集体性的耻辱、挫折、渺小、痛苦、敏感和臆想的侮辱；民族主义者的煽动和对即将到来的通货膨胀的担心……不论何时当我看到这些被以夸张的语言表达出来时，我就知道它们触及了我内心深处的黑暗。我们曾看过西方社会以外的民族和国家，常常被恐惧折磨得犯一些愚蠢的错误。我也知道西方一些国家和民族对自己的财富，对他们把我们带进了文艺复兴、启蒙运动、现代主义有着不一般的自豪，但他们时不时地也由于自我满足，干出一些同样愚蠢的事来。

而促使我们闭门数十年写作的则是一个与之相反的信念。那信念相信，有一天我们的文字会被读到并被理解，因为我们相信世界上的人都是相似的。可这似乎有点过于乐观了，因为这里面充满了对被排挤在边缘、被排斥在世界外围的怒气而留下的伤痕。陀思妥耶夫斯基

一生对西方爱恨交织——现在我也多少体会到了，这是因为我和这位伟大的作家一起经历了对西方的爱恨情仇，一起关注了那在另一

方向上建立的另一个世界。

看着那箱子，我觉得父亲在他写作的那些年里，可能也发现了这些乐趣：我不应该对他预先判断。我必须用一颗容忍的心来阅读它——看看他在旅馆房间里究竟写了些什么。在把箱子留在我办公室后一个星期，父亲又来看过我一次，我们聊了些琐事。后来他终于看到箱子被我挪动过了。我们就互相看了看，陷人了尴尬的沉默。我没说我打开了箱子，我只是把视线移开了。他立刻明白了。就像我明白他明白了一样。所有的明白就在几秒钟之内明白了。父亲是一个快乐、懒散但却对自己有信心的人，他只是照例冲我笑了笑。

在父亲把箱子交给我的 23 年前，就是我 22 岁时，我完成了第一部小说《杰夫德贝伊与其子》。我用颤抖的手将打印稿拿给父亲看，想听一点他的意见。这并不仅仅是因为我相信他的品位和智慧，以及他的意见对我来说非常重要，还因为他并不反对我成为一个作家。我迫不及待地等着他的消息。两个星期后他来了，没有说任何话，只是张开双臂给了我一个拥抱，用这种方式告诉我他非常非常喜欢这部作品。他告诉我说，总有一天我会赢得像站在这里接受这个奖项这样的无限快乐。

父亲在 2002 年 12 月去世了。

今天，我站在这里，站在给予我这无上光荣的奖项的瑞典文学院的同事们和尊敬的来宾们面前，我深切地希望此刻他就在我们中间。

颤抖的夜晚

● 奥尔罕·帕慕克

除非亲自体验，否则你无法想象

我在子夜之后、破晓之前醒来——后来我知道，那是凌晨3点——被最初的那阵晃动惊醒。那是1999年8月17日，当时我正在我们那栋石质住所的书房内。住所位于塞戴夫，一座毗邻布尤卡达的小岛。我的床，离书桌有3码（约27米）远，剧烈地摇晃起来，就像是大海上暴风雨中的小船。地下传来可怕的嘎吱声，似乎就来自我的床下。出于本能反应，我来不及找眼镜就冲出房门，狂奔起来。

外面，在我前方的柏树、松树之后，在远处城市的灯光中，在海面上，整个夜晚颤抖起来。似乎一切都在瞬间发生。我脑海里，一面浮现出地震时的所有惨烈景象，听着大地发出的巨大声响，另一面则在迷迷糊糊地想，为什么人会在夜里这个时候开枪射击呢（轰炸、刺杀，20世纪70年代的夜间袭击总是令我将枪击与灾难联系在一起）？后来，我想到了很多但始终没有想明白，究竟是什么声音听起来和全自动武器的射击声如此相像。

第一次震动持续了45秒，夺去了3万人的生命；它结束前，我从侧梯爬到楼上，妻子和女儿睡在那里。她们已经醒来，在黑暗中等待着，恐惧万分、不知所措。电路已经断了。我们一同跑到花园里，走进四周寂静的黑夜中。可怕的咆哮声已经停止，似乎我们四周的一切都在恐惧中等待着。花园、树木以及这座被高高的岩石环绕的小岛——夜晚死一样的寂静，除了些许树叶轻微的沙沙声和我心脏怦怦的跳动声，这些更传达了一种恐惧。我们在黑暗中站在树下小声低语，带着莫名的犹豫——或许是惧怕会有另一次地震。随后，又来了几次轻微的余震，但我们并未感到害怕。我躺在吊床上，7 岁的女儿枕在我腿上睡着了，我听见从卡尔塔拉海岸传来救护车的鸣笛声。

接下来的几天，在经历了无休无止的很多次余震之后，我听到很多人谈起他们在第一次 45 秒地震中的举动。有两千万人都感觉到了那次震动，听到了来自地下的轰鸣。人们后来彼此联系时，谈论的不是惊人的死亡数据，而是那 45 秒钟。几乎所有人都说："除非你亲自体验，否则你简直无法想象。"

一名药剂师从一栋已成废墟的公寓楼中完好无损地逃生，他的描述与另两位从这栋楼里同样毫发无损逃生的人一样，并非是他的幻觉：他住的那栋 5 层楼冲到了空中——他清楚地感到了这一点——然后又落到地上，坍塌成废墟。有人被惊醒，发现自己和房屋都像变魔术似的倒在一边；楼梯倾倒的瞬间，居民们已经准备束手待毙了，但旁边的楼延缓了一下它的坍塌，于是这些人发现自己被挤到了某个角落。为了减轻痛苦，他们拉着彼此的胳膊。后来，从废墟里发现的尸体也证明了这一点。所有东西——碗碟、电视、橱柜、书架、装饰品、墙体挂件——全都扭曲变形。还有疯狂寻找彼此的母亲、孩子、叔叔和祖母的人们，他们绝望地发现自己总是被撞到说不上是自家的哪样东西上，还被抛到了不知何处的墙体之间。那些瞬间变形的墙体，使他们的所有物品散落在地。到处一片黑暗，满是尘土——这一切使家变成了完全陌生的地方，这使很多人不堪忍受。不过，在那 45 秒钟的震动里，也确实有人跑下几层楼，在楼房倒塌前跑到了大街上。

我听到了很多事情：有一对祖父母躺在床上等死；有人以为自己站在位于4楼的阳台上，却发现此处已经成了底层的露台；在第一次震动开始到结束的那会儿，有人刚打开冰箱，把什么都往嘴里塞，但还没来得及咽下就都吐了出来。据说有相当多的人在地震时醒来，站在屋内某处；另外一些人一直在黑暗中挣扎，直到被可怕的颤抖击垮，摔倒在地板上，寸步难移。还有一部分人说他们压根儿就没从床上起来，他们平静地笑着，拉过床单裹住头，把一切交给安拉——很多死者就是这副模样。

我写的这些事情都是道听途说，它们多出自伊斯坦布尔传播迅速的闲言碎语。人们整日谈论的没有别的，全都是地震。震后的那天早上，所有大些的私人电视台都派出了直升机摄影队飞往震区，不停地拍照。我所在的小岛以及周围几座面积大的、人口密集的岛屿，伤亡要少一些，但这里距震中的直线距离仅有约40千米。而我们对面的海岸，很多建筑结构差的楼房都坍塌了，众多人丧生。整整一天，布尤卡达市场都被令人恐惧、心虚的静寂笼罩着。地震离我如此之近，带走了如此多的人的生命，我简直无法面对这个事实。它摧毁了我度过了大部分童年时光的地方，这种难以置信更让我感到恐惧。

灾难对历史和心灵的改变永远不会结束

从一条街到另一条街，我们走了很长时间，感到灾难对历史和我们心灵的改变永远不会结束。有时，我们走进一条小巷，那里的房屋仅有一半残存——并未完全坍塌，但几乎都是一副模样——或是步入满是玻璃、水泥、陶瓷碎片的后花园，那里松树歪斜，倚在倒塌的房屋上，还未折断，那场景使我想象着，仿佛这个房间的女主人在厨房做饭时，曾透过后窗望着外面的花园。同样的场景——那边对面的厨房窗户前，也有位上了年纪的女人；一位老人每晚都坐在同一个角落里，看着电视；半开的窗帘后面，站着一个姑娘——如今都不见了。

因为这么多年来，我们从这个角度可以望见的马路对面的那间厨房、那个角落、那扇薄纱窗，如今都已不复存在。那些曾经享有此美景的人，也都极有可能已消逝不在。

救援队要一个一个地从这堆瓦砾中找出尸体，这是一项缓慢的工作，简直如同用针挖井。士兵们慢慢地将混凝土块抬到起重机上，这栋楼幸存的曾经的居民，还有寻找亲人尸首的人们就会睁大了彻夜未眠的双眼，一旦出现尸体，他们就喊道:“他昨天在那里哭喊了一整天，但没有人理会！”有时人们使用挖掘器械，有时就只有用千斤顶、铁棍或是锄头去挖那些未曾挖过的地方。在找到尸体前，他们往往会挖到一些遗物：婚纱照、装有项链的首饰盒、衣服，然后是散发着臭味的尸体。不论什么时候，只要他们在混凝土堆中挖出一个洞，某个专家或是勇敢的志愿者用电筒向里面一照，废墟旁等待的人群就会一阵骚动，每个人都嚷嚷起来，间或夹杂着哭喊。通常情况下，进去的志愿者都和这栋楼的人没有什么关系，只是偶尔听到里面有些动静，于是就喊人开来装载机，或是请徒手挖掘的人来帮忙，但周围太嘈杂了，人们往往听不清他要的是什么。这种状况持续一段时间后，人们旋即认识到，要像这样从瓦砾中一块一块挖石头，一具一具抬尸体，那得耗费几个月的时间，而且这几乎是不可能完成的，因为尸体在慢慢腐臭，人们担心流行病会开始传播。最后可能的是，总会有那么一个时刻来临：剩下的尸体会随着瓦砾一同被铲走——那些断裂的混凝土块、家居物品、停止的钟摆、箱包、坏电视、枕头、窗帘、地毯——它们会被运到很远的地方烧毁。在我的心里，一方面希望所有这些未曾发生过，希望忘掉看到的一切；另一方面又渴望见证这一切，然后可以向他人讲述。

点燃蜡烛

● 科菲·安南

在我的孩提时代，看见一架飞机在天上飞来飞去是件非常稀罕的事情，接到几英里之外的一个电话亦是如此。我们没有电视，计算机更是听都没听说过。这仅仅是50年以前。

你们长大成人的这个世界却完全不同。只要轻点鼠标，来自不同大洲的人们就可以交谈。发送电子邮件只是几秒钟的事情，不管你是居住在美国、日本、非洲还是南美。

这是一件了不起的事情。一个重要的事实是：世界只有一个，这是我们的世界。在这个世界上，我们都是通过互相学习才走向成熟的。

直到21岁我才发现这一点。当时我来到美国，到圣保罗的麦卡莱斯特学院学习。我来自一个热带国家，所以发现在明尼苏达州的冬季穿上厚重的衣服是多么的臃肿和不便。尽管我接受了这一点，但当我感到寒冷时我还是下决心不戴耳套，我认为它们丑陋不堪。然后，某一天我出去吃饭，耳朵几乎冻掉了。告诉你们，我赶紧买了副大得不能再大的耳套。

从这次经历中我得知，不要假装比当地人知道得还多。要多听多看。计算机和调制解调器有助于世界各地的人进行交流。我们也许拥有不同的宗教、不同的语言和不同的肤色，但我们同属于人类。我们拥有同样的基本价值观念。

设想一下，如果你看到一辆高速行驶的汽车向一名年龄比你小的儿童冲过来，你怎么办？你不会停下来想一想，你会毫不犹豫地冲上去救那个孩子——尽管这意味着让你自己身处险境。你会成为英雄。这是人类的本能。这就是为什么我们说那些为人正派、乐于助人的人富有人情味，而称那些对别人做下坏事的人没有人情味的原因。我们知道，人类本性有恶的一面，但我们还知道人类可以超越这一点。我们愿意认为好的一面才是人类真正的一面，这就是为什么我们谈论“人权”的原因。而“人权”是我们中的每个人都有权从同在一片蓝天下的人们那里得到的东西。

50多年前，有一位女士名叫埃莉诺·罗斯福，就是她帮助我们理解了这一点。她的丈夫富兰克林·罗斯福是美国总统。在第二次世界大战期间，正是他领导盟国进行自卫，抵御来犯的邪恶的人。这些恶人使成千上万的人沦为奴隶、命丧黄泉，并且一心想支配他人。

罗斯福总统希望这段历史永远不要重演，于是他帮助成立了一个组织。在这个组织里，各国可以聚到一起，化干戈为玉帛，和平解决他们的问题。这个组织就是联合国。我如今的工作就是确保联合国继续执行这个至关重要的任务。

令人悲哀的是，富兰克林·罗斯福事业未竟就已撒手人寰。但埃莉诺希望把这项工作继续下去。她认识到只把各国领导人聚集在一起是不够的，确保普通人受到各自政府的正确对待也是十分重要的。

于是，埃莉诺与来自许多国家的人起草了一份重要文件——《世界人权宣言》。它的主旨是人类应该自由地按自己的方式生活，只要不损害他人的利益。

你们也许会问我：“这行得通吗？人人都会按照《宣言》的规定来为人处世吗？”我老实告诉你们：“不会。”目前对这个世界上的许多人来说，所处的环境各不相同。某些人生活优裕，衣食无忧，而他们的邻居却食不果腹。许多社区生活在和平之中，而生活在附近社区中的许多人却被战争夺去了生命。某些儿童之间尽管远隔重洋，但可以通过电子邮件进行交流，而有些孩子由于无法上学而目不识丁。

而且，我不得不遗憾地说，孩子们仍在憎恨或者害怕他们邻居的教育中长大，仅仅是因为邻居们说不同的语言，或者去不同的教堂。

也许会有人说："如果情况几乎没有发生什么变化，那么拥有这样一份宣言还有什么意义呢？"因为只有当足够多的人决心为改变局势尽一份力时，情况才会变得更好。

让我告诉你们一个例子：地雷。

地雷是十分可怕的武器。它们埋藏在地下，人一旦踩到上面，就会被炸得血肉横飞。战争结束了，地雷却留了下来。几年后，仍有无辜的人们深受其害——或丢掉性命，或肢体残缺。受害的常常是孩子们。当他们在田间地头戏耍，或者在小巷曲径上奔跑嬉闹时，不幸就会踩上地雷。

许多人希望阻止这种事情发生，于是他们在互联网上互相联络，发起了国际禁止地雷运动。他们组织开会，发送成千上万封信件和邮件。结果，去年许多国家签署了一项条约，承诺不再制造或者销告地雷。

我担心我们仍要花很长的时间才会使地雷完完全全从这个世界上消失。但这项条约表明，只要普通人为了一个共同的目的聚集一堂，局面就可以改观。这使我回到这样－一个令人鼓舞的问题上："为了使世界变得更美好，我能做些什么？

对所有的孩子们，我的回答是：看看你的周围。去了解那些与你的生活方式迥异的人，发现你与他们的共同点。当你发现某些事情不对头时，不管问题有多大，都要想一想："能不能改变一点？我们如何才能携手合作？"由于计算机技术，你们如今可以在世界各地找到志同道合的人。

许多年前，人们在提到埃莉诺时说："她会点燃一根蜡烛，而不是诅咒黑暗。"我希望有朝一日，这种说法也适用到你们身上。

布莱克·沃兹沃思

● 奈保尔

每天都有三个乞丐准时来到米格尔大街好客的住户门口乞讨。有时，我们也布施流浪汉。一天下午大约四点钟的时候，来了一个令人奇怪的流浪汉。我放学回家,刚刚换好便服,便听到他在叫我:“小弟弟，我可以进你家的院子吗？”

他身材瘦小，穿戴整齐。

我问道:“你想干啥？”

他说:“我想看看你家的蜜蜂。”

我家院里有四棵大王棕榈树，上面聚集了不请自来的蜜蜂。

我跑上台阶，喊道:“妈，有一个人在院子里，他说想看看蜜蜂。”

妈妈走出来，上下打量着他，极不友善地问:“你想干啥？”

那人说:“我想看看你们的蜜蜂。”

他的英语讲得太好了,简直有些近乎做作。我看出妈妈有些不放心。

她对我说:“待在这儿，他看蜜蜂时盯着他点儿。”

那人说:“谢谢您，太太。今天您做了件好事。”

他讲得极缓慢、极准确，仿佛说出的每个字都要花掉他的钱一样。

我们一块儿看着蜜蜂，他和我，蹲在棕榈树下，大约有一个小时的光景。

那人说：“我喜欢看蜜蜂。小弟弟，你喜欢看蜜蜂吗？”

我说：“我可没这工夫。”

他沮丧地摇着头，说：“我就爱干这个，就是看。我能一连看上好几天。你看过蚂蚁吗？还有蝎子、蜈蚣和两栖鲵什么的，你都看过吗？”

我摇摇头。

我说：“你是干什么的，先生？”

他站起身来说：“我是诗人。”

“是个好诗人吗？”我问道。

“世界上伟大的诗人。”他说。

“你叫啥名，先生？”

B · 沃兹沃思。”

B 是比尔的意思吧？”

“是布莱克，布莱克 · 沃兹沃思。怀特 · 沃兹沃思是我哥哥，我们心心相通。就是看到一朵像牵牛花一样的小花，我都想哭出来。”

我问：“你为啥哭？”

“为啥，孩子？为啥？等你长大了就会明白啦。要知道，你也会成为诗人。你成了诗人以后，任何一件事都会使你哭出来的。”

我笑不出来。

他问：“你喜欢妈妈吗？”

“她不打我的时候喜欢。”

他从后裤兜里掏出一张印有铅字的纸片，说：“上面是一首描写母亲的最伟大的诗篇，我打算贱卖给你，只要四分钱。”

我跑进屋，问道：“妈，你想花四分钱买一首诗吗？”

妈妈说：“告诉那个该死的家伙，赶快给我夹起尾巴滚出去！”

我对沃兹沃思说：“妈妈说，她没有四分钱。”

沃兹沃思说：“这就是诗人的遭遇。”

他把那张纸片放回裤兜，好像并不介意。

我说："像你这样到处转悠着卖诗倒挺有意思。只有那些唱克利普索小调的人才干这种事。有很多人买吗？"

他说："从来没人买过。"

"那你为什么还要四处转悠？"

他说："这样我就可以看到许多东西，我还一直希望遇到别的诗人。"

我说："你真的认为我会成为一个诗人吗？"

"你像我一样有才华。"他说。

后来，沃兹沃思走了，我暗自祈祷，但愿还能再见到他。

大约一周以后的一天下午，在放学的路上，我在米格尔街的拐角处又见到了他。

他说："我已经等你很久了。"

我问："卖掉诗了吗？"

他摇摇头。

他说："我院里有棵挺好看的芒果树，是西班牙港最好的一棵。现在芒果都熟透了，红彤彤的，果汁又多又甜。我就为了这事在这儿等你，一来告诉你，二来请你去吃芒果。"他住在阿尔贝托街上的一间小棚屋里，正好在街中心。院子里绿荫蔽日，有一棵高大的芒果树，还有一棵可可树和一棵李子树。这地方看上去很荒凉，好像根本不在城里。在那里一点儿都看不到街上高大的混凝土建筑。

他说得没错，芒果汁又多又甜。我一连吃了六个。橘黄的芒果汁顺着胳膊一直流到我的臂肘上，从嘴角流到下巴上，我的衬衫也染上了果汁。

回到家后，妈妈问我："你钻到哪儿去了？你以为你已经长大成人了，可以到处疯去了？去折条鞭子给我拿来！"

她打得够狠的，我从家里逃出来，发誓再也不回去了。我来到沃兹沃思家。沃兹沃思说："别哭了，咱们一块去散散步吧！"

我停止了哭泣，却还在抽抽搭搭。我们散着步，走过圣克莱尔大街，来到“大草原”，沿着跑道漫步。

沃兹沃思说：“来，咱们到草坪上躺一会儿，看看天空，我想让你猜猜那些星星离我们这儿有多远。”

我按他说的做了，明白了他的意思。我忘记了一切，有生以来第一次感到如此骄傲和愉快。我的气愤一扫而光，我忘掉了眼泪，忘掉了刚刚饱尝过的那顿痛打。

当我告诉他我觉得好些了的时候，他就开始告诉我星星的名字。搞不清为什么我对猎户星座记得尤其牢，直到今天我还能一下子指出它来。忽然，一道光束照在我脸上，一个警察出现在面前。我们赶紧从草地上站起来。

“你们在这儿干什么？”警察问道。

沃兹沃思说：“已经四十年了，我也一直在想这个问题。”

从此，我们成了好朋友，沃兹沃思和我。他对我说：“关于我还有芒果树、可可树和李子树的事，你不要告诉任何人，一定要保守秘密。”我起了誓，而且一直守诺。

我很喜欢他的小房间，里面的家具还没有乔治家临街的那间屋里的多，但看上去更干净，也更舒服。

一天我问他：“沃兹沃思先生，你为什么在院里留这么多灌木丛？会不会使这儿太潮湿呀？”

他说：“听着，我给你讲个故事。很久很久以前，有个少年遇见了一位姑娘，他们很快相爱了。他们彼此深深相爱，后来就结婚了。他俩都是诗人，少年喜欢优美的文学，姑娘酷爱花草树木。他们在一间小房子里生活得非常愉快。有一天，女诗人对那个少年诗人讲：‘咱们家里又要增加一个诗人啦！’但是那个小诗人并没有出生，因为姑娘死了，他也跟她去了，死在姑娘的肚子里。姑娘的丈夫非常难过，决定从此再也不去动花园里的一草一木。于是，花园留下来了，树木、花草没人管理，越长越高。”

我看着沃兹沃思，当他讲述这个动人的故事时，显得更加苍老。我明白了他的故事。

我们总是一起进行长距离的散步。我们去植物园和岩石花园。黄昏时，我们登上小山，静静观看西班牙港渐渐被黑夜笼罩，城里和码头上的轮船渐渐灯火辉煌。

他做每一件事，都像生平第一次做一样，就像参加圣典一样郑重其事。

一天在他家院里，他对我说："我准备告诉你一个重要的秘密。"

我说："真的是秘密吗？""这会儿还是秘密。"

我看着他，他也看着我。他说："记着，只有你我知道。我正在写一首诗。"

"噢。"我失望了。

他说："这可不是一首普通的诗，是世界上最伟大的诗。"

我嘘了一声。

他说："到现在，我已经写了五年了，再有二十二年就完成了，也就是说，如果我能保持现在这个速度的话。"

"那么，你现在每天都写很多吗？"

他说："不像以前那样多了。每月只写一行，不过肯定是非常出色的一行。"

我问："上个月写的那行是什么？"

他仰起头看着天空说："往昔深远而奥妙。"

我说："是行很美的诗。"

沃兹沃思说："我希望能把一个月的体会全部倾注到这行诗中去。这样，二十二年以后我就会写出一首震撼全人类的诗篇。"

我充满了惊叹之情。

我们一直像往常一样散步。一天，我们沿着港口的防波堤走着，我说："沃兹沃思先生，假如我把这颗钉子扔到海里，你说它能浮起来吗？”

他说：“世界是奇妙的。把钉子扔下去，咱们看看会怎样。”

钉子沉了下去。

我又问：“这个月的诗写好了吗？”

然而，他再也没有说出一句诗来，只是说：“噢，就要好了，你知道，就要好了。”

有时我们坐在防波堤上，默默地看着进港的轮船。

从此，我再也没有听到那首世界上最伟大的诗。

我觉得他一天天衰老下去。

“你是怎样生活的，沃兹沃思先生？”有一次我问他。

他说：“你是问我哪里来的钱吧？”

我点点头。他狡诈地笑了起来。

他说：“每年唱克利普索小调的季节，去唱小调。”

“这够你一年生活的吗？”

“足够了。”

“等写完了那首最伟大的诗，你就会成为世界上最有钱的人了吧？”

他没有回答我的问题。

一天，我到他的小房子里去看望他，发现他躺在他的小床上。他看上去是那么虚弱、苍老，我真想大哭一场。

他说：“诗写得不太顺利。”

他并没看我，而是透过窗户看着那棵可可树，就好像我根本不存在一样。他喃喃地诉说着：“二十岁的时候，我好像有使不完的劲。”他的脸变得更加苍老、疲倦，“可那……那已是很久以前的事了。”

就在这时，我好像被妈妈打了几个耳光。突然，我敏锐地感觉到了什么。我在他的脸上清楚地看到了这一点。谁都会看到的，死神已经爬上那张布满皱纹的面孔。

他看着我，看见我满含热泪，便强挣着坐了起来。

他说："过来。"我走过去坐到他的膝盖上。

他看着我的眼睛说："嗯，你也看到它了，我一直说你具有诗人的眼光。"

看上去他并不难过，这使我再也控制不住，大声哭了起来。

他把我搂到他那瘦削的胸前，说："你想听我再给你讲个有趣的故事吗？"他冲我努力地微笑着。

可是我什么也说不出来。

他说："我给你讲完这个故事后，你要答应我马上回家，再也不要来看我了，好吗？"我点点头。

他说："很好，现在听我讲。以前我给你讲过的关于少年诗人和女诗人的故事，你还记得吗？那不是真事，是我编造出来的。还有那些什么作诗和世界上最伟大的诗，也是假的。你说这是不是你听过的最有趣的故事？"

他的声音中断了。

我离开了小房子，跑回家去，大哭起来，像诗人一样，我看到什么都想哭。

一年后，我又来到阿尔贝托街，可是再也看不到那栋小房子了。倒不是它突然消失了，但也和消失差不多。它被人们扒掉了，一栋二层楼的建筑取代了它。芒果树、可可树还有李子树也被人们砍掉了，留下的只是一片水泥砖铺成的地面。

一切都好像表明，布莱克·沃兹沃思从来没有到过这个世界。

回忆就像剥洋葱

● 君特·格拉斯

火车开了一夜，停了无数次，终于晚点抵达帝国首都。它慢吞吞地进站，似乎即使不要求旅客把一切都记录在案，也要求他们未雨绸缪，现在就开始填补未来的记忆空白。

还能记得的是，路堤两边有几幢房子、几片住宅区在燃烧。楼上的窗子里只见火光闪耀。再往下看，是黑咕隆咚的街道和树木茂盛的后院。充其量只有几个剪纸般的人影映人眼帘，看不到成群结队的人。火车站里，大家对视野之内的熊熊大火漠不关心。这里熙熙攘攘一切照常：你来我往地拥挤、咒骂，还有突如其来的哄堂大笑声。有人度完假要回前线，有人从前线来要去度假。德意志女青年团的姑娘们向大家分发热饮料，被当兵的摸了一把也只是咯咯咯一笑了事。

是什么如此刺鼻？是屋顶只是微损而已的车站大厅里蒸汽机车哼哧哼哧喷出的烟雾，还是着火的地方飘来的焦味？

行军给养发下来了，包括香烟，连我这个不吸烟的也有份。不过，我的香烟转眼就被瓜分一空。作为交换，有个小伙子给了我一点通常过圣诞节时才有的东西——在可可糖浆中滚过的杏仁马铃薯。集合点、报名处、指挥部……无数指示牌让人眼花缭乱，不知所措。幸好有两个战地宪兵给我指路一他们胸前挂着带链子的金属身份牌，所以人称

"铁链警犬"——警告大家小心。在火车站的售票大厅里，我这个年龄的新兵排着队。等了没多久就有人把一张行军命令塞到我手里：下一站德累斯顿。

现在我看见队伍中的小伙子们谈笑风生。大家心里充满了好奇，好像我们是被恩准去冒险似的，兴高采烈，轻松愉快。我听见自己在朗声大笑，也不知道死亡扑面而来，我以为自己是在梦中。接着，空袭警报把我们赶到了火车站宽敞的地下大厅，这里被用做防空洞。转眼就有各色人等聚集在此：士兵、平民，包括不少孩子，还有躺在担架上的伤员。人群中有一帮艺人，其中有不少侏儒，都还穿着戏服，他们是演出到一半时听到空袭警报跑到这儿来的。

外面，高射炮砰砰地开火，远方近处都有炸弹呼啸而下。尽管如此，他们的演出这会儿在地下大厅里继续进行：一个矮人上场玩杂要，圆锥、圆球、彩环在空中上下飞舞，我们看得目瞪口呆。还有几个侏儒表演杂技，其中有一位身材娇小的女士，她懂得如何风度优雅地扭曲身子把自己打成个结，同时分发飞吻。这帮艺人是巡回演出的战地剧团，领头的矮老头在场上演小丑。他把玻璃杯从空的到装满水的一字排开，用手指抚摩杯壁，神奇地奏出凄美的音乐来，他上了妆的脸上露出微笑。这画面你一辈子也忘不了。

警报一解除，我立刻乘电车来到另一个火车站。去那儿的路上没.啥可说。不谈行军干粮中的夹心面包，也没有什么超前的或后续的思想可供解码。我在这儿，在这座战火尚未波及的城市，确切地说是在新城附近，而且是在位于白鹿区的一户豪门的楼上，才知道自己将去哪支部队。给我的第二道行军命令上写得清消楚楚，叫我这个名字的新入伍者将在党卫军的练兵场受训，成为坦克兵。练兵场在遥远的波希米亚森林的某个地方……

我当时是否害怕了？即使在六十多年后的今天，我看见这些文字中的两个 s 还是感到心惊肉跳，当时在征兵办公室里不可能看不见这些，我当时是否同样感到心惊肉跳？

洋葱皮上没有刻上任何可以解读为害怕甚至震惊的痕迹。与其说是害怕，不如说我当时把党卫军视为一支精锐部队。要堵截突破我方战线的敌军，要撕开德米扬斯克等地的包围圈，要重新夺回查尔科夫，都得由党卫军上去冲锋陷阵。军装领子上那两个古日耳曼字母S并不让我感到厌恶。对自以为已是堂堂大丈夫的男孩来说，关键的是加入哪个兵种。即便不能去特别报道中已很少提及的潜艇部队，也要去“耶尔格·封·弗伦茨贝格”装甲师当坦克兵。我在白鹿区指挥部得知，这是一支新建的部队。

我知道弗伦茨贝格是谁，他是农民战争时期施瓦本联盟的首领，人称“雇佣军之父”，以争取自由和解放而闻名。再说，党卫军也不无放眼欧洲的风范：在各个师团里协同作战的志愿兵中有法国人、荷兰人，还有不少挪威人、丹麦人，甚至还有中立的瑞典人，他们都在东部前线参加一场据说要在布尔什维克洪流滚滚而来时拯救欧洲的保卫战。要找借口的话，唾手可得。然而几十年来，我始终拒绝承认自己和“党卫军”这个词，和那两个S字母有关。战后我心中始终羞愧难当，对少不更事时引以为自豪的事情避而不谈，保持沉默。但是，负担依然还在，谁也无法减轻。

我按受坦克兵的训练，秋去冬来，麻木不仁。虽然在那年秋天和冬天，我没有听说过那些后来才曝光的战争罪行，但是自称当初无知并不能掩盖我的过去——我曾被纳人一个体制，而这个体制策划、组.织、实施了对千百万人的屠杀。虽然能以没动手干坏事为自己辩白，但还是留下一点儿世人习惯称为“共同负责”的东西，至今挥之不去，在我有生之年肯定是难脱干系了。

孩子为什么一定要上学

● 大江健三郎

一

在我迄今为止的人生历程中，我曾两次思考这个问题，十分幸运的是，最终都得到了很好的答案，我认为那是我遇到的无数问题里，寻找到的最好的答案。

最初，我很怀疑，孩子是否要上学。当时我 10 岁，那年夏天，日本在太平洋战争中战败。

战败使日本人的生活发生了很大的变化，那之前，我们孩子，还有大人，接受的教育一直在说，我们国家最强大最有力量，说天皇是个神。然而战后我们明白，天皇也是人。

当时的美国，是我们最害怕、最憎恨的国家，可是后来，又是这个国家成为我们要从战争废墟中重新站起来最需要依赖的国家。我觉得，这样的转变是对的。可是战争刚结束一个月，我就不愿去学校上学了。

因为直到仲夏，一直说“天皇是神，美国人是恶魔”的老师，竟然十分自然地开始说起完全相反的话来，并且也没有对我们做一些诸如以前的教育是错的之类的交待。他们教我们说天皇也是人，美国人是朋友，是那么自然而然。

进驻的美国兵乘坐着几辆吉普车开入密林间的小村落，那天，学生们摇着自制的星条旗用英语高呼“HELLO”，站在道路的两旁，夹道欢迎了他们。我从学校跑出来，跑到森林中去了。从高处俯视山谷，小模型一样的吉普车沿着河边的道路开进了村庄，如同豆粒大小的孩子们的脸虽然看不清楚，可是，他们的“ELLO”喊声却听得真切，我流了眼泪。

二

从第二天早上起，一去学校，我马上就从后门出去直奔林子，一直到傍晚，都是我一个人度过的。我把大本的植物图鉴带到林子里，在图鉴中寻找着林子里的每一棵树的名字和特性，并把它们一一记在心里。

我们家做着与林木管理有关的工作，我记下了树木的名字和特性，应该是对将来的生活有益的。林子里树木的种类实在太多了，这么多的树都有各自的名字和特性，我觉得十分有趣，简直着了迷。

我不打算去上学了，打算在森林里一个人对照植物图鉴记树木的名字，了解它们的特性。我喜欢树，但能和我一起谈论它们的人，无论老师还是同学，一个都没有，那么我为什么还一定要去学校，学习一些和将来生活毫不相干的东西呢？

秋季的一个大雨天，我照常进了林子，雨越下越大，林子中到处流淌着从前没有的水流，连道路也坍塌了。天黑了，我没有走出林子，并且开始发烧，第二天，是村里的一个消防队员在一棵大的七叶树的树洞里面发现了昏迷的我，把我救了出去。回家以后，烧并没有退，从邻村来给我看病的医生说：“我已经没有办法了，没有药可以治。”这话仿佛是有人在梦里和我说一样，我都听到了。医生放下我走了，可是妈妈，只有妈妈，对我没有丧失信心，一直看护着我。

有一天深夜，我虽然还发烧，却从长时间的昏迷中清醒。我躺在榻榻米上面，妈妈坐在枕头旁边盯着我看。

“妈妈，我会死吗？”

“你不会死的，妈妈在这为你祈祷。”

“医生不是说这孩子没救了吗？我会死的。”

妈妈沉默了一会儿，对我说：“你就是死了，我也会再生你一次，所以，你不要担心。”

“可是，那个孩子和我不是同一个人啊。”

“不，是一个人。我会把你从生下来之后到现在看到的、听到的、读到的东西，做过的事情全部讲给新生下的你听。这样两个孩子就是一模一样的同一个孩子了。”

妈妈的话我好像没有完全明白，但是心里却宁静下来，安稳地睡觉了。第二天开始我慢慢康复，到了初冬，我开始想上学了。

三

不论是在教室里上课还是在运动场上打棒球，我经常会一个人发呆，我想现在活在这里的我，是不是死去之后又被妈妈再生一次的孩子呢？我现在的记忆是不是由妈妈讲给那个死去的孩子所看到、听到、读到的东西和他经历的一切事情形成的呢？并且是不是我使用那个死去的孩子的语言在说话呢。

我还经常想，教室里，运动场上的孩子们是不是都是没有长大就死去的孩子呢？他们又被重新生出来，听到死去的孩子们的所见所闻，按照他们的样子替他们说话。我有证据：那就是我们都用同样的语言说话。

并且，我们是为了让这种语言完全成为自己的东西才来到学校学习的。不仅仅是语文，就连自然科学也都是这一继承必需的。如果只是拿着植物图鉴和眼前的林木去对照，那么就永远不能代替死去的那个孩子，只能和他一样永远不能成为新的孩子。所以我们才都来到了学校，大家一起学习，一起做游戏。

四

现在我又想起了一件我成人之后发生的事情。

我的长子叫作光，他出生的时候脑部异常，到了5岁还不会说话。相反他对声音的高低却特别敏感。比起人的语言，他首先记住的是许许多多鸟儿的叫声，而且他一听到鸟的歌声，就能说出鸟的名字来。鸟的名字，他是从唱片上学来的。这是光说话的开始。

光7岁的时候才上学，进入了特别班。集中在那里的孩子，身体上都有不同的残疾。有的总是要大声喊叫，有的不能安静，要不停地动。

一会儿撞到桌子，一会儿掀翻椅子。从窗户望进去，看到光总是用手捂着耳朵，身体呈现僵硬的姿态。

于是已经是成年人的我又问自己孩童时期的那个问题，光为什么要去上学呢？孩子只懂得鸟的歌声，又喜欢父母教他鸟儿的名字。那么我们为什么不回到村子里面去？在林中盖个小房子，我按照植物图鉴确认树木的名字和特性，光听鸟儿的歌唱，妻子就在一旁画我们的速写，这样的生活，有什么不可以呢？

解决了这个摆在我面前的难题的人竟然是光。

光进入特别班之后不久，发现了一个和自己一样不喜欢噪声的小朋友。于是，两个人便总是坐在教室的角落里面互相握着对方的手，

一起忍耐教室的吵闹。

不仅如此，光还开始帮助这个活动能力比他差的小朋友去上厕所了。能帮助小朋友做一些事情，对光来说，实在是种充满新鲜感的快乐体验。渐渐地，他们两个人开始在距离其他孩子远一点的地方摆上椅子，一起听广播里的古典音乐了。

又过了一年，我发现光超越了鸟的声音，人类创造的音乐开始成

为光可以理解的语言了。他甚至能从播放过的曲子里面记下朋友喜欢的曲目的名字，而且回到家里还可以找到这张光盘。老师也发现这两个平时很少开口的孩子的语言之中，已经出现了巴赫、莫扎特的名字。

五

从特别班到养护学校，光是和那个孩子一起上的。在日本读完高三，智障孩子的学校教育就结束了。毕业前夕，老师要为大家举行告别会，作为家长，我也去了。

光从小跟着母亲学钢琴，这会儿已经可以自己作曲了。我根据他们的这段对话写了一首诗，光把它谱了曲，这就是后来的《毕业变奏曲》。现在对于光来说，音乐是他蕴藏于内心的深刻而丰富的东西，也是他将内心的情感向他人、向社会传达的唯一语言。这种语言是在家庭里发芽，在学校里发展成型的。不仅仅是语文，还有自然科学，算术，体操，音乐，这些都是深刻了解自己、与他人交流的语言。

为了学习这些，无论是什么时代，孩子都是要去上学的。

建设一个繁荣而公正的国家

● 加西亚·马尔克斯

最先到达新大陆的西班牙人听见鸟儿唱歌就心慌，闻到纯洁的气味就头晕。短短的几年他们就把印第安人为食用而饲养的一种美味可口的浣熊吃光了。他们中的许多人和后来到达的另一些人是享有有限自由的普通罪犯。他们没更多的理由留下来，土著更没理由愿意他们留下来。

克里斯托瓦尔·哥伦布凭着西班牙国王和王后给中国皇帝的一封信，由于一个改变了历史进程的地理错误而发现了那个天堂。在到达新大陆前夜，在听见从大洋的阴暗处传来的第一群飞禽的飞翔声之前，他已在风中嗅到了一种鲜花的香味，他觉得那是世界上最甜美的东西。他在航海日记中写道，土著像他们离开母腹时那样赤条条地在海滩上迎接他们。土著相貌美丽，品种优良，天性十分纯朴。他们把所有的东西拿出来换取五彩项圈和白铁指环。但是当他发现他们的鼻环跟他们的手镯、项圈、耳坠和脚镯一样也是金制品，他们有做游戏用的金铃铛，一些人用金圆片遮羞，他的内心便再也不能平静。正是那些金光闪闪的装饰品，而不是土著的人品，命中注定使他们成为从那一天开始的新的创世纪的主人公。他们中的许多人到死也不知道入侵者是从哪里来的。而许多入侵者到死也不清楚自己来到了什么地方。五个世纪过去了，我们这些西班牙和土著人的后代仍不知道我们是谁。发现那个世界的意义之重大远远超过当时人们的认识。拥有一千万居民的印加人有一个组织得很好的国家。为了接近太阳神，他们把宏伟的.城市建立在安第斯山巅。他们有让欧洲的数学家感到惊讶的精确计算方法、用途广泛的档案和史料，他们勤奋地崇尚公共艺术，其杰作是皇宫里的那座花园：里头的金树银树和金银动物都和真动物真树一样大。阿兹特克人和玛雅人用建筑在死火山间的神圣金字塔体现他们的历史意识。他们有远见卓识的帝王、优秀的天文学家和聪慈的手工艺人——他们不了解轮子的工业用途，但是懂得把它应用于儿童玩具。

在两个大洋近乎相交之处，伸展着四万平方公里的土地，哥伦布在第四次远征时隐约看见了它，今天它有了自己的名字：哥伦比亚。大约一万二千年以来，几个部落就分散居住在那里。它们有不同的语言、不同的文化和自己明确的标志。它们没有国家概念，其间也没有政治统一的要求，但是他们发明了在存在分歧的情况下平等相处的奇迹。他们有古老的科学与教育制度，有同他们天才的金银匠和畜有灵感的陶器工人的作品有联系的丰富的宇宙知识。他们成熟的创造精神和日常生活相结合——也许这是艺术的崇高目的——无论在家庭生活用品制造还是在表达个性方面，都取得了值得铭记的成就。对他们来说，黄金和宝石没有交换的价值，只有一种宇宙的和艺术的力量。但是西班牙人却用西方人的眼睛看待它们：充足的黄金和宝石可以使炼金术士扔掉职业，可以用四元的金币铺设通向天国的道路。这就是征服和殖民的理由和力量，也是我们有今天的真实起因。

花了漫长的一个世纪，西班牙人才逐步建成具有同一个名称、同一种语言和同一个，上帝的殖民国家。它的疆界和包括12个省的行政区域同今天的情况相似。从而第一次产生了官僚集权国家的概念，并在殖民地带来的困顿中萌生了民族统一的幻想。这是在已成为蒙昧主义典范的社会中产生的纯粹幻想。由于征服者的残暴和他们带来的陌生疾病，当年西班牙人遇到的三四百万印第安人减少到不过一百万。但是血统的混杂已成为一种不可抗拒的人口繁衍力量。被强行运来从事矿产和庄园野蛮劳动的非洲奴隶，用充满想象和思念的新礼仪和另一些遥远的神灵，为拉丁美洲本土的文化带来了第三种价值。但是西印度的法律早就根据每个人种内的白人血统含量制定了详细的等级标准：若干级别的印欧混血人、黑奴、获得自由的黑人、不同等级的黑白混血人。印欧混血种甚至被划分为 8 个级别，西班牙白人也把自己的儿子划为拉丁美洲白人。

印欧混血种没有资格担任某些领导和管理职务与其他公共职务，或没有资格进学校或神学院学习。黑人缺少一切，甚至缺少灵魂；他们没有权利进天堂和下地狱，他们的血统被认为不纯洁，甚至需受到四代白人的滗析。类似的法律由于难以划分人种的错综复杂的界限，也由于印欧血统混杂的社会力量的存在而不能十分严格地实施。但是无论怎样，种族间的紧张状态和暴力行为还是有增无减。直到几年前还不允许自由联姻者的儿子进入哥伦比亚的学校。黑人除了因贫穷而受歧视外，跟在法律上一样，仍然受到其他许多方面的歧视。

独立革命时期的那一代人丧失了清算那种可恶的遗产的第一次机会。受到法国革命的光辉激励的那一代浪漫青年建立了一种有着良好意图的现代共和国，但是没有消灭殖民地的残余。他们本身也没有摆脱自己的厄运。西蒙·玻利瓦尔 35 岁时下令把一家医院里患病和受伤的 900 个被俘的西班牙人与加那利群岛人处死。佛朗西斯科·德·保拉·桑坦德尔将军 28 岁时也下令枪杀了在博亚卡战役中俘获的 38 人，包括指挥官。共和国的一些良好意图忽略了穷人和富人、工人和手工艺人以及其他边缘群体间的新的社会紧张局面的产生。9 世纪内战的残酷性不会和那些不平等现象无关，也不会和那些在我国历史上留下斑斑血迹的无数次政治动乱无关。

有两个天然美德帮助我们避免了那种不祥的命运，填补了我们的文化与社会的空白，试探着寻找我们的一致性。一个是创造性，这是人类智慧的最高表现。另一个是个人进取的决心。加上一种几乎是不寻常的、对善和恶同样有用的狡猾，这两个美德成为印第安人从西班牙人登陆那天起对抗征服者的一种神助的手段。为了支走西班牙人，他们让哥伦布一个岛接一个岛地去寻找一位根本不存在的穿金子的国王。对骑士小说人迷的征服者，听到他们关于在深山用纯黄金建造的神奇城市的描绘欣喜若狂。征服者们都被关于金人——每年浑身沾满金粉在神圣的湖中出现的神话般的故事引入歧途。为了幸存下来，印第安人使用过三部表现民族业绩的杰作。我们今天之所以能迅速适应任何环境，毫无痛苦地学会各种不同的职业，如印度的托钵僧、撒哈拉赶骆驼的人或纽约的英文教师，也许正是因为那种史前的智慧给了我们独特的可塑性。

也许我们从西班牙血统承继了移民的素质，天生不怕危险、敢于冒险。我们总是寻找危险。在国外住的大约五百万哥伦比亚人，绝大多数是去寻找运气，凭借的惟一手段是无所畏惧。今天他们在世界各地做着美好的事情或干着卑劣的勾当，理由或正当或邪恶，但是决不粗心大意。他们在全世界的民间显得出类拔萃的品德使没有一个哥伦比亚人让自己饿死。但是他们最引人注目的美德是越远离哥伦比亚越意识到自己是哥伦比亚人。

确实如此。他们把其他国家的习惯和语言像本国的一样接受下来，但是决不把怀念祖国的灰烬从心头掸掉，并且通过各种爱国活动不失时机地表现这种心情，赞扬他们对遥远的祖国所怀念的东西，包括她的缺点。在某个意想不到的国家，转过一个街角可以发现哥伦比亚某个角落的活生生的复制品：长着依然挂着最后一个喧闹的星期五的纸花环、落满尘土的树木的广场，取着难忘的村镇的名字、散发着母亲的厨房的扑鼻香味的客栈，还有紧挨着“八月七日酒馆”的“七月二十日学校”，酒馆里响着为始终也没当成的新娘而哭泣的音乐。

不可思议的是，这些思念故土的征服者跟他们的先辈一样，出生在一个门户关闭的国家。解放者们试图把他们的大门打开，让英国和法国的风吹进去，实行兰开斯特式的教育，学习语言，普及科学和艺术，克服比教皇还教皇、由于犹太人的金融逼迫和800年伊斯兰教国家的占领而依然谨小慎微的西班牙所残存的陋习。19世纪的激进派和后来的“百年纪念一代”，为了丰富混血文化而重新提出了群众性的移民政策，但是由于对外国的魔鬼的几乎是神学的恐惧，两者的政策均告失败。直到今天我们还不能想象，我们是多么依赖我们所不知的广阔世界。

我们意识到了我们的病症，但是在消除症状的斗争中我们耗尽了力量，而病因依然存在。

有人为我们撰写了一部具有官方性质的令人满意的历史，他们这样做与其说为了澄清历史毋宁说为了隐瞒。在那部历史中，固有的陋习永远存在，根本没有进行的战斗赢得了胜利，我们根本不应得到的荣誉被神圣化。因为我们愿意梦想让历史不同于我们生活的哥伦比亚，希望哥伦比亚最终像人们笔下的历史。

同样，我们之所以有这种教人顺从的、压制性的教育，似乎是为了让孩子们被迫适应一个他们不喜欢的国家，而不是为了让孩子们能够理解它，从而让孩子们将来改变它，使它变得伟大。这种不合时宜的做法限制了天生的创造性和直觉，妨碍想像力、早熟的观察力和心灵的智慧，甚至会使孩子们忘记无疑他们生来就知道的事情：现实不像文章里讲的那样结束，他们关于世界的观念更多的和大自然一致，很少和成年人的观念相同，如果每个人都能干自己喜欢的工作，并且只干这样的工作，人的生命就会更长，生活会更幸福。

这种进退维谷的命运造就了一个既包罗万象又难以解释的国家。在这样的国家里，非真实是衡量现实的惟一尺度。我们的旗帜是没有节制。一切都是如此：好的和坏的，爱心和仇恨，胜利的欢乐和失败的痛苦。我们怀着塑造时的热情打碎了偶像。我们是直觉能力强的人，自发的和敏慧的自学者，不顾一切的工作者，但是一心想不出力就能致富。同样多的政治怒火和历史的忘性存在于我们心中。一次轰动的成功或一次体育比赛失败，可以使我们像遭一场空难那样死去许多人。由于同样的原因，我们是一个多愁善感的社会。在这种社会中，行动压倒了思考，冲动压倒了理性，人的热情压倒了不信任。我们对生活有一股几乎不理智的爱，但是我们却为了生存和欲望而互相残杀。脆弱的感情可以导致最可怕的罪犯逍遥法外。

我们同时有两个国家：一个在纸上，一个在现实中。尽管我们是美洲科学的先驱，但是在日常生活中不属于科学奇迹的东西已经很少的情况下，我们仍然看得见一些科学家的心仍处在深不可测的巫师们的中世纪状态。我们每个人身上都极其不合理地并存着主持正义和逃避惩罚的两个方面。我们是法规的狂热维护者，但是我们却让心中的一位不违法地嘲弄法律或不受惩罚地违犯法律的精明讼师保持清醒。我们爱狗，用玫瑰装点世界，为爱国而死去，但是我们并不知道白天黑夜每个小时就有六种动物因热带森林被罪恶地毁坏而遭灭绝，我们自己也不可避免地破坏了地球上的一条大河。我们对祖国在国外形象不好感到恼火，但是我们却不敢承认我们面临的现实糟糕许多倍。我们能够采取最高尚和最卑鄙的行动，能够写优美的诗篇，能够干疯狂的杀人勾当，能够举行欢快的葬礼和致命的欢闹活动。不是因为我们有些人善良有些人歹毒，而是因为两个极端我们都有份。机会一到——愿上帝宽恕我们——我们什么事都敢干。

也许某种较为深刻的考虑能够使我们确定这种性格发展到什么程度会导致我们在本质上仍然属于殖民地那种排他的、形式主义的、自负的社会。也许某种较为冷静的思考能够使我们发现，我国历史上的暴力正是我们用以反对敌人的持久战争的多余的力量。也许由于一种鼓励我们发财的制度使我们堕落了。在这种制度下，40%的居民过着困苦不堪的生活。这种制度使我们形成了关于幸福的短暂易逝的观念：我们总希望得到的东西比我们已有的再多一点儿，比看来不可能得到的再多一点儿，比法律允许的范围多得多，不顾一切地想得到，哪怕违反法律。由于意识到任何政府也不会满足这样的欲望，最后我们便成了不轻信的人，弃权主义者，不容易管理的人，有着孤立的个人主义的人。按照这种个人主义，我们每个人都认为一切都只能靠自己。我们有充分的理由问我们自己，我们是谁，我们希望到第三千年以怎样的面貌出现。

科学、教育和发展的使命不要求得到回报，但是它愿意绘一张也许有助于找到答案的航海图。我们相信，社会变革的条件从没有这么成熟，教育将成为它的先行官。一种从摇篮到坟墓、不盲目顺从和深思熟虑的教育，会开发我们一种新的思考方式，会促使我们在一个人们更加自爱的社会里发现自我，会让我们最大限度地利用我们无穷的创造性并为我们那股超越个人的异乎寻常的正当热情创造一种伦理，也许还有一种美学，使科学和艺术按照当代一位大诗人的愿望——他要求人们不要再像对待敌对的两姐妹那样把对科学和艺术的爱割裂开来——融进同一个家庭的筐篮，会把几个世纪以来耗费在掠夺和暴力上的巨大创造力转向生活，会最终在没有奥雷利亚诺·布恩迪亚上校的不幸后代的土地上为我们提供第二次机会：为孩子们建设一个我们梦想的繁荣而公正的国家。

落入凡间的天使

● 加西亚·马尔克斯

大雨连续下了三天，贝拉约夫妇在房子里打死了许许多多的螃蟹。刚出生的婴儿整夜都在发烧，大家认为这是由于死蟹带来的瘟疫，因此贝拉约不得不穿过水汪汪的庭院，把它们扔到海里去。星期二以来，天气变得格外凄冷。苍天和大海连成一个灰茫茫的混合体，海滩的细沙在3月的夜晚曾像火星一样闪闪发光，而今却变成一片掺杂有臭贝壳的烂泥塘。连中午的光线都显得那么暗淡，使得贝拉约扔完螃蟹回来时，费了很大力气才看清有个东西在院子深处蠕动，并发出阵阵呻吟。贝拉约一直走到很近的地方，才看清那是一位十分年迈的老人，他脸朝下俯卧在烂泥里，尽管拼命地挣扎，依然不能站起，因为有对巨大的翅膀妨碍着他的活动。

贝拉约被这噩梦般的景象吓坏了，急忙跑去叫妻子埃丽森达，这时她正在给发烧的孩子头上放湿毛巾。他拉着妻子走到院落深处。他们望着那个俯卧在地上的人，惊愕得说不出话来。老人穿戴得像个乞丐，剃光的脑袋上仅有一束灰发，嘴巴里剩下稀稀落落几颗牙齿，他这副老态龙钟浑身湿透的模样使他毫无气派可言。那对兀鹰似的巨大翅膀十分肮脏，已经脱掉一半羽毛，一动不动地搁浅在污水里。夫妻二人看得那样仔细、那样专注，但他们很快从惊愕中镇定下来，甚至觉得那老人并不陌生，于是便同他说起话来，对方用一种难懂的但伴着一种航海人的好嗓音的方言回答他们。这样他们便不再注意他的翅膀如何别扭，而是得出十分精辟的结论：他是一位遭到台风袭击的海轮上的孤独的遇难者。尽管如此，他们还是请来一位通晓人间生死大事的女邻居看了看。她只消看一眼，便纠正了他俩的错误结论。她说："这是一位天使，肯定是为了孩子来的，但是这个可怜的天使实在太老了，雷雨把他打落在地上了。"

第二天，大家都知道了贝拉约家来了一位活生生的天使。与那位聪明的女邻居的看法恰恰相反，他们认为当代的天使都是一些在天堂叛乱中逃出来的幸存者，不必用棒子去打杀他。贝拉约整个下午手持警棍在厨房里监视着他。临睡觉前他把老人从烂泥中拖出来，同母鸡一起圈在铁丝鸡笼里。午夜时分，雨停了。贝拉约与埃丽森达却仍然在消灭螃蟹。过了一会儿，孩子烧退醒了过来，想吃东西了。夫妇俩慷慨起来，决定给这位关在笼子里的天使放上能用三天的淡水和食物，等涨潮的时候再把他赶走。天刚拂晓，夫妻二人来到院子里，他们看见所有的邻居都在鸡笼前面围观，毫无虔诚之心地戏耍着那位天使，从铁丝网的小孔向他投些吃的东西，似乎那并不是什么神的使者，而是马戏团的动物。贡萨加神父也被这奇异的消息惊动了，在七点钟以前赶到现场。这时又来了一批好奇的人，但是他们没有黎明时来的那些人那样轻浮，他们对这个俘虏的前途作着各种各样的推测。那些头脑简单的人认为他可能被任命为世界的首脑；另一些头脑较为复杂的人，设想他可能被提升为五星上将，去赢得一切战争；还有一些富于幻想的人则建议把他留做种子，好在地球上培养一批长翅膀的人和管理世界的智者。在当牧师前曾是一个坚强的樵夫的贡萨加神父来到铁丝网前，首先重温了一遍教义，然后让人们为他打开门，他想凑近看一看那个可怜的老人，老者在惊慌的鸡群中倒很像一只可怜的老母鸡。他躺在一个角落里，伸展着翅膀晒太阳，四周满是清晨来的那些人投进来的果皮和吃剩的早点。当贡萨加神父走近鸡笼用拉丁语向他问候时，这位全然不懂人间礼节的老者几乎连他的眼皮也没抬一下，嘴里只是用他的方言咕哝了点什么。神父见他不懂上帝的语言，又不会问候上帝的使者，便产生了第一个疑问。后来他发现从近处看他完全是个人：他身上有一种难闻的气味，翅膀的背面满是寄生的藻类和被台风伤害过的巨大羽毛，他那可悲的模样同天使崇高的尊严毫无共同之处。于是他离开鸡笼，通过一次简短的布道，告诫那些好奇的人们过于天真是很危险的。他还提醒人们：魔鬼一向善用纵情欢乐的诡计迷惑不谨慎的人。他的理由是：既然翅膀并非区别鹞鹰和飞机的本质因素，就更不能成为识别天使的标准。尽管如此，他还是答应写一封信给他的主教，让主教再写一封信给罗马教皇陛下，这样，最后的判决将来自最高法庭。神父的谨慎在这些麻木的心灵里毫无反响。俘获天使的消息不胫而走，几小时之后，贝拉约的院子简直成了一个喧嚣的市场，以至于不得不请上了刺刀的军队来驱散快把房子挤倒的人群。埃丽森达弯着腰清扫这小市场的垃圾，她突然想出一个好主意：堵住院门，向每个观看天使的人收取五分钱的门票。

有些好奇的人来自很远的地方。还来了一个流动杂耍班：一位杂技演员表演空中飞人，他在人群上空来回飞过，但是没有人理会他，因为他的翅膀不像天使的那样，而是像蝙蝠的翅膀。地球上最不幸的病人来这里求医：一个从儿时开始累计自己心跳次数的妇女，其数字已达到不够使用的程度；一个终夜无法睡眠的葡萄牙人受到了星星噪音的折磨；一个梦游症患者总是夜里起来毁掉他自己醒时做好的东西，此外还有其他一些病情较轻的人。在这场震撼地球的动乱中，贝拉约和埃丽森达尽管疲倦，却感到幸福，因为在不到一个星期的时间里，他们的屋子里装满了钱，而等着进门的游客长队却一直延伸到天际。

这位天使没有从这个事件中捞到任何好处。在这个临时栖身的巢穴里，他用全部时间来寻找可以安身的地方，因为放在铁丝网旁边的油灯和蜡烛仿佛地狱里的毒焰一样折磨着他。开始时他们想让他吃樟脑球，根据那位聪明的女邻居的说法，这是天使们的特殊食品，但是他连看也不看一下，就像他根本不吃那些信徒们给他带来的食品一样。不知道他是由于年老呢,还是别的什么原因,最后总算吃了一点茄子泥。他唯一过人的美德好像是耐心。特别是在最初那段时间，每当母鸡在啄食繁殖在他翅膀上的小寄生虫时，当残废人拔下他的羽毛去触摸他的残废处时，当缺乏同情心的人向他投掷石头想让他站起来，以便看看他的全身的时候，他都显得很有耐心。唯一使他不安的一次是有人用在牛身上烙印记的铁铲去烫他，他待了那么长的时间动也不动一下，人们都以为他死了，可他却突然醒过来，用一种令人费解的语言表示愤怒，他眼里噙着泪水，扇动了两下翅膀，那翅膀带起的一阵旋风把鸡笼里的粪便和尘土卷了起来，这恐怖的大风简直不像是这个世界上的。尽管如此,很多人还是认为他的反抗不是由于愤怒,而是由于痛苦。从那以后，人们不再去打扰他了，因为大部分人懂得他的耐性不像一位塞拉芬派天使（据天主教中的传说，天使共分四等，塞拉芬派天使为第三等）在隐退时的耐性，而像是在大动乱即将来临前的一小段短暂的宁静。

就这样，老天使如同一头老黄牛，在为人们传递上帝的福音而历经磨难后竟成了人们谋取利益和被人取笑的工具。

当孩子开始上学时，这所房子早已变旧，那个鸡笼也因风雨侵蚀而毁坏了。不再受约束的天使像一只垂死的动物一样到处爬行。他毁坏了已播了种的菜地。他们常常用扫把刚把他从一间屋子里赶出去，可一转眼，又在厨房里遇到他。见他同时出现在那么多的地方，他们竟以为他会分身法。埃丽森达经常生气地大叫自己是这个充满天使的地狱里最倒霉的人。最后一年冬天，天使不知为什么突然苍老了，几乎连动都不能动,他那浑浊不清的老眼,竟然昏花到经常撞树干的地步。他的翅膀光秃秃的，几乎连毛管都没有剩下。贝拉约用一床被子把他裹起来，仁慈地把他带到棚屋里去睡。直到这时，贝拉约夫妇才发现老人睡在暖屋里过夜时整宿地发出呻吟声。

过去他们很少放心不下，可这次他们放心不下了，他们以为天使快死了，连聪明的女邻居也不能告诉他们对死了的天使该做些什么。尽管如此，这位天使不但活过了可恶的冬天，而且随着天气变暖，身体又恢复了过来。他在院子最僻静的角落里一动不动地待了一些天。到 2 月时，他的眼睛又重新明亮起来，翅膀上也长出粗大丰满的羽毛。这羽毛好像不是为了飞，倒像是临死前的回光返照。当没有人理会他时，他在满天繁星的夜晚还会唱起航海人的歌曲。

一天上午，埃丽森达正在切洋葱块准备午饭，一阵风从阳台窗子外刮进屋里，她以为是海风，若无其事地朝外边看了一眼，这时她惊奇地看到天使正在试着起飞。他的两只翅膀显得不太灵活，他的指甲好像一把铁犁，把地里的蔬菜打坏了不少。阳光下，他那对不停扇动的大翅膀几乎要把棚屋撞翻。但是他终于飞起来了。埃丽森达眼看着他扇动着他那兀鹰般的翅膀，飞过最后一排房子的上空。她放心地舒了一口气，为了她自己，也为了他。洋葱切完了，她还在望着他，直到看不见为止。这时他已不再是她生活中的障碍物，而是水天相交处的虚点。

美丽的微笑与爱心

● 特蕾莎

穷人是非常了不起的。一天晚上，我们外出，从街上带回了四个人，其中一个情况十分危险。于是我嘱咐修女们："你们照料其他三个，这个情况较糟的由我来照顾。"

就这样，我为她做了我所能做到的一切。我将她放到床上，看见她脸上露出了美丽的微笑。她抓住我的手，只说了句"谢谢您"就死了。我情不自禁地在她面前审视起自己的良知。我问自己：如果我是她的话，我会说些什么呢？答案很简单，我会尽量引起别人对我的关注，我会说我饿、我冷、我疼、我要死了等等。但她给我的却多得多，她给了我她的感激之情，她死时脸上带着微笑。我们从污水沟带回的那个男子也是如此。当时，他的半个身子几乎被虫子咬坏，我们把他带了回来。"在街上，我一直像个动物一样地活着，但我将像个天使一样地死去，有人爱，有人关心。"真是太好了，我看到了他的伟大之处，他竟能说出这样的话。他就那样死去，不责怪任何人，不诅咒任何人，像天使一样——不与任何人攀比。这便是我们人民的伟大之处。"我饥肠辘辘，我衣不蔽体，我无家可归，我不为人需要、不为人所爱，也不为人所关心。然而，你却为我做了这一切。"

我想，我们算不上真正的社会工作者。

在人们眼中，我们或许是在做社会工作；但实际上，我们真的只是世界中心的修行者。

我想，在我们的大家庭里，不需要用枪支和炮弹破坏和平或带来和平。我们只需要团结起来、彼此相爱，将和平、欢乐以及家庭每位成员生命的活力都带回世界。这样，我们就能战胜世界上存在的一切罪恶。

我准备用我所获得的诺贝尔和平奖奖金为那些无家可归的人建设家园，因为我相信，爱源自家庭。如果我们能为穷人建设家园，爱便会传播得越来越广。而且，我们将通过这种宽容、博大的爱带来和平，并使之成为穷人的福音。首先为我们自己家里的穷人，其次为我们国家、为全世界的穷人。

今天的世界仍然充满苦难……当我从街上带回一个饥肠辘辘的人时，给他一碗饭、一片面包，就能使他心满意足，就能驱除他的饥饿。但是，如果一个人露宿街头，感到不为人需要、不为人所爱、被社会抛弃，这样的贫困让人心痛、令人无法忍受。因此，让我们永远以微笑相见，因为微笑就是爱的开端，一旦我们开始彼此自然而然地相爱，我们就会想着为对方做点什么。

“最熟悉中国的美国人”说中国

● 基辛格

中华文明的一个特点是，它似乎没有起点。中华文明不是一个传统意义上的民族国家，而是作为一种永恒的自然现象出现在历史上。

中国强盛时，其外交体现为在意识形态上捍卫帝国权力的合理性；衰微时，外交则用来掩盖其弱点，帮助中国利用彼此争斗的各种势力。

西方传统推崇决战决胜，强调英雄壮举，而中国的理念强调巧用计谋及迂回策略，耐心积累相对优势。

和美国一样，中国认为自己发挥了一种特殊作用，但它从未宣扬过美国式的普世价值观，并借此在世界各地传播自己的价值观，而是仅把注意力放在驾驭邻近的蛮夷上。

中国挟其独特的传统和千年养成的优越感步入近代。这个独特的帝国声称它的文化和体制适用于四海，却不屑于去改变异族的宗教信仰；它是世界上最富饶的国家，却对与外国通商和技术革新漠不关心；它文化发达，却受制于一个对西方探险时代的来临一无所知的政治集团统治；它在辽阔的疆土上建立了一套完整的政治体系，却对即将威胁其生存的技术、文化大潮茫然无知。

在将近 40 年的时间里，李鸿章成了中国对外的面孔。他本人也把自己看做外国列强和清廷之间的调解人。前者不断向中国勒索领土和经济权益，后者则妄自尊大，认为自己的政体在万邦之上。就其性质而言，李鸿章的政策断无可能获得任何一方的完全赞同。尤其在中国，人们对李鸿章的一生功过褒贬不一，但他的努力显示了晚清时期他在中国面临的种种严峻选择之间游走协调的出色能力。

毛泽东制定外交策略常从中国经典古籍中，即他表面上鄙视的中国传统文化中汲取灵感。在制定外交政策时，他所参考的通常不是马克思主义理论，而是中国的古典著作。他把古代士大夫贬为压迫者和寄生虫，自己却和他们有着相同的兴致，喜好作诗填词，并对自己豪放的书法深以为傲。

我与华国锋一共见过两面，第一次是在979年4月，第二次是在1979年10月他在法国进行国事访问时。华国锋谈话时，表现出了中国高级官员会见外宾时必有的沉稳。他相当熟悉情况，十分自信，只是不如周恩来娴熟，更没有毛泽东的辛辣讥讽。

第二辑

归来的温馨

服饰的妙用

● 聂鲁达

在咱们这个星球的一些国度里，盛开着服饰的花朵。迟缓的春天或是奇妙的夏天，总有一个是属于它的季节。服饰，这个行动的灰色伙伴和日常天使，总是一脸笑意。服饰的争斗确实由来已久，在阳光炙人的西班牙和阴雨绵绵的英国，大众的服饰毫无差别，简直是旗鼓相当。杂乱的大众是黑鸦鸦的一片，他们崇尚雨衣，喜爱高筒礼帽；他们套在官气十足的冷冰冰的衣服里，而这种衣服一律是开司米料子缝制的。

这种黑不溜秋的服装，看似不会造成什么后果，实则正在深深损害着历史感，败坏人民大众的伟大情感。革命，推翻帝制，策划阴谋，暴动，这一连串并不久远的了不起的字眼，如今给憋在受制于吸烟服和裤管深处，只能发出行将消失的空洞响声。

这些字眼连同其伟大含义，受到平庸服饰的排斥，都已离开我们的世界。不过，毫无疑问，它们必将伴随"服装独裁者"而突然出现。这个"服装独裁者"既有那位独裁者的胸怀，一定也会迷上神妙的意大利歌剧，而且一定会使漂亮的丝绒半统靴、有皱褶的短裤、靛蓝色的袖筒重新出现。

可是我想谈谈东方，谈谈那没完没了的服装季节。例如，我喜欢中国戏剧，而中国戏剧似乎仅仅是它那完美的行头——简直是神奇的再现。服饰的豪华和气派仿佛便是戏剧的全部。我有许多次花费很长的时间，观看了展开得极为缓慢的中国戏。笛子吹出不间断的十分尖锐的声音，剧中人物便随着笛声迈着过分威严的步子，从左首出场。他们主要是些仁慈的君主和受人敬重的长者，他们的衣着简直难以描绘，遍体的绫罗绸缎，脸上是白花花的大胡子，衣服上的宽袖子比手臂长得多，腰带上悬着宝剑，手里拿着宗教仪式上使用的拂尘和手帕。他们的头被巨大的光彩闪耀的头面勒得紧紧的，又因戴上翎子而变得很大，几乎显露不出来了。他们身上罩着色彩斑斓的、长及脚跟的长袍，袍子开叉，露出耀人眼目的绣着凸花的裤子。教士祭衣圣带似的带子从他们肩上一直垂到脚上，脚上穿着缀有亮片、上了漆的厚底靴。人物出场了，迈着小步往前走，像在古派舞蹈中那么庄重；他把头向后连续摆动，同时捋着长长的胡子；他往后一退，转身让观众欣赏盛装的后背。这个背上插满彩旗的绝妙人物，这个身穿红色和黄色服装的不可思议的“模特儿”，犹如庄严的化身，一下子从舞台上穿行而过。这一大片绫罗绸缎组成的幻影随即消失，另一些更加令人眼花缭乱的人物接着登台。

这种默然无声的列队行进往往持续很久，这简直是服装展览。剧中人物的每个动作，每个步态变化，那些渴求美妙事物的观众都贪婪地吞咽下去，而且予以消化。这种戏剧显然是通过强调服饰的重要来达到目的；演员穿戴的服饰，给观众带来了忧与乐。

中国街头所见的上衣、裤子之类服装，都很简朴，而且不美观。蚂蚁般勤劳的中国人消失在他们平平常常的服装里；他们的身体似乎被当做铁锤柄用，于是就在千百年的劳动中褪色、损坏。因此，舞台上的那种幻境开阔了他们的生活，那些神奇的剧中人物看来也使他们得到满足。

几个月前在科伦坡初见当地妇女时留下的印象，我依然历历在目。

她们都很美，可我不是指这个。一开始我就喜欢上她们的服装了。她们的服装像油那样光亮，像火焰那样包围全身。这只不过是一种叫做“莎丽”的很宽松的长袍，从腰到脚围好几道，几乎使人看不见走步的姿态、脚踝上的镯子和裸露的脚跟；然后，它十分端庄地斜披在身上，孟加拉妇女还把长袍披到头上，包在脸的周围。这是一种古希腊无袖衫或无袖外衣那样端庄的服装，是十分平静的古代幸存品。然而，它的整个生命在于色彩，在于色彩的力量，而对色彩来说，它的名称却是苍白的。什么黄绿色，青紫色，都不足以表现它的生气；更确切地说，那是些从未见过的纯净的色调。少女的腿被火红的料子缠裹起来，那黝黑的背脊被梳理过的黑发髻洒下的闪亮光波遮住，那黑发髻上闪耀着一朵宝石镶成的玫瑰花，有如强烈的幻影令人久久难忘。

至于印度男子的服装，可说是高贵和安谧的象征。谁穿这种服装都比不上泰戈尔；我见过他，身上罩着浅黄色的长袍，简直就是上帝现身。

诗人履行着自己的职责，肩负着半是圣人半是指导者的天职。我伸手搀扶这位年迈的诗人，他穿那身衣服显得十分高大。他的胡子令人肃然起敬。

在缅甸——本篇游戏之作就是在此地写就的——只有色彩才能确定各种服装。男子腰围彩裙，头上还包一块粉红帕子；上身穿一件没有领子的中国式黑短褂，腰部以上简直像个蒙古的斗牛士。不过，他们叫做“隆基”的大裙子，式样奇特，色彩鲜艳，有大红的、枣红的或紫红的。曼德勒的大街小巷，仰光的林阴道和市场，总是沸腾着这种令人眼花缭乱的绚丽色调。在这些色彩鲜艳的人群中间悠然行进的，是叫做“波尼尔”的托钵僧，他们严肃得像刚刚复活的人，身上穿着很单薄的衣衫，都是鲜明的藏红色和神圣的黄色。这样的人群简直就像挂满彩旗的节日，就像能走动的水彩盒，我破天荒头一次想用一用万花筒这个词儿。

我现在说说缅甸这地方。此地的妇女梳着高圆筒形发式，头发上总少不了插一朵叫做“帕道克”的金色花儿，还抽很长的香烟。缅甸王朝被推翻后，舞女们穿上了公主的服装，遍体珠翠，而且在胯部翘起奇怪的衣角；身穿这种带有鳍一般衣角的服装，跳起民间流行的叫做“普”的体操般的舞蹈，更奇怪的是她们做出难以描绘的抽缩动作，这使她们的身体绷得紧极了。

在这乱纷纷的服装花园里，在这斑驳的服饰季节中，还经常能见到怪诞与随心所欲的混合物，这是个充满令人惊奇的事物的大花园，这里喧闹地涌现出多姿多彩的服饰，这里有大量出人意表的变化、出色的尝试和须臾即逝的大胆——有时则是极美的裸体的人，在这样的汪洋大海中你会失去观察力。

记得在爪哇岛的三宝垄郊外，我见过一对马来舞蹈者在为寥寥几个观众献舞。女的是个小姑娘，身穿胸衣和莎笼，头戴金属冠冕。男的是个老者，跟在小姑娘后边，照马来舞蹈的方式动着脚跟和脚趾；他脸上罩着红漆假面，手持一把长长的木刀。睡梦中我多次见到郊外那次令人伤感的舞蹈。

那种衣服应该是我的服装。我真想能穿上假面舞蹈者的服装。

归来的温馨

● 聂鲁达

我的住所幽深，院内树木繁茂。久别之后，房子的许多去处吸引我躲进去尽情享受归来的温馨。花园里长起神奇的灌木丛，散发出我从未领受过的芬芳。我种在花园深处的杨树，原来是那么细弱，那么不起眼，现在竟长成了大树。它直插云天，表皮上有了智慧的皱纹，梢头不停地颤动着新叶。

最后认出我的是栗树。当我走近时，它们光裸干枯的、高耸纷繁的枝条，显出高深莫测和满怀敌意的神态，而在它们躯干周围正萌动着无孔不入的智利的春天。我每回都去看望它们，因为我心里明白，它们需要我去巡礼，在清晨的寒冷中我凝然伫立在没有叶子的枝条下，直到有一天，一个羞怯的绿芽从树梢高处远远地探出头来看我，随后出来了更多的绿芽。我出现的消息就这样传遍了那棵大栗树所有躲藏着的满怀疑虑的树叶。现在，它们骄傲地向我致意，俨然已经习惯了我的归来。

鸟儿在枝头重新开始往日的啼鸣，仿佛树叶下什么变化也未曾发生。书房里等待我的是冬天和残冬的浓烈气息。在我的住所中，书房最深刻地反映了我离家的迹象。

封存的书籍有一股亡魂的气味，直冲鼻子和心灵深处，因为这是遗忘——业已湮灭的记忆——所产生的气味。

在那古老的窗子旁边，面对着安第斯山顶上白色和蓝色的天空，在我的背后，我感到了正在与这些书籍进行搏斗的春天的芬芳。书籍不愿摆脱长期被人抛弃的状态，依然散发出一阵阵遗忘的气息。春天身披新装，带着忍冬的香气，正在进人各个房间。

在我离家期间，书籍被弄得散乱不堪。这不是说书籍短缺了，而是它们的位置被挪动了。在一卷17世纪古版的严肃的培根著作旁边，我看到萨尔加里的《尤卡坦旗舰》。尽管如此，它们倒还能够和睦相处。然而，一册《拜伦诗集》却散开了，我拿起来的时候，书皮像信天翁的黑翅膀那样掉落下来。我费力地把书脊和书皮缝上，事前我先饱览了那冷漠的浪漫主义。

海螺是我住所里最沉默的居民。从前海螺连年在大海里度过，养成了极深的沉默。如今，近几年的时光又给它增添了岁月和尘埃。可是，它那珍珠般冷冷的闪光，它那哥特式的同心椭圆形，或是它那张开的壳瓣，都使我记起远处的海岸和事件。这种闪着红光的珍贵海螺叫 Rostellaria，是古巴的软体动物学家——深海的魔术师——卡洛斯·德·拉·托雷，有一次把它当作海底勋章赠给我的。这些加利福尼亚海里的“橄榄”，以及同一处来的带红刺的和带黑珍珠的牡蛎，都已经有点儿褪色，而且盖满尘埃了。从前，就在有那么多宝藏的加利福尼亚海上，我们险些遇难。

还有一些新居民，就是从封存了很久的大木箱里取出的书籍和物品。这些松木箱来自法国，箱子板上有地中海的气味，打盖子时发出嘎吱嘎吱的响声，随即箱内出现金光，露出维克多·雨果著作的红色书皮。旧版的《悲惨世界》便把形形色色令人心碎的生命，在我家的几堵墙壁之内安顿下来。

不过，从这口灵柩般的大木箱里出来一张妇女的可爱的脸，木头做的高耸的乳房，一双浸透音乐和盐水的手。我给她取名叫“天堂里的马利亚”，因为她带来了失踪船只的秘密。我在巴黎一家旧货店里发现她光彩照人，那时她因为被人抛弃而面目全非，混在一堆废弃的金属器具里，埋在郊区阴郁的破布堆下面。现在，她被放置在高处，再次焕发着活泼、鲜艳的神采出航。每天清晨，她的双颊又将挂满神秘的露珠，或是水手的泪水。

玫瑰花在匆匆开放。从前，我对玫瑰很反感，因为她没完没了地附丽于文学，因为她太高傲。可是，眼看她们赤身裸体顶着严冬冒出来，当她在坚韧多刺的枝条间露出雪白的胸脯，或是露出紫红色的火团的时候，我心中渐渐充满柔情，赞叹她们含着挑战意味发出的浪涛般神秘的芳香与光彩；而这是她们适时从黑色土地里尽情吸取之后，像是责任心创造的奇迹，在露天里表露的爱。而现在，玫瑰带着动人的严肃神情挺立在每个角落，这种严肃与我正相符，因为她们和我都摆脱了奢侈与轻浮，各自尽力发出自己的一份光。

可是，四面八方吹来的风使花朵轻微起伏、颤动，飘来阵阵沁人心脾的芳香。青年时代的记忆涌来，令人陶醉：已经忘却的美好名字和美好时光，那轻轻抚摸过的纤手，高傲的琥珀色双眸，以及随着时光流逝已不再梳理的发辫，一起涌上心头。

这是忍冬的芳香，这是春天的第一个吻。

优哉游哉

● 海因里希·伯尔

在欧洲西海岸的一个码头，一个衣着寒伧的人躺在他的渔船里闭目养神。

一位穿得很时髦的游客迅速把一卷新的彩色胶卷装进照相机，准备拍下面前这美妙的景色：蔚蓝的天空、碧绿的大海、雪白的浪花、黑色的渔艇、红色的渔帽。咔嚓！再来一下，咔嚓！德国人有句俗语："好事成三。"为保险起见，再来个第三下，咔嚓！这清脆但又扰人的声响，把正在闭目养神的渔夫吵醒了。他睡眼惺忪地直起身来，开始找他的烟盒。还没等找到，热情的游客已经把一盒烟递到他跟前，虽说没插到他嘴里，但已放到了他的手上。咔嚓！这第四下"咔嚓"是打火机的响声。于是，殷勤的客套也就结束了。这过分的客套带来了一种尴尬的局面。游客操着一口本地话，想与渔夫攀谈攀谈来缓和一下气氛。

"您今天准会捕到不少鱼。"

渔夫摇摇头。

"不过，听说今天的天气对捕鱼很有利。"

渔夫点点头。

游客激动起来了。显然，他很关注这个衣着寒伧的人的境况，对渔夫错失良机很是惋惜。

“哦，您身体不舒服？”

渔夫终于从只是点头和摇头到开腔说话了。“我的身体挺好，”他说，“我从来没感到这么好！”他站起来，伸展了一下四肢，仿佛要显示一下自己的体魄是多么的强健，“我感到自己好极了！”

游客的表情显得愈加困惑了，他再也按捺不住心中的疑问，这疑问简直要使他的心都炸开了：

“那么，为什么您不出海呢？”

回答是干脆的：“早上我已经出过海了。”

“捕的鱼多吗？”

“不少，所以也就用不着再出海了。我的鱼篓里已经装了4只龙虾，还捕到差不多两打鲭鱼……”渔夫总算彻底打消了睡意，气氛也随之变得融洽了些。他安慰似的拍拍游客的肩膀。在他看来，游客的担忧虽说多余，却是深切的。

“这些鱼，就是明天和后天也够我吃了。”为了使游客的心情轻松些，他又说，“抽一支我的烟吧？”

“好，谢谢。”

他们把烟放在嘴里，又响起了第五下“咔嚓”。游客摇着头，坐在船帮上。他放下手中的照相机，好腾出两只手来加强他的语气。“当然，我并不想多管闲事，”他说，“但是，试想一下，要是您今天第二次、第三次甚至第四次出海，那您就会捕到三打、四打、五打甚至十打的鲭鱼。您不妨想想看。”

渔夫点点头。

“要是您，”游客接着说，“要是您不光今天，而且明天、后天，对了，每逢好天都两次、三次，甚至四次出海——您知道那会怎么样？”

渔夫摇摇头。

“顶多一年，您就能买到一台发动机，而年内就可以再买一条船，三四年内您或许就能弄到一条小型机动渔船。用这两条船或者这条机动渔船您也就能捕到更多的鱼——有朝一日，您将会有四条机动渔船，您将会……”他兴奋得好一会儿说不出话来，“您将可以建一座小小的冷藏库，或者一座熏鱼厂，过一段时间再建一座海鱼腌制厂。您将驾驶着自己的直升飞机在空中盘旋，寻找更多的鱼群，并用无线电指挥您的机动渔船，到别人不能去的地方捕鱼。您还可以开一间鱼餐馆，用不着经过中间商就把龙虾出口到巴黎——然后……”兴奋又一次哽住了这位游客的喉咙。他摇着头，满心的惋惜把假期的愉快几乎一扫而光。他望着那徐徐而来的海潮和水中欢跳的小鱼。“然后……”他说，但是，激动再一次使他的话噎住了。

渔夫拍着游客的脊背，就像拍着一个卡住了嗓子的孩子。“然后又怎样呢？”他轻声问道。

“然后，”游客定了一下神，“然后，您就可以优哉游哉地坐在码头上，在阳光下闭目养神，再不就眺望那浩瀚的大海。”

“可是，现在我已经这样做了，”渔夫说，“我本来就优哉游哉地在码头上闭目养神，只是您的‘咔嚓’声打扰了我。”

显然，这位游客受到了启发，他若有所思地离开了。曾几何时他也认为，他今天工作为的是有朝一日不必再工作。此时，在他的心里，对这个衣着寒伧的渔夫已没有半点的同情，有的只是一点儿嫉妒。

索尔仁尼琴散文四章

● 索尔仁尼琴

呼吸

夜里下过小雨，现在空中还飘着乌云，不时还洒下几滴雨水。我站在一棵花已凋谢的苹果树下——呼吸着。不只是一棵苹果树，而且还有周围的青草，在雨后都水灵灵的，生机盎然——那种充满了空气的清新鲜润的气味令人难以言表。我深深地吸着，整个胸膛都感到它的芬芳。我吸了又吸，有时睁眼，有时闭眼，我不知道，怎么才能更好地感受。

大概，这就是自由——那监狱剥夺了我们的惟一的但是最宝贵的自由：能这样呼吸，能在这里呼吸。世上任何食物，任何美酒，甚至女人的吻对我来说都没有这空气甜美，这空气充溢着花香、潮润、清新。

纵然这只是个小小的花园，它被像兽笼似的五层楼房团团围住，我却不再听到如摩托车轰鸣般的射击声，收音机里的怪声，扬声器的嘟哝。只要还可以在雨后苹果树下呼吸，就还可以生活。

水中的倒影

无论是近的还是远的东西，在急流的表面都看不到它们的倒影，即使这水并不浑浊，即使它没有泡沫。在经常有波纹的水面，在不停更替的水面，倒影是摇曳不定的，模糊不清的，古里古怪的。

只有当流水经过千川百流到达平静宽阔的河口，或者在静止的河湾，或者在水不颤动的小湖里——只有在那里我们才会在镜子般平滑的水面看到岸边树木的每一片叶子，如羽毛般轻盈的每一片云彩，蔚蓝寥廓的一片苍穹。

你是这样，我也是这样。如果至今我们怎么也不能看到，怎么也不能映照出不朽的清晰的真理，——这就是说，是否是因为我们还在往哪儿运动？我们还在活动？

篝火和蚂蚁

我把一段腐烂的木头扔进了篝火。我没有看到木头里面密密麻麻钻满了蚂蚁。

木头燃烧起来发出劈啪声，蚂蚁蜂拥爬出来，在绝望中逃窜着。它们在木头面上忙乱着，痉挛着，在火焰中燃烧着。我钩住木头，把它推到边上。现在许多蚂蚁得救了——它们爬到沙子上、松针上。但是很奇怪，它们没有离开篝火。刚克服恐惧，它们就向后转，转着圈——有一种力量吸引它们回来，回到被舍弃的家园！——有许多蚂蚁又爬到了燃烧着的木头上，在上面团团乱转，死在那里……

闪电

我只是在书上读到过，从来没有亲眼看到过：闪电怎么劈开树木的。

终于看到了。白天滚过雷电，一道闪电的耀光如明灿灿的金子照亮了我们的窗户。即刻，不到一秒钟，就打了个响雷：离房子二三百步，不会更远。

雷电过去了，正是这样：就在近处，在一块林地上。闪电在高高的松林中选择了并不是最高的一棵菩提树——为什么？闪电从上面，略低于树梢的地方开始，沿着树干，穿过它那生机勃勃、充满自信的树心。它消耗了力量，没有到达底部——滑过了？力量耗尽了？只是在燎着的树根附近，地面被弄得坑坑洼洼，还有一块大木片被扔在五十米远处。

一段树干，有树身一半长，靠在一旁，压着无辜的邻树的枝杈。而另一段一还支撑了一天，矗在那里——有多少力量？它已经完全被劈裂了，露出穿心的大窟窿。后来，它就倒向一边，倒向另一棵高大的姐妹树那友好的树杈。

我们，别人也是这样：当遭到良心惩罚的打击时，那么它会穿过整个身心，一直穿过整个人生。那以后有人还能挺住，有人则不。

父母的心

● 川端康成

当轮船驶出濑户内海，航行于广阔的海面的时候，在甲板上的人群中，有一位风度极佳、引人注目、年纪四十岁左右的高贵妇女。女佣和打杂的片刻不离左右。

与此成对照的是，有一位四十岁上下的男人，他衣衫褴褛，那副寒酸相在人群中也十分显眼。他带着三个孩子，最大的男孩有七八岁。孩子们的长相都很聪明可爱，但是身上的衣服却相当破旧。

那位高贵的夫人很早就注意到了这位贫穷的父亲和他的孩子们。她唤过一名女佣，低声吩咐了一番后，女佣便来到那位父亲的跟前说："孩子这么多，真有福气啊！"

"谢谢。他们下边还有一个吃奶的孩子呢。像我们这样的穷人，因为有孩子日子就更苦。说起来怪难为情的，我们已经没有能力扶养这四个孩子了。话虽这么说，但是决不会把他们扔了，为了孩子们，我一家六口正要去北海道找活儿干呢。"

"方才你说的如果确实是实际情况，我就想跟你说说相求的事了。我的东家是函馆的财主，在一家大公司当总经理，日子过得很富足。但是只有一件事不如人意：年过四十还没有孩子。我家太太方才叫我来跟你说说，能不能送一个孩子给她。到了她家的孩子，不仅能够过好日子，而且可以继承财主的家业。另外，我家太太还要赠送你们一百元，作为酬谢。”

“这可得谢谢啦……”那位父亲嘴上虽然这么说，但脸上的表情却十分地犹豫。最后，他告诉女佣，这事得和孩子的妈妈商量之后才能决定。

那天傍晚，当轮船航行在相模滩的海面上的时候，那男人和他的妻子一起，带着他们的长子来到那位妇人的舱房。他们说：“那就请您把这个小家伙收下吧！”

结果自然是按口头约定，对方付了一百元钱。该是父母和儿子分手的时候了，这对父母眼含热泪，难割难舍地走出了舱房。

但是到了第二天早晨，船在绕着房总半岛转的时候，不知什么缘故，那位父亲牵着五岁的二儿子的手，无精打采地走进那位财主夫人的舱房。他说：“昨晚上仔细地想了又想，大儿子嘛，不论怎么穷吧，也是我们家的接班人哪。况且，把老大给别人，按次序也不对，如果可能，我们想用老二换下老大。”

“当然行！”财主夫人高高兴兴地同意了。

可是，当天傍晚，孩子母亲又带着三岁的女儿来了，她很不好意思地说：“简直没法跟您说，今天早晨给您送来的二儿子，从眉眼长相到说话的嗓门，都和我那去世的婆婆一模一样。我就实话跟您说吧，我这心里呀，就像把婆婆扔了一样不好受，再说也对不起我们当家的。况且，他已经五岁了，我觉得他一定会永远地记着我们，想到这儿觉得他可怜得不得了。能不能答应我用这个女孩子把他换下来？”财主夫人一听是女孩，有些不高兴，但是看见那位妈妈失魂落魄的样子，除了答应也没别的办法了。

事情到这儿还没完，第二天上午，船快要到北海道了，这回是两口子一齐来到财主夫人的舱房。他们一见财主夫人什么也说不出来，竟然痛哭失声。

“怎么啦？”财主夫人赶忙问道。

“实在是太难为情了。”两口子只说了这么一句就又哭了。

问了几次，那男的才哭着说：“本来是不应该这么随便说话的。昨晚上我们两口子本来是商量好，说得一妥百妥，决不留恋孩子啦，可是，正因为她太小，所以总担心她是不是会这样那样啦，结果是我们两口子一夜没睡。把那么个无知的孩子给人家，连我自己都觉得这当爹的太冷酷无情。您给的钱我们如数奉还，请把女儿还给我们吧。与其舍掉一个孩子，还不如爹妈儿女一家六口饿死在一起好。”

财主夫人听了这番话，不由得也跟着悲伤起来，她含着眼泪说：“是我不对，老实说，我虽然没有孩子，但你们当爹妈的心我完全理解，而且也羡慕你们。孩子还给你们，钱呢，就算做你们教给我懂得父母之心的酬谢吧。”

那一家六口终于又团聚了。

娶新娘的车

● 川端康成

下雪天，一只鹿从后院的竹林跌到小学校的院子里了。学校的孩子们把它活捉之后养了起来一就凭这件事，你应该大体上明白了这个温泉村的山如何青、人如何美了吧。

这个村子里只有一辆人力车，而且很滑稽。

看起来足有 150 斤重的一个大汉坐在车上，一个豆大的小个子家庭妇女摇摇晃晃地拉着车走。

“这可不是笑话。大叔腿有毛病，所以大婶只好拉着他去洗温泉。”

家长虽然这么斥责，可是孩子们对于这可笑的事儿还是不能不笑。

有的孩子不仅仅笑，还要干些淘气的事。

孩子们跟着那个滑稽的人力车，不离左右，吵吵嚷嚷地喊：

“喂，瘫子胜五郎！”

“这不是蚂蚁拉着讨厌鬼吗？”

开头，主妇还有些难为情，脸还红一阵，会觉得遗憾而悄悄地流眼泪，但是习惯了之后就毫不在乎了。因为每天都是这个样子，总不能为了这个每回都生气吧。

这主妇每天早晨和傍晚让丈夫坐在车上拉着他去洗温泉。

丈夫是在抬着本村山上伐的木材往山外运的半路上，从崖上跌下来，挫伤了腰。外伤不久就好了，但是腿站不起来。洗温泉能见好吧……但是到达山溪边上那个温泉总有一公里之远，这么一个高大的汉子，既不能把他抱去也不能背去。

因此，她从遥远的火车站所在地的街上买了这辆旧人力车回来。

不仅温泉能去了，即使丈夫说要去看看以往自己种过的地，主妇也能拖着分量很重的车把他拉去。

小学校发生了很大的骚动。大概是因为碰上了山溪也快要干涸的炎热天气了吧，小学二年级的女生晕倒在操场上了，经过急救醒过来了，但是必须带她去医生那里，所以得先送她回家。这就需要门板啦，抬的人啦，但是哪里也找不到门板。

“这事好办极了！”主妇赶到学校来这么说，“坐我的车去不就行了吗？”

“不错，真是个好主意。谢谢！顺便找一个男的给帮忙拉车好不好？”

“求一个男的？我可不是说大话，能拉人力车的，这个村只有我一个人！”她很神气地这么说。

而且，把那病女孩放在车上之后，她居然开始小跑起来。

确实如这位主妇所说，从她的角度来说，拉个女孩子根本不算回事。自从这件事以后，纯洁的孩子们很受震动，再没有一个人笑她拉人力车了。

不仅如此，后来孩子们有个什么事的时候，学校一定会求她出一趟车，因此，孩子们对这辆人力车更加感到亲切了。

因为温泉的疗效，她丈夫的疼痛止住了，但是挫伤的腿却永远也不能活动自如了。农活全靠这位主妇和她的女儿，丈夫就专门在家里编竹篮什么的。

三年五载之后，随着丈夫的竹编手工越来越精，能在生活上有些帮助，但是主妇却必须干两个人的活，而且还得用车拉着他去温泉，所以她的负担的确够重了。况且，好不容易把姑娘抚养大，能干活了，可是又不能不嫁出去。姑娘有一个弟弟，可是还小呢。

这姑娘出嫁的形式却奇妙绝伦。女儿完完全全是新嫁娘打扮，坐上人力车，她母亲亲自拉着车送去。村民们当然笑口大开。不过这次的笑和以前的笑不同，没有一丝一毫嘲笑的意思，而是满怀祝贺之意的兴高采烈之笑。

这个送亲队伍——在这古老的山村，充满淳朴的母女之爱的送亲队伍，恐怕不会有第二个了吧。村民深为感动的佐证便是，从此之后，结婚的人家总是求主妇帮忙，用她的人力车迎娶新娘。

所以，不知不觉间，人们为主妇那辆古老的人力车起了一个很美的名字："娶新娘的车。"

它的全部功能还不止娶新娘，有闹病的或受伤的孩子，全是用主妇那辆车往家送。如今他们都大了，有的年轻人就说：

"大婶老了不能动了时，我就让她坐上我的车，带她去温泉，作为我们对她的回报。"

面　貌

● 川端康成

从六七岁的时候起一直到十四五岁为止，她在舞台上，经常都在哭泣。那一段日子里，观众其实也很爱淌眼泪。只要自己一哭泣，观众也会跟着自己哭泣——这样的想法就是她看待人生的最初的观点。人的面貌，在她看起来，莫不都是看了自己演的戏就会哭泣的那一种。她所不能了解的面貌，可以说一个也没有。照这样子说起来，这人世间，对她而言，实在是太容易了解的了。在整个戏团里头，其实也没有哪一个演员能像她所扮演的楚楚可怜的小女孩角色那样子令许许多多的观众哭泣。然而，她却在 16 岁的时候就生下了一个孩子。

“这孩子没有哪一点像我，这不是我的孩子，我可不管。”孩子的父亲这样说。

“这孩子，一样也没有什么地方像我。”她也说了，“可是，的的确确是我的孩子啊。”

这小女孩的面貌于是成了头一个她所不能了解的人的面貌。生下了孩子，与之同时，她扮演女童角色的寿命可以说也宣告终结了。这一来，她终于也发觉，这个自己一哭便会让观众流泪的新派悲剧的舞台和实际的人世之间，其实横着好大的一条鸿沟。这鸿沟里，一瞧，竟是黑漆漆的。跟自己的孩子的面貌一样无法了解的人的面貌，好多，从那黑暗之中浮现了出来。在巡回演出的旅途上，在某个陌生之地，她和孩子的父亲终于分道扬镳。随着岁月流逝，她逐渐觉得孩子的面貌似乎很肖似已经分了手的那男人的面貌。不久之后，这孩子所扮演的孩童角色,也跟她幼小的时候一般,渐渐地也能招出观众的眼泪来了。然后，也在巡回演出的旅途上，一样在某个陌生的乡镇，她终于和孩子也分了手。离开了孩子之后，她渐渐地竟也觉得那孩子的面貌和自己的面貌似乎很肖似。

在某个小乡镇的演戏之处，她不期遇见了十多年来从不曾碰面的，也是在剧团巡回演戏的父亲。父亲把母亲的居处告诉了她。和母亲相逢时，她抱住母亲“哇”的一声哭了起来。有生以来第一次见到母亲，有生以来第一次真正地哭起来。因为，和她分离了的女儿的面貌，和她母亲的面貌竟是那样像。就像她一点儿也不像自己的母亲一般，她和自己女儿之间，也一样丝毫都没有相像的地方。然而，祖母和孙女却像得出奇。拥在母亲的胸前哭着哭着，她不禁也想起在自己扮演孩童角色的那些日子里，戏台上的自己其实是真正在哭泣的。于是她怀着一种像是前往什么圣地朝圣去的心情，又回到剧团里——为了期盼有一天能在某个陌生之地和她的女儿，以及女儿的父亲相逢，然后告诉她和他有关面貌的事情。

父亲这样教育我

● 费　曼

小时候父亲常在周末带我去山上，在漫步丛林的时候给我讲好多关于树林里动植物的新鲜事儿。也有别的孩子跟着他们的父亲去山上玩。当孩子们聚在一起时，一个小朋友问我："你瞧见那只鸟儿了吗？你知道它是什么鸟吗？"

我说："我不知道它叫什么。"

他说："那是只黑颈鸫呀！你爸爸怎么什么都没教你呢？"

其实情况正相反。"看见那鸟儿了吗？"爸爸说，"那是只斯氏鸣禽。"（我猜想他并不知道这鸟的学名。）他接着说，"意大利人把它叫做'查图拉波替达'，葡萄牙人叫它'彭达皮达'，中国人叫它'春兰鹅'，日本人叫它'卡塔诺·特克达'。现在，你只是知道了世界不同地区的人怎么称呼这只鸟，可还是一点也不懂得它。我们还是来仔细瞧瞧它在做什么吧——那才是真正重要的。"（我于是很早就学会了"知道一个东西的名字"和"真正懂得一个东西"的区别。）

他说，"瞧，那鸟儿是在啄它的羽毛。可它为什么要这样做呢？"

"大概是飞翔的时候弄乱了羽毛，要把羽毛梳理整齐。"我说。

可结果发现，鸟儿们在刚飞完和过了一会儿之后啄的次数差不多。

"因为有虱子。"他说，"虱子在吃羽毛上的蛋白质。虱子的腿上又分泌蜡，蜡又有螨来吃，螨吃了不消化，就拉出来粘粘的像糖一样的东西，细菌于是又在这上头生长。”

“只要哪儿有食物，哪儿就会有某种生物以之为生。”现在，我知道鸟腿上未必有虱子，虱子腿上也未必有螨。他的故事在细节上未必对，但是在原则上是正确的。

又有一次，他摘了一片树叶，我们注意到树叶上有一个C形的坏死的地方。“这是一只蝇，在这儿下了卵，卵变成了蛆，蛆以吃树叶为生。它每吃一点就在后边留下了坏死的组织。它边吃边长大，吃的也就越多，这条坏死的线也就越宽。直到蛆变成了蛹，又变成了蝇，从树叶上飞走了，它又会飞到另一片树叶上去产卵。”

同上一例一样，他说的细节未必对——没准儿那不是蝇而是甲壳虫，但是他指出的那个概念则是生命现象中极有趣的一面：生殖繁衍是最终的目的。

一天，我在玩马车玩具，车斗里有一个小球。我说：“爸，我观察到一个现象。当我拉动马车的时候，小球往后走；当马车在走而我把它停住的时候，小球往前滚。这是为什么？”

“因为运动的物质总是趋于保持运动，静止的东西总是趋于保持静止，除非你去推它。这种趋势就是惯性。但是，还没有人知道为什么是这样。”这是很深人的理解，他并不只是给我一个名词。父亲用许多这样的实例来进行兴趣盎然的讨论，没有任何压力，这使我对所有的科学领域着迷，我只是碰巧在物理学中建树多一些罢了。

我的梦想

● 马丁·路德·金

此刻，我们站在一位伟大的美国人的富有象征性的影子里。是他，在100年以前签署了《解放宣言》。这个伟大的法令，就像一座宏伟灯塔，给千百万遭受着灭绝人性的不公正的毒焰残酷烧烙的黑奴带来希望之光，驱逐了那漫漫的镣铐下的黑夜。

但是，100年以后，我们必须正视这样的悲惨现实，那就是黑人仍然没有获得自由；100年以后，由于种族隔离和种族歧视的枷锁，黑人仍然过着屈辱痛苦的生活；100年以后，黑人生活在无限的物质繁荣的大海中的一个贫困孤岛上，100年以后，黑人仍然可怜地被丢弃在美国社会的角落里，发现自己像被放逐的人一样生活在自己的土地上。因此，我们今天来此大声疾呼，让人们知道我们骇人听闻的处境。

我并不是不知道，你们有的历经苦难曲折来到这里；有的刚出自狭小的囚室；有的来自要寻求自由就会横遭残害，或者被警察打得举步艰难的地区；你们历来经受着那些层出不穷的折磨，只是心怀“忍受冤苦就会拯救自己”的信念而继续努力生活。

回到密西西比去，回到亚拉巴马去，口到南卡罗来纳，回到佐治亚，回到路易斯安那，回到那些东部城市的贫民窟和黑人区，我们将怀着不仅能够、而且必将改变这种处境的信心，而决不在绝望中沉沦。

今天，我要对你们朋友们说。目前，尽管我们面临重重困难和挫折，我依然心怀梦想，心怀一个深深地扎根在美国人民梦想中的梦想。我心怀梦想，那个梦想就是，终有一天，这个国家将从她的信念的真正含义的洗礼中挺身而起，“我们认为这是不言而喻的真理：所有的人，生而平等。”

我心怀梦想，那就是，终有一天，在佐治亚的红山坡上，从前奴隶的儿子和从前奴隶主的儿子能像亲兄弟一样同桌共餐。

我心怀梦想，那就是，终有一天，即使密西西比这样一个像沙漠的酷热一样到处弥漫着压迫和非正义的毒焰的地区，也将变成自由和正义的沃土绿洲。

我心怀梦想，那就是，终有一天，我的4个孩子能生活在这样一个国家，那儿不以肤色取人，而是根据他们的个性和品质。

今天，我心怀着一个梦想。

我心怀这样一个梦想，那就是，终有一天，亚拉巴马州将会出现黑人的男孩和女孩能和白人的男孩和女孩亲兄妹般地携起手来的美好情景。

今天，我怀着一个梦想。

我心怀这样一个梦想，那就是我们终能填平所有的人间沟壑，夷去所有的世间屏障，变崎岖为康庄，易坎坷成平原。到那时，上帝的光轮再现，普天下生灵共谒基督。

这就是我的梦想，这就是我回到南方的信念。怀着这种信念，我们将从绝望的深渊里挖掘出希望的宝石；怀着这种信念，我们将能把我们国家的刺耳的嘈杂声改变成亲兄弟合奏的美妙和声；怀着这种信念，我们将能一起工作，一起祈祷，一起斗争，一起进监狱，一起为争取自由挺身而起，因为我们知道我们必将获得自由。

到了那一天，所有上帝的儿女将能唱起寄寓着新含意的颂歌：

我的国家，

自由、芬芳的大地，
我歌颂你，
这父辈逝世的土地，
这朝圣者向往的土地，
自由的钟声，
在处处山腰鸣起。
如果美国将是一个伟大的国家，那么这个梦想就一定会实现。
让自由之钟在庞大无比的新罕布尔什的山顶鸣响吧！
让自由之钟在巨大的纽约山脉鸣响吧！
让自由之钟在那高耸入云的宾夕法尼亚阿利格尼山脉鸣响！
让自由之钟从科罗拉多的落基山脉的雪峰鸣响！
让自由之钟从加里福尼亚蜿蜒的山巅鸣响！
让自由之钟从佐治亚的岩山鸣响！
让自由之钟从田纳西的了望山鸣响！
让自由之钟从密西西比的座座小山上鸣响！在处处山腰鸣响！

如果有一天我们能使自由的钟声鸣响，如果我们能让自由的钟声响遍每一个乡间村落、每一个州、每一个城市，我们就能加快实现我们的梦想。那时，所有的上帝儿女、黑人和白人、犹太人和异教徒、新教徒和天主教徒，都将一起捞手合唱那富有黑人精神的歌曲："终于自由！终于自由！感谢上帝，万能的上帝！终于我们赢得了自由！"

马丁路德，金（1929——1968），美国黑人领袖。他提倡以非暴力的方式来抗议种族隔离和其他各种社会不公正，领导了举世闻名的美国黑人争取民权运动，获得了1964年度诺贝尔和平奖金。这篇著名演说是他在美国首都华盛顿的林肯纪念堂前发表的（1963年8月28日），20万在场听众被马丁·路德·金的意味深长的演说深深打动，使他们重新燃起实现"全世界所有人种都平等相处"的希望之火。

马丁·路德·金于968年被一个叫杰姆斯·厄尔·雷的人暗杀而死。当时他正在筹划组织田纳西州孟菲斯市环境卫生工人的罢工游行。

早 餐

● 斯坦贝克

我每想起这件事心中总有一种愉快、满足之感，说来也怪，连最小的细节至今仍历历在目。我曾多次追忆这件事，而每次都能在记忆中的朦胧处想起一个新的细节，这时，那种美妙温馨的快感就油然而生。

那是凌晨时分，东边的山峦仍是一片蓝黑色，但山背后却已晨曦微露，一抹淡淡的红色渲染着山峦的边缘。当这缕红色的光往高空移升时，它的色泽越变越冷，越淡，越暗，当它接近西边天际时，就逐渐和漆黑的天空融为一体了。

天很冷，虽然算不得刺骨严寒，但也冻得我弓背缩肩，拖拽着双足，把两手搓热后插进裤兜里。我置身其中的这座山谷，泥土现在呈拂晓时特有的灰紫色。我沿着一条乡间土路往前走，突然看见前方有

一座颜色比泥土略淡的帐篷，帐篷旁，橘红色的火苗在一只生锈的小铁炉的缝隙中闪烁。短而粗的烟筒喷出一股灰色的浓烟，烟柱向上直直升起，过了好一会儿才在空中飘散。

我看见火炉旁有位年轻妇女，不，是位姑娘。她身穿一件褪色的布衣裙，外面罩着一件背心。我走近后才发现她那只弯曲着的胳膊搂抱着一个婴儿，婴儿的头暖暖和和地包在背心里面，小嘴正在吮奶。这位母亲不停地转来转去，一会儿掀开长锈的炉盖以加强通风，一会

不孤独儿拉开烤箱的门，而那婴儿一直在吮奶。婴儿既不影响她干活，也没影响她转动时轻捷优美的姿态，因为每个动作都准确而娴熟。从铁炉缝隙中透露出的橘红色的火苗把跳动着的黑影投映在帐篷上。

我走近时，一股煎咸肉和烤面包的香味扑面而来，我认为这是世界上最令人感到愉快和温暖的气味。这时，东边的天空已亮起来，我走近火炉，伸出手去烤火，一触到暖气，全身立刻震颤一下。突然帐篷的门帘向上一掀，走出个青年，后面跟着一位长者。他俩都穿着崭新的粗蓝布长裤和钉着闪亮的铜钮扣的粗蓝布外套。两人长得十分相像，都是瘦长脸。

年轻的蓄着黑短髭，年长的蓄着花白短髭，两人的头部和脸部都是水淋淋的，头发上滴着水，短髭上挂着水珠，面颊上闪着水光。他

二人默默地站在一起望着逐渐亮起来的东方，他们一同打了一个哈欠，一同看着山边的亮处。他们一回身看见了我。

“早。”年长的那位说。他脸上的表情既不太亲热也不太冷淡。

“早，先生。”我说。

“早。”青年说。

他们脸上的水渍还没完全干，两人一同来到火炉边烤手。

姑娘不停地干活，她把脸避开，聚精会神地干手里的活。她那梳得平平整整的长发扎成一束垂在背后，干活时，发束随着她的动作甩来甩去。她把几只马口铁水杯、几只铁盘和几份刀叉放在一只大包装箱上，然后从油锅里捞出煎好的咸肉片，放在一只平底大铁盘上，卷曲起来沙沙作响的咸肉片看上去又松又脆。她打开生锈的铁烤箱，取出一只正方形的盘子，盘子上面摆满用发酵粉发得松松的大面包。热面包香气扑鼻，两位男人深深地吸了口气，年轻人低声说：“耶稣基督！”

年长的人回头问我：“你吃过早饭吗？”

“没有。”

“那就跟我们一起吃吧。”这就是邀请了，我同他们一块走到包装

箱旁，围着箱子蹲在地上。青年问道："你也去摘棉花吗？"

"不。"

"我们已经摘了2天了。"

姑娘从火炉那边说："还领到了新衣服呢。"

两个男人低头瞧着新衣裤，一同笑了。

姑娘摆上那盘咸肉，大个的黑面包，一碗咸肉汁和一壶咖啡，然后自己也蹲在纸箱旁。婴儿的头部暖暖和和地包在背心里面，还在吮奶，我听见小嘴吮奶时的咂咂声。

我们都在自己的盘子上放满面包和咸肉，在面包上浇上肉汁，在咖啡杯里放了糖。那位长者把嘴填得满满的，细细咀嚼了很久才咽下去。于是他说："全能的上帝，真好吃"接着他又把嘴填满。

年轻人说："我们吃了12天好的了。"

这里，每个人都在狼吞虎咽，都把再次放在自己盘子上的面包和咸肉又一下子吃得精光，一直吃得肚里饱饱的，身上暖暖的。热咖啡把喉咙烫得火辣，但我们把剩在杯底的咖啡连同渣子一块儿泼在地上后，又把杯子斟满。

曙光现在有了色彩，但这种发红的亮光反而使天空显得更寒冷。那两个男人面对东方，晨曦把他们的脸照得闪闪发亮。我抬头望了一会儿，看见老者的眼球上映着一座山峦的影子和正爬越过那座山峰的亮光。

两位男人把杯里的咖啡渣泼在地上，一同站起身。年长的人说："该走了。"

年轻人转向我，"你要是愿意摘棉花，我们可以帮个忙。"

"不啦，我还得赶路。谢谢你们的早饭。"

长者摆了摆手，"不用谢，你来我们很高兴。"他们俩一同走了。东方的天际这时正燃起一片火红的朝霞，我独自顺着那条乡间土路继续向前走去。

事情就是这些，它之所以令人感到愉快是显而易见的。但它本身具有一种无与伦比的美，因此，我每次回忆时总有一股暖流袭上心头。

一天的等待

● 海明威

他走进我们的房间关窗时，我们还没有起床，不过我发现他好像生病了，全身哆嗦，脸色苍白，步履蹒跚，似乎动一下就会疼痛至极。

“哪儿不舒服了，宝贝儿？”

“头痛。”

“赶快回床上躺着去。”

“不，我没事儿。”

“你先回床上去，我穿好衣服就去看你。”

不一会儿，他穿好了衣服，坐在火炉旁。这个九岁男孩看上去又虚弱又可怜，我摸了摸他的额头，烧得很厉害。

“上床躺着，”我说，“你发烧了。”

“我没事儿。”他说。

医生很快来了，给孩子量了体温。

“多少度？”我问医生。

“一百零二度。”

下楼后，医生留下三种药，是三种不同颜色的胶囊，并交代如何服用。一种是退烧药，一种是止泻药，还有一种是抗酸药。他解释说，流感病菌只有在酸性环境中才能存活。他似乎对治疗流感很在行，还说只要发烧不超过一百零四度就没什么好担心的。只是轻度流感，只要当心别引起肺炎，就没有什么危险。

我回到房里，记下孩子的体温和服药的时间。

“要不要我读书给你听？”

“好的，您想读就读吧。”孩子说。他脸色苍白，眼窝下方有黑晕。他静静地躺在床上，对周围发生的一切似乎漠不关心。

我大声读起霍华德·派尔的《海盗故事》，可我发觉他根本没有听。

“感觉怎么样，宝贝儿？”我问道。

“目前为止，还是那样儿。”他说。

我坐在床脚，自顾自地念着书，等着到时间再给他吃另一种胶囊。按理说他应该睡着了，可是我抬头一看，他正神情古怪地盯着床脚。

“怎么不睡会儿？吃药的时候我会叫醒你。”

“我还是醒着好。”

过了一会儿，他冲我说道：“爸爸，要是您觉得心烦的话，就不用在这儿陪我。”

“没有什么可心烦的。”

“不，我是说，如果这事会给您带来烦恼的话，您就不用待在这里了。”我以为他有点儿神志不清了，十一点按医嘱给他吃完药，我便出去了。

户外有些冷，天空中下着雨夹雪，飘洒在地面，形成一层薄冰。那光秃秃的树木、灌木丛、修剪过的树枝、草坪和空地，似乎都被笼罩在寒冰里。我牵着小爱尔兰塞特犬出门，沿着大路和结了冰的小溪往前走，可是，要在光溜溜的冰面上站立和行走，真是有点困难。红毛犬连跌带滑，一路趔趄，我也重重地摔了两跤，猎枪也被甩了出去，在冰面上滑出去老远。

一群鹌鹑躲在悬着树枝的高高的堤岸下，被我们惊飞了，我立刻举枪击落两只。有几只仍然栖息在树上，其他大部分都钻进了灌木丛。

要想把它们赶出来，你得在生长着灌木丛的土地上跳几下。结果，你在这些又滑又有弹性的树枝上摇摇晃晃，还没站稳时，它们又飞了出来，你很难瞄准。我击落了两只，放跑了五只。不过，我在动身返程时，在离家不远的地方发现了一群鹌鹑，不禁窃窃自喜，还剩下许多，改日再来寻觅猎捕。

回到家，家里人告诉我，孩子不让任何人进他的房间。

“你们不能进来，”他说，“千万不要被我传染。”

我走到他身边，发现他还保持着我离开时的姿势。他面色苍白，但两颊烧得通红，眼睛依旧一动不动地盯着床脚。

我测了他的体温。

“多少？”

“一百来度吧。”我说。其实是一百零二度四分。

“刚才是一百零二度。”他说。

“谁说的？”

“医生。”

“你的体温没问题，”我说，“没什么好担心的。”

“我不担心，”他说，“可是我忍不住。”

“不要想。”我说，“放松点儿。”

“我挺放松的。”他说着，眼睛直直地盯着前方。显然，他在极力克制自己。

“喝点水，把药吃了。”

“您觉得这有用吗？”

“当然有用了。”

我坐下来，打开《海盗故事》，读给他听，但看得出来，他根本没兴趣。于是我停了下来。

“我大概什么时候会死？”他问道。

“什么？”

“我还能活多久？”

“你不会死。你这是怎么了？”

“哦，不，我会死的。我听到他说一百零二度。”

“人发烧到一百零二度是不会死的，你真是在说傻话。”

“我知道会的。在法国上学的时候，同学们告诉我，发烧到四十度就活不了了。我已经一百零二度了。”

原来自早上九点起，整整一天时间，他都在等死。

“你这可怜的宝贝儿，”我说，“这就像英里和公里的问题。你不会死的。那种温度计不一样。用那种温度计测，三十七度是正常体温。而用这种温度计测，正常体温是九十八度。”

“您肯定？”

“十分肯定。”我说，“这就像英里和公里间的换算一样。就好像我们的车速开到七十英里，该换算成多少公里一样。”

“哦。”他说。

他紧盯着床脚的目光渐渐轻松了一些，一直绷着的那股劲儿也终于缓了下来。第二天，他轻松极了，为了一点儿无关紧要的小事儿就大哭大叫起来。

克拉克河谷怀旧

● 海明威

夏末，大鳟鱼告别了上游的水坑，游到了溪河中央，正要顺流而下，到大峡谷的深水里过冬。因此，9月的头两周，正是垂钓的好时节。此地的鳟鱼肥壮、滑嫩、亮光光的。几乎所有的鳟鱼都跳着咬钩。你要是放两把鱼钩，多半能同时钓着两尾鳟鱼。要在湍急的溪流中摆弄好上了钩的鱼，那技巧就不能是一般的娴熟。

夜凉如冰。你若在半夜醒来，会听见郊狼的嚎声。白天，你不必过早到溪边去。一夜的寒风吹彻了溪水，太阳要几近正午才能照到溪河上。只有到那时，鳟鱼才肯出来捕食。

清晨，你可以骑马到野外遛遛；要不，就坐在小屋前，任阳光照在身上，慵懒地远眺河谷对岸。那儿，饲草割了，草地一片萎黄，在

一排颤杨映衬下，平平展展的。这会儿到了秋天，颤杨也黄了。远方，起伏的群山上，鼠尾草一片银灰色。

河的上游，耸立着两座山峰：引航峰和二指峰。月底，我们可以到那儿去猎山羊。你坐在阳光里，心里惊叹着，群山远远望去竟有如此端正的形状：线条清晰，轮廓分明。于是，你记起了从遥远的地方望到的山影。这情景不同于你停车地方的嶙峋的山崖，不同于你跨过的起伏不平的滑岩，也不同于那突出的狭长的石块。你汗涔涔地从这

块通到山峰后面的石头上摸行着，不敢朝下边望一眼；你绕过线条圆滑而规则的山峰，来到一片空地上，下边，山腰上有一块绿草如茵的凹地。一只老公羊正带着三只小公羊在凹地上的野桧林里吃草。

老公羊一身紫灰，只有臀部是白色的。它抬起头时，你能看见它头上的那对犄角又大又厚实。你躺在三里外的一块背风的岩石后面，用一副蔡斯望远镜细细搜寻着这高地上的每一寸风光。当你望着碧油油的野桧丛时，老公羊暴露在你的视线里的，正是它臀部的那撮白毛。

这会，你坐在小屋前面，你还记得朝山下射去的子弹。小公羊们直起身子，转过头来注视着老公羊，等着它站起来。它们看不见高处的你，也没有嗅出你的气味。枪声没有惊动它们，它们以为只是又滚下去了的一块卵石。

曾记当年，我们在林溪的源头盖了一间木屋。我们每次外出，大灰熊总是撞开了屋门。那年的雪姗姗来迟，这头熊因此迟迟不肯冬眠。整个秋天，它不是扯开木屋的门，就是毁坏陷阱。它精明绝顶，白天，你断不会见到它。你还记得，后来，小锤溪溪头的高地上，来了三头大灰熊。你听到木头断裂的声音，以为是母麋在奔跑。跟着，它们出现在眼前，在零零碎碎的日影里，偷偷地、轻悠悠地跑着，太阳照在它们身上，短而硬的鬃毛闪烁着柔和的银光。

你记得，秋天，麋鹿一天天肥胖起来；公牛离你那么近，它抬头时,你能看到它胸脯肌肉的起伏。但是,你仍看不见它藏在密林中的头。你听到了深沉而高亢的叫声，听见了山谷那边的应和声。你想起了你放弃的一只只畜牲的头。你没有朝它们开枪。它们全令你心旷神怡。

你记得那些初学骑马的孩子们，不同的马，不同的骑法。他们是那么热爱着这片乡土。你记得最初踏上这块土地时的情形。那年，你开着新买的平生第一辆车来这儿，一下呆了四个多月，因为，你得等沼泽地上的路冻得结结实实，车子才能开出去。你该没忘记，一次次的狩猎，一次次的垂钓；该没忘记烈日下的策马扬鞭，还有灰蒙蒙的货车车厢。在寒意袭人的深秋，你骑着马，默默地跟在牛群的后面，朝高坡上走去。你发觉，它们像野鹿一样，既狂蹦乱蹿，又温顺恬静；只是当它们全被聚拢在一起，朝山下低矮的田野赶去的时候，才高声嘶喊咆哮起来。

然后，就到了冬天。树枝上光秃秃的。大雪漫天飞扬，你看不见路。马鞍湿了，结了一层冰，你照样在雪地上踏出一条道儿，不停地挪动着双腿，朝山下走去。你到了牧场，一边品尝着撩人的、热乎乎的威士忌，一边在旺烈的炉火旁换上干净衣服。乡村真美。

老人与海（节选）

● 海明威

“不过人不是为失败而生的，一个人可以被毁灭，但不能被打败。”老人圣地亚哥在遭到鲨鱼袭击时这样想。那时有一团生命之火从他内心燃烧起来，他不惧厄运，通过自己的搏斗，谱写了一曲英雄的赞歌。虽然老人最后拖着大鱼的残骸回到家，但他却在精神上获得了胜利，并梦见了狮子，这比任何东西都重要。

老人看见它游过来，看出这是条毫无畏惧而为所欲为的鲨鱼。他准备好了渔叉，系紧了绳子，注视着鲨鱼向前游来。绳子短了，缺了他割下用来绑鱼的那一截。

老人此刻头脑清醒、正常，充满了决心，但并不抱有多少希望。光景太好了，不可能持久的，他想。他注视着鲨鱼在逼近，抽空朝那条大鱼望了一眼。这简直等于是一场梦，他想。我没法阻止它来袭击我，但是也许我能弄死它。登多索鲨，他想。你他妈交上厄运了。

鲨鱼飞速地逼近船艄，它袭击那鱼的时候，老人看见它张开了嘴，看见它那双奇异的眼睛，它咬住鱼尾巴上面一点儿的地方，牙齿咬得嘎吱嘎吱地响。鲨鱼的头露出在水面上，背部正在出水，老人听见那条大鱼的皮肉被撕裂的声音，这时他用渔叉朝下猛地扎进鲨鱼的脑袋，正扎在它两眼之间的那条线和从鼻子笔直通到脑后的那条线的交叉点上。这两条线其实是并不存在的。只有那沉重、尖锐的蓝色脑袋，两只大眼睛和那嘎吱作响、吞噬一切的突出的两额。可是那儿正是脑子的所在，老人直朝它扎去。他使出全身的力气，用糊着鲜血的双手，把一支好渔叉向它扎去。他扎它，并不抱着希望，但是带着决心和十足的恶意。

鲨鱼翻了个身，老人看出它眼睛里已经没有生气了，跟着，它又翻了个身，自行缠上了两道绳子。老人知道这鲨鱼快死了，但它还是不肯认输。它这时肚皮朝上，尾巴扑打着，两颚嘎吱作响，像一艘快艇划破水面。海水被它的尾巴拍打起一片白色浪花，它四分之三的身体露出水面，这时绳子给绷紧了，抖了一下，“啪”地断了。鲨鱼在水面上静静地躺了片刻，老人紧盯着它，然后它慢慢地沉下去了。

“它吃掉了约莫四十磅肉。”老人说出声来。它把我的渔叉也带走了，还有整条绳子，他想，而且现在我这条鱼又在淌血，其他鲨鱼也会来的。

他不忍心再朝这死鱼看上一眼，因为它已经被咬得残缺不全了。鱼遭到袭击的时候，他感到就像自己遭到袭击一样。

可是我杀死了这条袭击我的鱼的鲨鱼，他想，而它是我见到过的最大的登多索鲨。天知道，我见过好些大的哪。

光景太好了，不可能持久的，他想，但愿这是一场梦，我根本没有钓到这条鱼，正独自躺在铺着旧报纸的床上。

“不过人不是为失败而生的。”他说，“一个人可以被毁灭，但不能被打败。”不过我很痛心，把这鱼给杀了，他想。现在倒霉的时刻要来了，可我连渔叉也没有。这条登多索鲨是残忍、能干、强壮而聪明的，但是我比它更聪明。也许并不，他想，也许我仅仅是武器比它强。

“别想啦，老家伙。”他说出声来，“顺着这航线行驶，事到临头再对付吧。”

但是我一定要想，他想，因为我只剩下这件事可干了。“想点开心的事儿吧，老家伙。”他说，“每过一分钟，你就离家近一步。丢了四十磅鱼肉，你航行起来更轻快了。”

他很清楚，等他驶进了海流的中部，会发生什么事。可是眼下一点办法也没有。

“不，有办法。”他说，“我可以把刀子绑在一支桨的把子上。”于是他胳肢窝里挟着舵柄，一只脚踩住了帆脚索，就这样干了。“行了。”他说，“我照旧是个老头儿，不过我不是没有武器的了。”这时风刮得强劲些了，他顺利地航行着。他只顾盯着鱼的上半身，恢复了一点儿希望。

不抱希望才蠢哪，他想。再说，我认为这是一桩罪过。别想罪过了，他想，麻烦已经够多了，还想什么罪过，何况我根本不懂这个。但是他喜欢去想一切他给卷在里头的事，而且因为没有书报可看，又没有收音机，他就想得很多，只顾想着罪过。你不光是为了养活自己、把鱼卖了买食品才杀死它的，他想，你杀死它是为了自尊心，因为你是个渔夫。它活着的时候你爱它，它死了你还是爱它。如果你爱它，杀死它就不是罪过。也许是更大的罪过吧。

“你想得太多了，老家伙。”

他说出声来。但是你很乐意杀死那条登多索鲨，他想，它跟你一样，靠吃活鱼维持生命。它不是食腐动物，也不像有些鲨鱼那样，只知道游来游去满足食欲。它是美丽而崇高的，见什么都不怕。

“我杀死它是为了自卫。”老人说出声来，“杀得也很利索。”

再说，他想，每样东西都杀死别的东西，不过方式不同罢了。捕鱼养活了我，同样也快把我害死了。那孩子使我活得下去，他想，我不能过分地欺骗自己。

他把身子探出船舷，从鱼身上被鲨鱼咬过的地方撕下一块肉。他咀嚼着，觉得肉质很好，味道鲜美，又坚实又多汁，像牲口的肉，不过不是红色的。一点筋也没有，他知道在市场上能卖最高的价钱。可是没有办法让它的气味不散布到水里去，老人知道糟糕透顶的时刻就快来到了。

风持续地吹着。它稍微转向东北方，他明白这表明它不会停息。老人朝前方望去，不见一丝帆影，也看不见任何一只船的船身或冒出来的烟。只有从他船头下跃起的飞鱼，向两边逃去，还有一摊摊黄色的马尾藻。他连一只鸟也看不见。他已经航行了两个钟点，在船艄歇着，有时候从大马林鱼身上撕下一点肉来咀嚼着，努力休息，保持精力，这时他看到了两条鲨鱼中首先露面的那一条。

“Ay！”他叫出声来。这个词儿是没法翻译的，也许不过是一声叫喊，就像一个人觉得钉子穿过他的手，钉进木头时不由自主地发出的声音。

“加拉诺鲨！”他说出声来。他看见另一片鳍在第一片背后冒出水来，根据这褐色的三角形鳍和甩来甩去的尾巴，认出它们正是铲鼻鲨。它们嗅到了血腥味，很兴奋，因为饿昏了头，它们激动得一会儿迷失了嗅迹，一会儿又嗅到了。可是它们始终在逼近。

老人系紧帆脚索，卡住了舵柄。然后他拿起上面绑着刀子的桨。他尽量轻地把它举起来，因为他那双手痛得不听使唤了。然后他把手张开，再轻轻捏住桨，让双手松弛下来。他紧紧地把手合拢，让它们忍受着痛楚而不致缩回去，一面注视着鲨鱼过来。他这时看得见它们那又宽又扁的铲子形的头，和尖端呈白色的宽阔的鳍。它们是可恶的鲨鱼，气味难闻，既杀害其他的鱼，也吃腐烂的死鱼，饥饿的时候，它们会咬船上的一把桨或者舵。就是这些鲨鱼，会趁海龟在水面上睡觉的时候咬掉它们的脚和鳍状肢，如果碰到饥饿的时候，也会在水里袭击人，即使这人身上并没有鱼血或黏液的腥味。

“Ay，”老人说，“加拉诺鲨。来吧，加拉诺鲨。”

如何避免偏见

● 罗　素

闹笑话，这是人们常有的事；要想避免，也无需超人的天资，下面有几条简单的方法，你有兴趣，不妨试一试。

一、通过观察就能解决的事情，就要亲自你一番调查研究。亚里士多德认为，女人的牙齿比男人的少。倘若他数一数他妻子的牙齿，可能就不会闹这样的笑话了。人类致命的弱点，就是容易犯自以为是的毛病。我本人曾相信，刺猬以甲虫为食，因为众人都这样说。假如我要写一本有关刺猥习性的书，那我是不敢轻易作这个结论的，除非我亲自目睹了刺猬在津津有味地吃着这并不鲜美的食物。

二、当然，许多事情单靠亲身体验是解决不了的。对这类事情，大部分人也只赁主观判断，而自以为千真万确。如果你敢是这样的话，也有一些办法可使你觉察到你的偏见。

A、如果截然相反的意思会使你大动肝火，这就表明，你的理智已失去了控制。这一点无须多说，你会下意识地觉察到的。假如有人坚持认为二加二等于五，或者冰岛在赤道上，你根本不会发怒，只是对你的无知感到惋惜一当然，如果你自己对算术或地理也一窍不通，这另当别论。只有那些双方都没有令人信服的证据的事情，争论才会最激烈。因此，无论何时都要注意，别听到不同的观点就怒不可遏。通过细心观察，你会发觉你的观点不一定都与事实相符。

B、了解与你不同社会范畴的人们的观点是克服主观、武断之妙法。年轻时，我许多时间都是在国外度过的——法国、德国、意大利及美国。我觉得这对减弱我偏见的激烈程度相当有利。假如你不能出外旅行，你就竭力寻找与你持不同意见的人相处，读点别的党派的报刊。如果你觉得这些人或报刊似乎缺乏理智、蛮横无理、令人厌恶的话，你就得提醒自己：在他们的眼中，你或许也是如此。在这一点上讲，呀许两方面都是对的，但不可能两方面都是错的。这种考虑问题的方法，应引起足够的重视。

C、如果你的想象力很丰富，那你不妨假设一下自己与持不同观点的人进行辩论。这种方法不受时间和空间的任何限制。例如，马哈德曼·甘地痛恨铁路、汽船及机械，如有可能，大有要毁灭整个工业革命全部成果之势。也许，你根本不可能有机会真正同这种人辩论，但你呆以设想一下，假如与甘地争论的话，他会如何驳斥你的观点呢？在这种假想的辩论中，有时我真地发现，对手的观点比我的正确，于是，我改变了原来的武断看法。

D、要谨防过于自尊。不论男女，十有八九都深信自己比异性优越。双方都有充分的根据。男性的会说，大部分诗人、科学家等名人都是男的；女性会反驳，犯罪的也是男的多。事实上，是男性优越、还是女性优越的问题现在还难以定论。不过大部分人在这一问题上是自尊心在做怪。又如：无论生长在何处之人，都会据理力争说，本国比他国好。鉴于各国都有其自身的优缺点，我们得调整一下判断的标准以便于说明我国所具备的优点是否至关重要，而相比较而言，缺点是否微不足道。其实，判断这一问题并无绝对标准。人类本身还有一种过分的自尊。排除人类这种夜郎自大的心理状态的唯一办法是提醒自己：地球只是宇宙天体中一颗不足为奇的小星星，而人生在地球的沧桑变幻过程中只是一部瞬息即逝的小插曲而已；同时，还要提醒自己：宇间其它星球也可能存在着“人类”，他们可能优越于我们，犹如我们优越于海蜇一样。

我为什么生活

● 伯特兰·罗素

三种单纯然而极其强烈的激情支配着我的一生，那就是对于爱情的渴望，对于知识的寻求，以及对于人类苦难痛彻肺腑的怜悯。这些激情犹如狂风，把我在伸展到绝望边缘的深深的苦海上东抛西掷，使我的生活没有定向。我追求爱情，首先因为它中我消魂，爱情令人消魂的魅力使我常常乐意为了几小时这样的快乐而牺牲生活中的其他一切。我追求爱情，又因为它减轻孤独感——那种一个颤抖的灵魂望着世界边缘之外冰冷而无生命的无底深渊时所感到的可怕的孤独。

我追求爱情，还因为爱的结合使我在一种神秘的缩影中提前看到了圣者和诗人曾经想象地宾天堂。这就是我所追求的，尽管人的生活似乎还不配享有它，但它毕竟是我终于找到的东西。

我以同样的热情追求知识。我想理解人类的心灵。我想了解星辰为何灿烂。我还试图弄懂毕达哥拉斯学说的力量，是这种力量使数在无常之上高踞主宰地位。我在这方面略有成就，但不多。

爱情知识只要存在，总是向上导往天堂。但是，怜悯又总是把我带回人间。痛苦的呼喊在我心中反响、回荡。孩子们受饥荒煎熬，无辜者被压迫者折磨，孤弱无助的老人在自己的儿子眼中变成可恶的累赘，以及世上触目皆是的孤独、贫困和痛苦——这些都是对人类应该过的生活的嘲弄。我渴望能减少罪恶,可我做不到,于是我也感到痛苦。

这就是我的一生。我觉得这一生是值得活的。如果真有可能再给我一次机会，我将欣然重活一次。

第三辑

劳作者的伊甸园

沙　漠

● 纪　德

多少次黎明即起，面向霞光万道、比光轮还明灿的东方——多少次走向绿洲的边缘，那里的最后几棵棕榈枯萎了，生命再也战胜不了沙漠——多少次啊，我把自己的欲望伸向你，沐浴在阳光中的酷热的大漠，正如俯向这无比强烈的耀眼的光源……何等激动的瞻仰、何等强烈的爱恋，才能战胜这沙漠的灼热呢？

不毛之地，冷酷无情之地，热烈赤诚之地，先知神往之地——啊！苦难的沙漠、辉煌的沙漠，我曾狂热地爱过你。

在那时时出现海市蜃楼的北非盐湖上，我看见犹如水面一样的白茫茫的盐层。我知道，湖面上映照着碧空，盐湖湛蓝得好似大海，但是为什么会有一簇簇灯芯草，稍远处还会矗立着正在崩坍的页岩峭壁？为什么会有漂浮的船只和远处宫殿的幻象？所有这些变了形的景物，悬浮在这片臆想的深水之上（盐湖岸边的气味令人作呕，岸边是可怕的泥灰岩，吸饱了盐分，暑气熏蒸）。

我曾见在朝阳的斜照中，阿马尔卡杜山变成玫瑰色，好像是一种燃烧的物质。

我曾见天边狂风怒吼、飞沙走石，令绿洲气喘吁吁，像一只遭受暴风雨袭击而惊慌失措的航船。绿洲被狂风掀翻。而在小村庄的街道上，瘦骨嶙峋的男人赤身露体，蜷缩着身子，忍受着炙热焦渴的折磨。我曾在荒凉的旅途上，见到骆驼的白骨；好些骆驼因过度疲惫，再难赶路，被商人遗弃了；随后尸体腐烂，叮满苍蝇，散发出恶臭。

我也曾见过这种黄昏：除了鸣虫的尖叫，再也听不到任何歌声。

我还想谈谈沙漠：生长细茎针茅的荒漠，游蛇遍地；绿色的原野随风起伏。

乱石的荒漠，不毛之地。页岩熠熠闪光，小虫飞来舞去，灯芯草干枯了。在烈日的曝晒下，一切景物都发出嘛嘛啪啪的声音。

黏土的荒漠，只要有一场雨，万物就会充满生机。虽然土地过于干旱，难得露出一丝笑容，但雨后簇生的青草似乎比别处更嫩更香。由于害怕未待结实就被烈日晒枯，青草都急急忙忙地开花，授粉播香，它们的爱情是急促短暂的。可是太阳又出来了，大地龟裂、风化，水从各个裂缝里逃遁。大地拆裂，面目全非；尽管大雨滂沱，激流涌进沟里，冲刷着大地；但大地无力挽留住水，依然干涸而绝望。

黄沙漫漫的荒漠——宛如海浪的流沙，在远处像金字塔一样指引着商队。登上一座沙丘，便可望见天边另一沙丘的顶端。

刮起狂风时，商队停下，赶骆驼的人便在骆驼的身边躲避。这里生命灭绝，唯有风与热的搏动。阴天下雨，沙漠犹如天鹅绒一般柔软，夕照中，像燃烧的火焰；而到清晨，又似化为灰烬。沙丘间是白色的谷壑，我们骑马而过，每个足迹都立即被尘沙所覆盖。由于疲惫不堪，每到一座沙丘，我们总感到难以跨越了。

黄沙漫漫的荒漠啊，我早就应当狂热地爱你，但愿你最小的尘粒在它微小的空间，也能映现宇宙的整体！微尘啊！你是从何种爱情中分离出来的？微尘也想得到人类的赞颂。

我的灵魂，你曾在黄沙上看到什么？

白骨，空的贝壳……

一天早上，我们来到一座高高的沙丘脚下避日。我们坐下，那里还算阴凉，悄然长着灯芯草。

至于黑夜，茫茫黑夜，我能谈些什么呢？

海浪输却沙丘三分蓝，胜似天空一片光。一我熟悉这样的夜晚，似乎觉得一颗颗明星格外璀璨。

树之赞

● 赫尔曼·黑塞

树，是予我以谆谆教诲的传道士。我崇敬每一棵树，不论它们是以麇集方式还是以家族方式生活的树，也无论它们是生长在莽莽原始森林之中还是小片树林里。然而最使我崇拜的还是那孤独矗立的参天大树！它们犹如一位孤寂之人，却不是因某一弱点而遁世隐居的君子，而是如同被置于孤独之境地的伟大人物，就像贝多芬，就像尼采。它们的树梢飒飒作响着整个世界，它们的根须静卧于永恒之中。但它并不沉醉在这永恒之中，而是终其毕生精力追求一个目标：完成它们与生俱有的并居于它们之中的品质道德，树立自己的形象，表现自我。世间没有任何一种事物能像一株挺拔茁壮的大树那样神圣、那样完美无缺。倘若有一棵被锯倒的大树在阳光下裸露着它那致命的伤口，那你就可以在那鲜亮的树桩——也是它的墓碑上读到它的整个历史：那一圈圈年轮和一个个疤痕忠实地记录着它所经历的每一次搏斗、每一次疾病和每一次痛苦，当然还有全部的幸福。它们记录着它的整个成长过程，既有那饥贫的年头，也有那丰盈的岁月，还有那每每战胜的袭击和回回挺过来的风暴。因而，每一个农民的儿子都懂得，最坚硬的树木，从而也是最珍贵的材料，其年轮最紧密。他们知道，在那高山之巅历尽险恶生长的大树，才是那坚不可摧、雷霆万钧、为世楷模的栋梁之材。

每一棵树都是神圣之物，谁能和它们谈心，谁能倾听它们的心曲，谁就能返璞归真。它们不是向你喋喋不休地唠叨什么训诫和丹方，它们撇开个别现象，向你谆谆教诲生命的原始真谛。

这一棵树会告诉你：我身体之中蕴藏着一颗核心，一束火花，一个思想，我是永恒生命中之生命。敢于尝试、敢于成功——永恒的母亲和我共同冒着危险而取得的成功，这就是我的与众不同之处；我的形体、我皮肤上的血管、脉络同样举世无双；我的眼睫毛——叶片的微微颤动，还有皮肤上那些小小的疤痕更是绝无仅有。我的天职就是：用典型的个性去塑造永恒、表现永恒。

那一棵树又会告诉你：我的力量就是信任。我对我的前辈一无所知，我对每年由我而生的千千万万子孙也一无所知。我毕尽终生体验我种子中的全部奥妙,舍此别无他求。我相信,上帝在我之中。我相信，我的任务神圣无比，我就生活在这信赖之中。

徜若我们忧伤，倘若我们失去了生活的力量，那么，会有一棵树告诉我们：平静！平静！看看我吧，生活不容易，生活也不难！这就是童心。让上帝与你的心灵说话，你就会安静下来。你之所以有欲望，是因为你所走的道路把你引向背离母亲、背离故乡的地方。但是，每一步，每一天会把你重新引回母亲的身旁。故乡既不在这里，也不在那里，故乡就在你心中，别无他处可寻。

每当我在晚风中倾听树林沙沙而响，就会有一种渴望漫游的情感攫住我的心房。你要是静静地听它多说一会儿，你就可以知道，在它们的核心处，在它们的意念之中也有这种漫游的欲望。这种欲望并不像它表面看起来的那样是为了逃避痛苦，而是向往故乡，向往母亲的记忆，向往新的生活譬喻的一种欲望。这种欲望引导我们走向回家的路。条条道路通往故乡，每一步都是一次诞生，每一步都是一次死亡，每一座坟茔都是母亲。

如果我们害怕我们的童心，树木就会在晚风中簌簌耳语。树林有长远的思想，既冗长又平静，因为它们的生命比我们长久。在我们还没有学会倾听它们之前，它们比我们智慧，可是当我们学会倾听它们之后，我们思想的短暂、快速以及孩童般的急促恰恰赢得了空前的幸运。只有当你学习倾听树木之后，你才不会想成为一棵树，就会满足你的现状。这就是故乡，这就是幸福。

荒原狼

● 赫尔曼·黑塞

在法兰西的荒芜之地，有史以来还从没有过如此冷峭和漫长的冬天。几个星期以来，气候寒冷，空气清新，人们的皮肤都皲裂了。白天，在耀眼的蓝天下，茫茫积雪一望无际；夜晚，月亮在积雪上掠过，这是一轮寒气袭人、透着银色光芒的月亮，它显得皎洁而又娇小。

对这一带的动物来说，这是一段悲惨的日子。弱小的动物大量地被冻死了，就连一些鸟儿也纷纷死于这场严寒，他们那骨瘦如柴的尸体则成了苍鹰和狼的美食。可是，就连这些动物也要备受严寒和饥饿的煎熬。这期间，只有很少几个狼的家族仍在那个地方生活着，眼前的困难促使他们紧密地联合在一起。白天，他们单独外出。到了晚上，这些狼倾巢而出，他们将村庄团团围住，同时发出沙哑的嗥叫声。不过村子里的家禽和牲口都得到了妥善的看管，而且，在紧密的百叶窗后面，猎枪也都已上了膛，很难有猎物落入他们之口。

寒冬仍在延续着。此时，狼们常常只好静静地躺在洞中，他们靠互相依偎着来取暖。在这死气沉沉的不毛之地，他们惴惴不安地竖起耳朵倾听着外面的动静，一旦他们中间某个同伴被这严酷的饥饿痛苦地折磨而死时，他们便一跃而起，蜂拥着扑上去，一边发出令人毛骨悚然的嗥叫声。

终于，群狼中的一小部分做出了决定，他们要外出去寻找食物。于是，天一亮他们便走出了洞穴。

这些外出的狼，在中午时分便分道扬镳。他们中的三头朝奥地利的朱辣山脉跑去，其他伙伴则径直朝南行进。这三头狼原本都是相貌堂堂、身体强壮，可是现在却明显地消瘦了许多。他们那呈浅色收缩起来的肚子已经像一根皮带那样，变得又细又长，腹部的肋骨一根根地凸出来，清晰可见，嘴是干巴巴的，眼睛则瞪得老大，透出一种绝望的神色。他们三个朝朱辣山脉深处走去，第二天他们抢到了一只山羊，第三天他们偷袭了一条狗和一匹小马驹，同时也招来了各方愤怒的乡下人的追击。面对这几个不寻常的人侵者，一种惶恐和惧怕的感觉在一些富裕的乡镇地区不胫而走；邮政雪橇纷纷武装起来了，人们连走村串巷都枪不离身、刀不离手。再说这三个畜生，来到这一陌生的地方找到如此美味的猎物，心里既感到高兴又感到害怕。他们变得比在家时要胆大许多，居然在大白天都敢闯人奶牛场的棚圈。于是，奶牛的哞叫声，木栅栏“噼噼啪啪”的断裂声，“嗒嗒嗒”的牛蹄声以及那急促的喘息声，响彻了整个狭小暖和的房间。可是这次人们却出乎意料地出现了。农民们勇气大增，对这几头狼大大地“犒赏”了一顿。其中两头当场毙命：一头是让子弹从颈脖上穿行而过，另一头则是被斧头一下子砍倒了。第三头总算逃掉了，他拼命地跑，直到跑得精疲力竭，摔倒在雪地里。他是这几头狼中最年轻、最漂亮的，而且浑身充满力量、机灵敏捷。他喘着粗气，在雪地里躺了很久，他眼前像是有只血红的圆圈在旋转，期间他还不时发出尖利而又痛苦的呻吟声，因为曾有一柄斧头朝他投来，正好击中他的背部。然而，他休息了一下，又重新站起来了。他这才发现，自己已跑了很远。这地方连个人影或房屋的影子都看不到，眼前是一座覆盖着积雪的大山。这是沙瑟拉尔山，他决定从山前面绕过去。这时他觉得干渴得要命，他从雪地的表层中寻找一些冻得发硬的细小食物来充饥。

在山的那一边，他很快便看见了一个村庄。此时已是傍晚时分，他在一个冷杉树林里等待着。然后，他小心翼翼地围着院子的篱笆打转，他闻到了暖融融的牲口圈舍里的那股味儿。在大街上他一个人都没有碰到。他眯起眼睛，胆怯而又贪婪地透过缝隙朝屋子里张望。突然一声枪响，他猛地抬起头来，拔腿便跑，这时第二次枪声也正好响了。他被击中了，他那白色的腹部的一侧布满了血，那浓浓的鲜血汩汩地往外流。尽管如此，他仍然大步跳跃着，成功地逃脱了，并且逃到了山那一边的树林中。在那里他警惕地等待了一会儿，听到两边有动静和脚步声，他恐惧不安地沿着山体朝山上望去。这山十分陡峭，布满了树木，登上去是相当困难的。然而，他没有任何选择。他气喘吁吁地沿着那陡峭的悬崖往上攀登，与此同时下面传来一片“叽里呱啦”的咒骂声和发号施令声，山脚周围是一片提灯的灯光。这头受了伤的狼浑身颤抖着爬过昏暗的冷杉树林，这时候他的腹部仍在慢慢地流淌着褐色的血。

寒冷已有所减弱。西边的天空看上去阴沉沉的，这预示着一场大雪将要来临。

这头精疲力竭的狼终于到达了山顶。此刻，他站在一片令人赏心悦目的厚厚的积雪上，那儿离克罗辛山口相当近，大大高于那个他所逃离的村庄。他并没有觉得饿，不过仍被那隐隐作痛的伤口所困扰。他那耷拉着舌头的嘴里发出一阵轻微的带有病态的叫声，他的心脏在痛苦而又沉重地跳动着，他觉得死神的手像一副无法形容的沉重的担子，已经压在了自己的身上。一棵单独耸立着的树叶茂盛的冷杉树将他吸引了过去，他在那儿坐下，两眼沮丧地凝视着一片皑皑积雪的灰白的夜色。半个时辰过去了。这时候，一道淡红色的光射在雪地上，显得十分异常和柔和。这头狼呻吟着站起来，将他那漂亮的头转向有光亮的地方。那是月亮，它正从东南方冉冉升起，它非常大，而且是血红血红的。它慢慢地爬到了阴沉沉的天际上面，许多星期以来，它还从没有这么红这么大过。这个濒临死亡的动物的眼睛死死地盯在那轮黯淡的月盘上，他又“呼噜噜”地发出一阵虚弱痛苦的嗥叫，这声音在这种夜晚听上去也显得十分轻微。

这时候灯光和脚步声越来越近了。那些穿着厚厚大衣的农夫，裹着厚实的绑腿、头戴皮帽子的猎人和青年小伙子，正一个个从雪地上深一脚浅一脚地走来。他们很快便发现了这头快要完蛋的狼。他们欢呼雀跃，其中有两个人扣动了扳机，而且两发两中。这时他们才发现，这头狼躺在那里已经死了。他们又给了他一顿棍棒，可是他已经没有知觉了。

他们将这头狼肢解了，扛着他的肢体朝圣伊默曼尔走去了。他们谈笑风生，调侃吹牛；他们快活地喝烈酒，喝咖啡；他们唱歌，他们诅咒。无人发现被修剪过的森林的美，也无人发现高山的光彩，更无人发现高高挂在沙瑟拉尔山脉之上的那红红的月亮，以及从他们的枪管、从雪的结晶和那被击毙的狼的眼睛里折射出来的微弱的月光。

芦苇为什么是空的

● 米斯特拉尔

在和平的植物世界里，也发生过一次社会革命。据说这一回领头是那些爱好虚荣的芦苇。造反能手——风，大肆宣传，所以很快地在植物界里，除了这件事就没有别的话题了。原始森林跟那些愚蠢的花园结成了亲兄弟，为争取平等而共同奋斗。

争取什么样的平等呢？是要在它们躯干的粗细、果实的鲜美方面，得到纯净的水的权利吗？

不是，仅仅是身高的平等。它们的理想是所有的植物都应当一律高高地抬起头来。玉米并不想让自己跟橡树那样强壮，不过是想在同样的高度摇晃着自己多须的花穗。玫瑰也不想争取同橡树一样有用场，只不过盼望有那样挺拔的树冠，用它做枕头，好哄着自己的花儿在上面安安稳稳地睡觉。

虚荣啊，虚荣！一些崇高的幻想，要是违背了大自然，也就使得它们的目标显得滑稽可笑了。

一位像河神一样蓄着长胡须的老诗人，以美的名义谴责这个计划；他对他认为从各方面看来都讨厌的那种千篇一律，有一些明智的话要说。这一切的结果究竟怎样呢？人们谈论着正在发生的种种奇怪的现象。大地的神灵以它们异常巨大的活力吹着形形色色的植物，于是一种丑陋的奇迹发生了。

一天夜里，那草坪和灌木丛仿佛遵照天上星宿的某种紧急命令，陡长了好几十英尺。

第二天，当村民从他们的茅舍里走出来时，发现苜蓿跟大教堂一样高，麦子也疯长得金灿灿的，他们都感到惊慌极了！

真是叫人发狂。牲畜惶恐地吼叫，迷失在牧场的一片黑暗之中。鸟儿绝望地喊喊喳喳，它们的窝已上升到前所未有的高度。它们也不能飞下来寻觅种子吃，因为沐浴着阳光的泥土、地毯似的草坪也不见了。

牧童们守着畜群徘徊；他们的羊儿不肯走进任何草木浓密的地方，害怕自己会整个儿被吞食掉。

这时候，胜利了的芦苇却放声大笑，朝桉树青色的树梢甩打着它们的茂盛的叶子。

据说这样过了一个月。衰落事情是这样发生的：喜欢荫蔽的紫罗兰，它们的紫色花朵充分地暴露在烈日之下，枯萎了。"没有关系，"芦苇赶忙说，"它们算不了什么"。

（但是在神灵的世界里，神灵都在哀悼它们。）那些拔高到50英尺的百合花，折成两段了。它们像皇后的头一般的、白色大理石似的花，掉得到处都是。

芦苇照样在辩解。（可是美丽和欢乐的女神在森林里奔跑，伤心恸哭。）那么高的柠檬树被狂风吹掉了它们所有的花朵。收获，落空了！

"没有关系，"芦苇再一次声明，"它们的果子太苦了。

"苜蓿枯萎了，它们的茎像以前那样由于娇柔无力而低垂。

它们长得过分地高了。仆倒在地上，像一根根沉甸甸的铁轨。

马铃薯为了让它们的地上茎长结实，只长出了细小的块茎，比苹果的种子大不了多少。

现在芦苇不再笑了；它们终于严肃一些了。

灌木或草花再也不能受精了，因为昆虫不拚命鼓动着它们小小的翅膀就飞不了那么高。

而且，据说人们既没有面包、水果，也没有喂牲口的饲料，遍地是饥馑和悲伤。

在这种情况之下，只有那些高大的树木依旧安然无恙，树干照常坚挺地高耸着：它们没有向诱惑屈服。

芦苇是最后倒下的，——这标志着它们那与树木平等理论的彻底破产，它们的根由于湿度太大而腐烂。

这时候才明白，同它们过去结实的躯干比起来，它们变空了。它们忍饥挨饿地直往高处蹿，可是，肚子里空空如也；它们真可笑，就像空心的木偶或玩具娃娃一样。

在这种真凭实据面前，再没有人能为它们的哲学辩护了；几千年来再也没有人提到它了。

大自然——永远是宽宏大量的——半年之内就弥补了这种损害，让一切野生植物依然照往常一样生长着。

那个像河神一样蓄着长胡须的老诗人，在长期隐退之后出现了，他欢欣鼓舞，歌颂这个新时代。

“就这样吧，亲爱的人们。紫罗兰之所以美，就在于它的细小；柠檬树就美在它优雅的形状。上帝创造的一切事物，本来是美好的：宏伟的橡树，脆弱的大麦都是美的。”

大地又结了果实，牲口长了膘，人们也得到营养了。

但是芦苇——那些造反头子——却永远带上了它们耻辱的标记：它们空了，空了……

母亲的回忆

● 米斯特拉尔

母亲，在你的腹腔深处，我的眼睛、嘴和双手无声无息地成长。你用自己那丰富的血液滋润我，像溪流浇灌风信子那藏在地下的根。我的感官都是你的，并且凭借着这种从你的肌体上借来的东西在世界上流浪。大地所有的光辉——照射在我身上和交织在我心中的——都会把你赞颂。

母亲，在你的双膝上，我就像浓密枝头上的一颗果实，业已长大。你的双膝依然保留着我的体态，另一个儿子的到来，也没有让你将它抹去。你多么习惯摇晃我呀！当我在那数不清的道路上奔走时，你留在那儿，留在家的门廊里，似乎为感觉不到我的重量而忧伤。在《首席乐师》流传的近百首歌曲中，没有一种旋律会比你的摇椅的旋律更柔和的呀！母亲，我心中那些愉快的事情总是与你的手臂和双膝联在一起。

而你一边摇晃着一边唱歌，那些歌词不过是一些俏皮话，一种为了表示你的溺爱的语言。

在这些歌谣里，你为我唱到大地上的那些事物的名称：山，果实，村庄，田野上的动物。仿佛是为了让你的女儿在世界上定居，仿佛是向我列数家庭里的那些东西，多么奇特的家庭呀！在这个家庭里，人们已经接纳了我。

就这样，我渐渐熟悉了你那既严峻又温柔的世界：那些（造物主的）创造物的意味深长的名字，没有一个不是从你那里学来的。在你把那些美丽的名字教给我之后，老师们只有使用的份儿了。

母亲，你渐渐走近我，可以去采摘那些善意的东西而不至于伤害我：菜园里的一株薄荷，一块彩色的石子；而我就是在这些东西身上感受了（造物主的）那些创造物的情谊。你有时给我做、有时给我买一些玩具：一个眼睛像我一样大的洋娃娃，一个很容易拆掉的小房子……不过那些没有生命的玩具，我根本就不喜欢。你不会忘记，对于我来说，最完美的东西是你的身体。

我戏弄你的头发，就像是戏弄光滑的水丝；抚弄你那圆圆的下巴、你的手指，我把你的手指辫起又拆开。对于你的女儿来说，你俯下的面孔就是这个世界的全部风景。我好奇地注视你那频频眨动的眼睛和你那绿色瞳孔里闪烁着的变幻的目光。母亲，在你不高兴的时候，经常出现在你脸上的表情是那么怪！

的确，我的整个世界就是你的脸庞。你的双颊，宛似蜜一样颜色的山岗，痛苦在你嘴角刻下的纹路，就像两道温柔的小山谷。注视着你的头，我便记住了那许多形态：在你的睫毛上，看到小草在颤抖；在你的脖子上，看到植物的根茎；当你向我弯下脖子时，便会皱出一道充满柔情的褶痕。

而当我学会牵着你的手走路时，紧贴着你，就像是你裙子上的一条摆动的褶皱，我们一起去熟悉的谷地。

父亲总是非常希望带我们去走路或爬山。

我们更是你的儿女。我们继续厮缠着你，就像苦巴杏仁被密实的杏核包裹着一样。我们最喜欢的天空，不是闪烁着亮晶晶寒星的天空，而是另一个闪烁着你的眼睛的天空。它离得那么近，近得可以亲吻它的泪珠。

父亲陷入了生命那冒险的狂热，我们对他白天所做的事情一无所知。我们只看见，傍晚，他回来了，经常在桌子上放下一堆水果；看见他交给你放在家里的衣柜里的那些麻布和法兰绒，你用这些布为我们做衣服。然而，剥开果皮喂到孩子的嘴里并在那炎热的中午榨出果汁的，都是你呀，母亲。画出一个个小图案，再根据这些图案把麻布和法兰绒裁开，做成孩子那怕冷的身体穿上正合身的、松软的衣服的，也是你呀，温情的母亲，最亲爱的母亲。

孩子已学会了走路，同样也会说那像彩色玻璃球一样的多种多样的话了。在交谈中间，你对他们加上的那一句轻轻的祈祷，从此便永远留在了他们的身边直至生命的最后一天。这句祈祷像宽叶香蒲一样质朴。当人们在这个世界上需要温柔而透明的生活的时候，我们就用如此简单的祈祷乞求，乞求每天的面包，说人们都是我们的兄弟，也赞美上帝那顽强的意志。

你以这种方式为我们展示了一幅充满形态和色彩的油画般的大地，同样也让我们认识了隐匿起来的上帝。

母亲，我是一个忧郁的女孩，又是一个孤僻的女孩，就像是那些白天藏起来的蟋蟀，又像是酷爱阳光的绿蜥蜴。你为你的女儿不能像别的女孩一样玩耍而难受，当你在家里的葡萄架下找到我，看到我正在与弯曲的葡萄藤和一棵像一个漂亮的男孩子一样挺拔而清秀的苦巴杏树交谈时，你常常说我发烧了。

此时此刻，倘使你在我的身边，就会把手放在我的额头上，像那时一样对我说：“孩子，你发烧了。”

母亲，在你之后的所有的人，在教你教给他们的东西时，他们都要用许多话才能说明你用极少的话就能说明白的事情。他们让我听得厌倦，也让我对听“讲故事”索然无味。你在我身上进行的教育，像亲昵的蜡烛的光辉一样，你不用强迫的态度去讲，也不是那样匆忙，而是对自己的女儿倾诉。你从不要求自己的女儿安安静静规规矩矩地坐在硬板凳上。我一边听你说话一边玩你的薄纱衫或者衣袖上的珠贝壳扣。母亲，这是我所熟悉的惟一的令人愉快的学习方式。

后来，我成了一个大姑娘，再后来，我成了一个女人。我独自行走，不再倚傍你的身体，并且知道，这种所谓的自由并不美。我的身影投射在原野上，身边没有你那小巧的身影，该是多么难看而忧伤。我说话也同样不需要你的帮助了。我还是渴望着，在我说的每一句话里，都有你的帮助，让我说出的话，成为我们两个人的一个花环。

此刻，我闭着眼睛晴对你诉说，忘却了自己身在何方，也无须知道自己是在如此遥远的地方。我闭紧双眼，以便看不到，横亘在你我中间的那片辽阔的海洋。我和你交谈，就像是摸到了你的衣衫；我微微张开双手，我觉得你的手被我握住了。

这一点，我已对你说过：我带着你身体的赐予，用你给的双唇说话，用你给的双眼去注视神奇的大地。你同样能用我的这双眼看见热带的水果——散发着甜味的菠萝和光闪闪的橙子。你用我的眼睛欣赏这异国的山峦的景色，它们与我们那光秃秃的山峦是多么不同呀！在那座山脚下，你养育了我。你通过我的耳朵听到这些人的谈话，你会理解他们，爱他们；当对家乡的思念像一块伤疤，双眼睁开，除了墨西哥的景色，什么也看不见的时候，你也会同样感到痛苦。

今天，直至永远，我都会感谢你赐予我的采撷大地之美的能力，像用双唇吸吮一滴露珠；也同样感激你给予我的那种痛苦的财富，这种痛苦在我的心灵深处可以承受，而不至于死去。

为了相信你在听我说话，我就垂下眼睑，把这儿的早晨从我的身边赶走，想象着，在你那儿，正是黄昏。而为了对你说一些其他不能用这些语言表达的东西，我渐渐地陷人了沉默……

星 辰

● 米斯特拉尔

我们无比热爱大地，因为她的任何部分都是美丽的，而且她的美丽多姿多彩，但尤其因为她是我们的祖国，我们在大地上行走，我们把她耕耘、翻动。她是我们感官的一个部分，因为她是我们看得见、听得见和触摸得到的东西，而她也听得见我们的声音，感受得到我们的存在。

但是白天充满阳光、夜晚繁星无数的天空，尽管不是我们的创造物，却比大地更瑰丽多姿。

我们觉得我们看到的星斗很多，其实不然，因为不超过两千颗。凑近望远镜看一看，这个小小的数字就变成万万，天空此时才真的天体密布、光焰耀目。面对这样的天宇，人类的视线无能为力，似乎万能的想象力也无济于事。

我们的眼睛是多么不幸，它们只能这样认识天上的星斗：把两颗、三颗或更多的星斗看成一颗，它们的光华在我们眼前聚成一道。

在借助望远镜之前，古人就是完全靠微弱的视线了解了许多关于星斗的知识，而我们的祖先了解得更多：墨西哥的阿兹特克人经过对天体的研究，获取了时间的计算方法，几乎完美地确定了一年的天数。

尽管我们觉得自古以来天空毫无变化，像一个没有新鲜事物的国度，天文学家们却终生注视它，度过了漫漫长夜和白昼，发现了那些突然出现的星体：不知道它们来自何方，随着它们的移近，光亮越来越强，后来又逐渐变弱，离我们远去，再没有露面。

古代人喜欢注意某些星座，比如昴星团（也即“七姊妹星团”，位于金牛座，是最有名的银河星团之一）。墨西哥古人聚在一起，等待半夜到来，那时他们能指出太阳从南至日到北至日运行的路线。

后来，他们房舍的大火被扑灭了，他们奔向太阳庙，在那里向神灵祭献了一个挑选出来的青年和其他物品，青年人是每年献给太阳神的牺牲品。太阳到达南至日时，青年死了，人们将他顺着金字塔滚下去，好在南至日结束时，看到太阳沉落的情形。

克丘亚人的居住地在秘鲁，那里的天文学非常发达。他们崇拜使大地肥沃的天体；他们崇拜月亮，因为它是夜晚的主宰；他们崇拜每一个星座。

人们感激天空对我们地球的影响，天空就像工匠，它制造白昼，让我们看清世界并开发大地为我们提供食粮；同样，它让夜晚装载着我们的睡眠和梦幻幸福遨游。

安恩和奶牛

● 约翰尼斯·延森

在瓦尔普峡集市的牲口交易场上，站着一位老妇人和她的奶牛。她带着那条孤独的奶牛悄悄地站在一边，也许是她太腼腆羞怯，也许是她故意要吸引更多人注意的缘故。她身上穿着样式老掉牙的旧衣服，一条海蓝色的裙衫依然散发着乡下染缸中捞出来的那种土味儿。一条棕褐色的绒线方披肩交叉盖在她那干瘪瘪的胸上。她戴的那条头巾颜色褪得泛白，七皱八褶，好像是撂在抽屉里有了年头。脚上的木屐连后跟都磨平了，但是皮面上却抹了油擦得锃亮。她那瘦骨嶙峋的双手拿着毛线针飞快地翩然起舞着。除了这几根针之外，在她的苍苍白发上还另外横插着一根。她站在那里，竖起耳朵凝神倾听着杂货摊上飘过来的音乐声，但是她也不时地抬头看看在她身边摩肩接踵、熙来攘往的人群和买卖交易的牲口。她的周围一片嘈杂喧嚣，然而她却站在那里晒着太阳，打着她的毛袜，哦，真是旁若无人，安闲得很。

那头奶牛依偎在她的身边，头挨着她的肘部，神情厌烦，腿脚僵硬地站在那里，翕动着嘴唇不断地反刍咀嚼。这头奶牛已经上了年纪了；但是这是一头很好的牲口，浑身披着密密黪黪发亮的毛，连半根杂毛也没有，可以看得出来，它是真正出身高贵的纯粹良种。当然，要是存心找茬的话，那么在它的臀部和脊梁上长着一溜肉瘤，不过能挑得出来的最坏的瑕疵也就这么点了。它的浑圆的乳房胀得鼓鼓的，软绵绵、毛茸茸地垂在肚皮底下。它那黑白相间的美丽的牛角上的年轮还不太多，这是一头强壮结实的奶牛，曾经有过所有奶牛都有过的生活经历，它到了发情求偶的年龄，产下了小犊，然而连看它们一眼舔它们一下都没有来得及便给人带走了。在这以后便吃着粗粝的草料，心甘情愿地把牛奶奉献出来。

既然它是一头好母牛，而且显而易见已经成熟到可供屠宰的地步，不久就有人来端详它，用手指摸摸它那保养刷洗得干干净净的皮毛。“这头母牛卖多少钱，老婆婆？”那人问道，他把挑剔的眼光从奶牛身上转到安恩身上，锱铢必较地望着她。安恩自顾自继续打着毛线。“它是不卖的。”她回答说，然后好像是为了使讲话显得谦恭有礼起见，她一只手把毛衣针撂下，使劲地把鼻孔擦个不停。那个男人惶惑起来，踌躇不决地站了半响。

过了不大一会工夫，一个精明利落、脸刮得光溜溜的屠夫用他的棍棒敲了敲牛角，他用肥硕的手匆匆摸了摸母牛身上光滑的皮毛。“喂，这头母牛多少钱？”老太婆安恩敝帚自珍地瞅了瞅自己的奶牛，不屑地睥睨了一下那根棍棒，然后转过脸去，仿佛往远处张望发现了有什么使她感到兴趣的东西。“它不卖的！”这笔交易就此告吹，这个身穿血迹斑驳的罩衫的屠夫扬长而去了。可是紧跟着又来了一个人，死乞白赖纠缠着要做成这笔买卖，可是老太婆安恩摇摇头说：“这头奶牛是不卖的。”她就用这副神情接连打发走了许多主顾，这便理所当然地引起大家对她的注意，对她说长道短起来。有个人已经来过一次想买这头牛，但是遭到拒绝，现在又折回来，出了一个简直令人难以抵抗诱惑的大价钱。安恩老太太用了非常坚定不移的口气回答说：“不！”但是她似乎心烦意乱，为难得很。

“那么，它是已经卖出了不成？”那人问道。“没有，这头牲口是不卖的。”“是吗？那么干吗老站在这里？难道光是让这头奶牛出出风头吗？”这个男人刨根究底地追问着，“是你自己的奶牛吗？”“是呀，当然是的喽。”在这头奶牛还是条小牛犊的时候，就是她的了，那是一点都不假的。“难道你站在这里是为了拿大伙儿开心吗？”天哪！安恩老太太当头挨了这一闷棍只好闷声不响。她不再打毛线了，从牛角上解下拴牛的绳索，预备回家去了。在这个时候，她睁大了眼睛，用恳求的眼神盯住了那个人。

“它是一头那么孤零零的奶牛，”她推心置腹地吐露真情，“我的小农庄上就只有这么一头奶牛，而它又难得同别的牲口合群，所以我就想到不如把它带到集市上来，这样做它至少可以跟同类相聚一番，让它略为散散心……这样，我们就到这里来了。但是我们不是来做生意的。既然已经弄成这样，我们只好回去了。不过，我方才本来应该讲一句‘对不起，我很抱歉’才好。好吧，再见了，谢谢你。”

战 争

● 路易吉·皮兰德娄

乘坐夜间快车离开罗马的乘客，要在法布里亚诺小站停留到天亮，然后才能乘坐这趟老式的、又小又慢的火车继续前行，进人苏尔莫纳的主干线。天亮时分，在一节空气污浊、烟味熏人的二等车厢内，已经有五位乘客在这里坐了一夜。一个身材肥胖、满脸悲痛的妇女被人从车门口推了上来——那模样看上去简直就像一捆没有形状的包裹。后面跟着的是她的丈夫，嘴里一边喘着粗气，一边还咕哝着什么——这是一个又瘦又小、身体虚弱的男人，面孔像死人一般惨白，眼睛又小又亮，看起来怯生生的。

终于找了个座位坐下来之后，他彬彬有礼地感谢那些帮助过他妻子、给她腾地方的乘客。

然后，他回过头，帮妻子把大衣领子拉下来，体贴地问道："你没事吧，亲爱的？"

他妻子没有回答。"龌龊的世道。"丈夫嘴里咕哝着，露出一丝哀伤的笑。

他觉得很有必要对周围的乘客解释清楚，他妻子值得同情，因为战争从她身边带走了她唯一的儿子——一个20岁的小伙子。对于儿子，他们两人都倾注了一生的心血，甚至抛弃了他们在苏尔莫纳的家，跟着儿子来到罗马，因为儿子得在这里读书。后来，他们又同意了他志愿参战的决定，但那是因为他们得到保证，六个月内部队不会派他上前线。可现在，他们却突然接到电报，说儿子三天后就要出发，要他们去为他送行。

穿着宽松大衣的女人身体扭来扭去，有时还发出像动物一样低沉的声音。她确信这一切解释都不会引起人们哪怕一丝的同情，因为他们很有可能和她一样处于悲惨的境地。其中一个人一直特别专注地听着，说道："你们应该感谢上帝，你们的儿子现在才去前线。我儿子在战争的第一天就上前线了。他因为受伤被送回来了两次，伤好后又给送去了前线。"

"那我不是更惨？我的两个儿子和三个侄子都上了前线。"另一位乘客说。

"也许你说得对，但我们的情况特殊，我们只有一个儿子啊。"丈夫试探着回应了一句。

"这又有什么区别？对你的独子，你可能因为过度关爱宠坏了他，但如果你有不止一个孩子，你对他们的爱绝不会比你对独子的爱少。父亲的爱可不像面包，能切成好几份，平均分给每个孩子。做父亲的会把自己的爱完整地、不加区分地倾注给他的每一个孩子，不管是一个还是十个。如果我为两个儿子感到痛苦，这种痛苦可不是一人一半，而是双倍的痛苦……"

"没错……没错……"丈夫尴尬地叹了口气，"可是假如做父亲的有两个儿子在前线，失去了一个，还有另一个活着，可以安慰他……但是……"

"没错，"对方有点恼怒地答道，"一个儿子活下来是可以安慰他，但为了这个儿子他也必须要活下来；可如果只有一个儿子的话，要是这个儿子死了，做父亲的就可以撒手去了，也就一了百了不用痛苦了。这两种境况，哪一种更糟？难道你不明白我的处境比你的还要糟吗？"

“胡说。”另一个乘客打断了他的话，这是一个红脸的胖子，眼睛里布满了血丝。

他喘着粗气，躯体里似乎有一种被不可控制的活力所激发的内在力量在翻腾。“胡说。”他重复道，一边用手捂着嘴，以免让人看到他嘴里少了两颗门牙，“我们养活孩子，难道是为了自己得到什么好处吗？”

其他乘客都痛苦地瞪着他。那个在战争爆发的第一天儿子就上了前线的人叹了口气，说：“你说得对。我们的孩子不属于我们，他们属于国家……”

“胡扯！”胖子反驳道，“我们生养孩子时想到过国家吗？孩子们出生是因为他们必须出生，一旦他们生下来，就延续了我们的生命。我们属于他们，可他们从来都不属于我们。他们到了20岁，就跟我们20岁时一样。我们那时也有自己的父母，但我们还有很多其他的东西——女人、烟、梦想、新领带……当然，还有国家，那个时候，若有需要，我们也会响应国家的号召——当我们20岁的时候——哪怕父母都不同意。现在，我们到了这个岁数，当然还是很爱国，但我们更爱自己的孩子。在我们这些人中，如果可能，有谁不是心甘情愿地想替儿子上前线呢？”

众人一片沉默，人人都点头，表示赞同。

“那么，”胖子继续说道，“我们为什么不去考虑孩子们20岁时的感受呢？在他们这个年纪，对国家的爱超过对父母的爱，这难道不是很正常的吗？毕竟，在他们眼里，我们就跟那些走不动路、只能待在家里的老家伙一样。只要国家还存在，只要国家还必不可少——就像面包一样，人人都要吃，不然就得饿死——那么就一定要有人去保卫它。所以，我们的儿子就去了，在他们20岁的时候。他们不需要眼泪，因为即使他们死去，他们也是轰轰烈烈地死去、幸福地死去。所以，如果一个人年轻时愉快地死去，没有经历过生活的阴暗面，没有体验过生活的乏味、琐碎和希望破灭后的痛苦……那我们还需要为他争取什么呢？大家都应该笑起来，就像我一样……或者至少应该感谢上帝——像我一样——因为我的儿子在死之前，给我发了一封电报，说能够以这种完美的方式死去，他感到很欣慰。所以，你们看，我甚至连丧服都没穿……”

他抖了抖浅黄褐色的大衣让别人看，铁青的嘴唇颤抖着，眼睛里水汪汪的，目光呆滞。之后，他发出一阵刺耳的笑声，不过听起来倒更像是抽泣。

“有道理……有道理……”其他人附和着。

那个穿着大衣、蜷缩在角落里的女人一直在用心听着。过去的三个月来，她一直想从丈夫或者朋友的话中找到令她感到安慰、不再忧伤的语言。这些语言也许能让她明白，一个做母亲的，对于儿子没有死去，而只是过着一种可能很危险的生活，应该感到欣慰。然而，她听到的话不少，却没有一句打动她……而想到没有人能够理解她的感受，她的悲伤也变得愈加强烈。

可是现在，这位乘客的话语却令她惊奇甚至震惊。她突然意识到，错误不在别人，不在于别人不能理解她，而在她自己，在于她无法达到那些父母亲的境界——面对子女的离开，甚至死亡，他们没有哭泣，而是顺从地听由命运的安排。

父 亲

● 托马斯·曼

中亚细亚的夏夜到处尘土飞扬，水渠旁的小道上，自行车车轮不断发出枯燥的沙沙声，渠岸上长满了榆树，在盛夏的骄阳曝晒之后，树梢正沐浴在恬静的晚霞中。

我坐在硬邦邦的车架上，紧紧地抓住车把，父亲还让我任意地按车铃儿，它上面有一个半圆形的镀镍铃盖和一个绷得紧紧的舌簧，一按下去，它还弹你的手指呢。自行车飞快地向前方驶去，铃儿叮当直响，这使我觉得自己像大人一样，显得特别威风，尤其是我的父亲在背后踩着脚镫子，皮坐垫咯吱吱直响，我感到了他身上的热气和膝盖的动作——它们常常碰着我穿着凉鞋的双脚。

我们上哪儿去？是上附近的一家茶馆。这家茶馆就在康沃依街和萨马尔康德街的转角处，在渠岸边的一排桑树下。傍晚，水渠泛着淡红色的闪光，在泥抹的茅屋之间，凉爽、轻柔地哗哗流过。我们坐在茶馆里的一张小桌旁，桌上铺着黏糊糊的漆布，发出一股香甜味儿。父亲要了一瓶啤酒，和快乐的茶馆老板说说笑笑。这个人满脸胡子，很殷勤，爱大声说话，脸晒得又粗又黑。他用抹布擦擦酒瓶，在我们面前摆上两个杯子（尽管我不喜欢喝啤酒），他还像对待大人似的对我使着眼色，末了，给我们端来一碟蘸盐油炸扁桃仁……我还记得那嚼起来又脆又香的酥桃仁的味道、那茶馆后面淡黄色的清澈的天空、晚霞笼罩着的高塔寺、尖尖的白杨树环抱着的平屋顶……父亲是那样年轻、健壮，他穿着一件白衬衣，微笑着，瞧着我，在各方面我们都像是两个平等的男人。干完了一天的活，我们在这里领略着四周的静谧、傍晚时分清凉的水渠、城市里燃起的万家灯火、冰凉的啤酒和芳香扑鼻的扁桃树带来的欢乐……还有一个黄昏非常清晰地留在我的记忆中。他坐在一间小房里，背朝窗户，院子里一片暮色，寂静无声；纱窗帘微微飘动着，他身穿一件保护色上衣，我觉得很不习惯，他的眉毛上面还贴着一块黑膏药，显得很古怪。我现在记不起来了，为什么父亲好像一个久别归来的人那样坐在窗旁，为什么人世间有这样僻静的地方。我觉得，他似乎刚从战场上回来，受了伤，正和母亲谈论着什么事（他们俩几乎是用旁人听不见的耳语在交谈）。于是，一种别离感和朦胧、甜蜜的危机感，沉寂的院子外面那一片广阔无垠的空间，不久以前父亲的英姿（过去，在某个地方他也曾表现得这样英武），这一切都使我对父亲产生一种特别的柔情和亲切感。当我一想到全家在这间酷似以前那铺着白床单的小卧室的房间里再次团聚时，我就感受到家庭的舒适和温暖，因而十分惊喜。

他和母亲谈了些什么，我不得而知。我只知道，当时有关战争的事，我连想都没想到过。可是，那寂静的庭院、夏日的黄昏、父亲贴在太阳穴上的膏药和他身上的军服、母亲沉思的面容，这一切都在我童稚的心中留下深刻的印象。时至今日我还相信：是的，就在那个傍晚，父亲从战场上回来，受了伤，显得幸福而忧郁。不过，另一件事更令人惊异：多少年过去了，在胜利归来的某个时刻（1945 年），我也像父亲一样，坐在我父母亲的卧室里，靠在窗旁，正如童年时代一样，我又敏锐地体验到重逢时的那种感受，仿佛是往事的重演。也许，昔日的感觉正预示着我会成为一名士兵，我走了父亲命中注定要走的道路，也就是说，我完成了他没能做完的事。在孩提时代，我们都虚荣心十足地夸大自己父辈的本事，想象着他们是盖世无双的勇士，可是，当时他们只不过是个凡人，也必须为日常生活而操心。

至今我还记得那一天，我看见父亲和我过去所见到的完全不同（我那时 12 岁），而这种感觉一直停留在我的心里。

那是春天，白天很长，阳光灿烂，我和中学同学在大门边推撞着玩（在五月天干燥的人行道上做游戏）。我浑身是汗，特别高兴，突然间，在离家不远的地方，我看见一个熟悉的、个头不高的身影。胡同里洒满了阳光，在暖和的栅栏外面，白杨树泛出一片嫩绿，春意盎然，而特别显眼的是：他看起来是那样矮小，短上衣是那样难看，裤子又窄又小，怪里怪气地吊在他的脚踝上面，一双老式的破靴子显得特别大，有别针的新领带像是穷人身上多余的装饰品。这难道是我的父亲吗？本来，他的脸总显得那么善良，充满信心和力量，英姿勃勃，而不是这样冷漠疲惫。早先他的脸上从来就没有皱纹，也不显得苍老，更不是像现在这样无精打采、萎靡不振。

这一切都被春天的阳光暴露得如此明显——父亲身上的一切突然显得如此灰暗、平庸和可怜，这使得他和我在我的同学面前感到十分屈辱。他们勉强忍住嘲笑，无礼地、默默地看着这双又大又破、显得很滑稽的靴子和那条特别刺眼的细管儿似的裤子。眼看他们就要取笑他，嘲弄他那怪模怪样的步态、他那微微弯曲的瘦腿。我满脸通红，又羞又恼，几乎要哭出来，马上就要大吼一声去保护他，去为他那副令人不快的滑稽相辩解，去同他们进行激烈的殴斗，用拳头去取得神圣的尊严。

可是，不知怎么了，为什么我没有去和自己的同学搏斗——是害怕失去他们的友谊呢，还是不愿自己在这种维护尊严的殴斗中显得十分可笑？

那时，我并没有想到自己也将会有这样的时刻，即在某一个我所没有想到的春日，我也会显得如此可怜又可笑，我也会是一个怪模怪样的父亲，而我的孩子们也会羞于去保护我。

笑

● 柏格森

笑首先是一种纠正手段。笑是用来羞辱人的，它必须给作为笑的对象的那个人一个痛苦的感觉。社会用笑来报复人们胆敢对它采取的放肆行为。如果笑带有同情和好心，它就不能达到目的。

也许有人会说，笑的动机至少可能是好的，人们惩罚一个人时常是由于爱他，也会说笑在制止某些缺点的外在表现的时候，也是为了我们的更大的利益，促使我们改正这些缺点，促使我们的心灵更趋完美。

关于这一点，可说的话很多。大体说来，笑当然起着一种有益的作用。我们的全部分析一直就是要说明这一点。然而并不因此就可以说笑总能击中要害，也不能说笑是从善意出发，甚至于还不能说笑是从公平无私出发的。

为了能击中要害，笑就必须是思考的产物。而笑却只不过是自然装在我们身上的一种机械装置所产生的效果，或者也可以说是长期的社会生活习惯装在我们身上的一种机械装置所产生的效果。笑不顾一切地一往无前，你要打他一拳，它就还你一脚，也没有闲工夫去看看它踢到了什么地方。笑对某些缺点的惩罚，几乎有点像是疾病对人的某些过度行为的惩罚一样，打击了无辜的人，饶过了有罪的人，谋求一般的效果，而不能分别考察每一个具体的情况。凡是不根据有意识的思考而按照例行途径办成的事情都是这种样子。把所有的结果平均一下来看，笑可能是公平的，但是就具体情况仔细来看，情形并非如此。

就这一意义来说，笑是不能绝对公平的。不妨再重复一遍，笑也是不能出于善意的。它的任务就是通过羞辱来威慑人们。如果自然没有为了这一点而在最优秀的人们身上留下丝毫恶意，至少是丝毫狡黠的话，笑是不会达到它的目的的。关于这一点，我们也许还是不必过分深究为妙。我们是不会从这种研究当中得到什么令人愉快的东西的。我们会看到，紧张的缓和或扩张只不过是笑的前奏，笑的人立即就想一想他自己的行为，多少有些洋洋得意，把别人看做是由他操纵的木偶。在这种自负之中，我们很快就会搀进一点利己主义，而在利己主义背后，随着笑的人进一步分析他的笑，越来越明显地出现了一种不那么自发产生而比较苦涩的东西，也就是一种悲观主义的萌芽。

在这里跟在别处一样，自然为了善而利用了恶。我们在整个研究过程中所关怀的也是善。我们觉得，随着社会日趋完善，它的成员的适应能力越来越大，社会内部也日益趋于平衡，这样大的一个团体所不可避免的表面的紊乱也将日益减少，而笑把这些波动突出地表现出来，从而卓有成效地完成自己的任务。

海面波涛汹涌，翻腾不已，底层却一片宁静。海浪互相激荡，互相冲击，努力求得平衡。一抹轻盈欢快的雪白的浪花，镶嵌在变幻无穷的巨浪周围。有时候退回大海的波浪在沙滩上留下一层白沫。在海滨嬉游的孩子把这白沫掬起一把，过了一会儿，看到手心里留下的只是几滴水珠，比把它冲上海岸的波浪里的海水更苦更咸，不免要感到几分惊讶。笑的产生也和这泡沫一样，它表示在社会生活的外部存在着表面的骚乱。笑立即把这些动乱的形态描绘下来，笑也是一种盐基的泡沫。跟泡沫一样，它也闪闪发光。它是欢乐。但是把它掬起来尝尝味道的哲学家，有时候却会从里面发现少量苦涩的物质。

苏 珊

● 法朗士

你知道，卢浮宫是一个博物馆，那里的名贵古物中有一件最感人的东西，那是一块大理石像的断片。它有许多地方显得很破旧，但上面刻的两个手里拿着花的人却仍然可以看得很清楚。这是两个美丽女子的形象。她们在彼此交换莲花——当时被认为是神圣的花。

我们的学者们对这两位姑娘做过许多思考。可是他们从来没有弄清楚为什么这两个姑娘各人手里要拿着一朵花。

苏珊小姐可是一会儿就弄清楚了。

她的爸爸因为要在卢浮宫办点事，就把她也带到那儿去了。苏珊姑娘观看那些文物，看到了许多缺胳膊、断腿、无头的神像。她对自己说："啊！对了，这都是一些成年绅士们的玩偶。我可以看出这些绅士们把他们的玩偶弄坏了，正像我们女孩子一样。"但当她来到这两位姑娘面前时，看到她们每人手里拿着一朵花，她便给了她们一个吻——因为她们是那样娇美。接着她父亲问她："她们为什么相互赠送一朵花？"

苏珊立刻回答说："她们是在彼此祝贺生日快乐。"

她思索了一下，又补充了一句："因为她们是在同一天过生日呀。她俩长得一模一样，所以她们也就彼此赠送同样的花。女孩子们都应该是同一天过生日才对呀！”

现在苏珊离开卢浮宫博物馆和古希腊石像已经很远了，她现在是在鸟儿和花儿的王国里。她正在草地上的树林里度过那晴朗的春天。她在草地上玩耍一而这也是最快乐的玩耍。她记得这天是她的小丽雅克妮的生日，因此她要采一些花送给她，并且吻她。

向生命中的青春举杯

● 汉姆生

在这样隆重得叫人不知所措的盛情场合，我该怎么办才好呢？我觉得我已经飘飘然了，我的头在旋转。今天，荣誉与财富都聚集在我身上，虽然我还是我自己，但就在一分钟以前，听到祖国的国歌在大厅里回响，我真的被这样的致敬席卷得脚不着地了。

说起来可能是好的，这不是我第一次被席卷得脚不着地。在我那被祝福的青年时代，也有过这样的经历。哪个年轻人的生命中没有过这样的经历呢？觉得这种感觉陌生的，是那些年纪轻轻却已变成了保守派的人——他们生下来就老了，他们不懂得什么叫两脚离地。对年轻人来说，没有比这种过于早熟的精明与冷漠更坏的命运了。天知道，在成年以后，仍旧会有许多被席卷得两脚离地的机会。这又怎么样呢？我们还是我们，而这一切对我们都是好的！

不过，在这种群英荟萃的集会上，我不能再沉醉在自己闭门造车的智慧中了，因为下一位接受颁奖的是科学界的代表。我得马上坐下，但今天是我的大喜日子。我被你们仁慈地拣选出来，从上千人中拣选出来，用桂冠加冕！我代表我的国家，感谢瑞典文学院和所有瑞典人，感谢你们颁发给我这份荣誉。就我个人来说，我在这样沉重的荣誉下俯首，但我同样为学院认为我的肩膀足以承担这重担而感到骄傲。

现在，在这灯火辉煌中，在这些杰出的与会人土面前，我真愿意做的是向各位抛洒礼物，抛洒花朵与诗歌一再度年轻，再度乘风破浪。在这杰出的场合，这个我最后的一次机会中，这是我希望做的。我不敢做，因为我逃不了被嘲笑。今天，财富与荣誉都降临在我身上，但有一样礼物是缺少的，那是最重要的——青春。我们之中没有一个人老得记不起它来。我们这些已经老了的人向后退一步，用尊严与优美退这一步，我认为这是适当的。

我不知道我该怎么办才好，我不知道什么是我应该做的，但是，我向瑞典的年轻人举杯，向生命中的青春举杯。

劳作者的伊甸园

● 泰戈尔

这个人从来不信功利。

他不干任何一件有实用的活儿，只沉溺于奇想怪念之中。他做了几件小雕塑——男女、女人、城堡，都是些到处用贝壳点缀着的古怪的泥制小玩艺儿。他还画些画。于是乎他把自己的时间都浪费在这些没用的、没人要的东西上了。人们笑话他。有那么几次他也发誓要抛开自己的怪念头，然而它们到头来仍徘徊在他心中。

正如有些男孩子很少用功却照样通过考试，对这人也出现了类似情况。他在无用的工作中度过了在人间的生活，死后天堂的大门却照样对他敞开。

既使在天堂里也是记有档案的。但是掌管这位先生档案的天使犯了个错误，他把这人送到劳作者的伊甸园去了。

在这个伊甸园里，什么都能找到，就是没有闲暇。

这儿的男人们说："上帝！我们简直没有一刻空闲。"女人们嘀咕："让我们继续干吧，时间正在飞逝。"所有的人异口同声："时间是宝贵的。""我们手里活儿不断，我们利用每一分钟时间。"

而这位没做一件实用的事就度过了世上一生的新来者并没有适应劳作者伊甸园里的事务安排。他心不在焉地在大街上闲荡，挡着忙人们的道。他躺在绿茵茵的草地上，或靠近湍急的溪流，被农夫呵斥一顿。他老是碍别人的事。

每天有一个风风火火的姑娘带着水罐，到一个沉默的瀑布那儿去汲水（沉默的瀑布，是因为在劳作者伊甸园里就连瀑布也不愿为歌唱而耗费能量）。

这姑娘走在路上，就象一只熟练的手在吉他弦上飞速地移动。她的头发不经意地散落下来，一缕象是爱探询的头发时时披下前额，探望她眼睛里的暗暗惊奇。

懒汉正站在溪畔。如同一位公主看到一个孤独的乞丐，这位忙碌的姑娘看到他也充满怜悯之情。

“喂——”她关切地喊，“你没活儿可干吗？”

这人叹道：“活儿！我没有一刻是在干活儿。”

姑娘不明白他的话，说：“如果你高兴，我可以分一点活儿给你。”

这人回答：“沉默之泉的姑娘呵，我现在正等着从你手里得到一些活呢。”

“你喜欢干什么样的活儿？”

“你可以给我一只水罐，肯分一只给我吗？”

她问：“水罐？你想从瀑布汲水吗？”

“不。我要在你的水罐上画些图画。”

姑娘恼了。

“图画？！我可没功夫同你这种人浪费时间。”她走了。

不过，一个大忙人对一个什么事也不干的人还能怎样呢。每天，他们都相遇，他每天都对她说：“给我一只你的水罐吧，沉默之泉的姑娘。我要在那上面画画。”

最后她让步了，给了他一只水罐。他开始画起来，他画了一根又一根线条，涂了一种又一种颜色。

他完成了他的作品，姑娘拿起水罐端详起来，她的眼神是迷惑不解的。她扬起眉问："这些线条和颜色是什么意思？它们有什么用处吗？"

他笑了。

"没有。一幅画，它既没有含义，也不是为了什么用处。"

姑娘带着他的水罐走了。在家里，她躲开窥探的目光把水罐拿到亮光里，将它转来转去地从所有角度细看那上面的图画。夜里她摸下床点亮灯。悄悄地又细细看了一遍。在她的生活中，第一次看到了一种根本没有含义和用途的东西。

当她第二天出门去瀑布时，她那匆忙的脚步比过去稍从容了些。因为一种新的感觉，一种既无含义也无用途的感觉，似乎已经在她身上苏醒。

她看到站在瀑布边上的画家，有点慌乱。她问："你需要什么？"

"只不过想从你手多得到一点活儿。""你喜欢干什么样的活呢？"

"让我为你的头发系上彩色丝带吧。""为了什么？"

"什么也不为。"

丝带系好了，闪着光彩。劳作者伊甸园的忙碌姑娘哟，如今每天要花许多时间去摆弄绕着头发的丝带了。时间一分钟一分钟溜走，没有被利用。许多活儿搁下来没干完。

这下子，劳作者伊甸园里可遭殃了，过去很积极的人现在变懒散了，他们把宝贵的时间浪费在诸如绘画、雕塑之类无用的事上。长者们焦虑不安，于是召开了会议，一致认为眼下事态在劳作者伊甸园里，迄今为止是闻所未闻的。

这时天使匆忙赶来了。他在长者面前鞠了躬，并作了坦白："我带了一个有毛病的人到这个伊甸园来，一切都是我的错。"

这人被传了来。长者们看到他那奇异的衣着，他那古怪的画笔刷，他的那些颜料，立刻都明白了：他决不是劳作者伊甸园里该有的那种人。

长者生硬地说道："这里不是你这种人待的地方，你必须离开！"这人如释重负似地叹了一口气，收拾起他的画笔和颜料。可就在他要走的当儿，那位沉默之泉的姑娘轻盈地跑上前来喊道："等一下！我和你一起走。"

长者们惊讶得喘起气来：过去在这伊甸园里，还从没出过这样的事——这样一件既无含义又无用途的事儿！

图书馆

● 泰戈尔

谁如果锁住茫茫大海千百年的惊涛骇浪，使之像甜睡的婴儿一样悄无声息，那么，这静穆的海浪可谓图书馆最贴切的比喻。图书馆里，语言是静寂的，流淌是凝滞的。人类不朽的性灵之光，被乌黑字母的链子捆绑，投入纸页的大牢。无法预料它们什么时候突然举行暴动，打破死寂，焚毁字母的栅栏，冲到外面。好似喜马拉雅山头上覆盖的冰川中拘禁着滔滔洪水，图书馆里也仿佛围堵着人心的江河。

人用电线禁锢电流，可有谁知道人把“声音”关在“静默”里！有谁知道人把歌曲、心中的希冀、清醒的灵魂的欢呼、神奇的天籁包在纸里！有谁知道人把“昔日”囚禁于“今日”！有谁知道人仅用一本本书在深不可测的岁月的海面上架起了一座壮丽的桥梁！

进入图书馆，我们伫立在千百条道路的交叉点上。有的路通往无边的海洋，有的路通往绵延的山脉，有的路向幽深的心底伸展。不管你朝哪个方向奔跑，都不会遇到障碍。在这小小的地方，软禁着人的自我解放。

如同海螺里听得见海啸，你在图书馆听见哪种心脏的跳动？这里，生者与死者同居一室；这里，老寿星与短命人耐心而安宁地度日，谁也不歧视谁。

人的声音飞越河流、山峦、海洋，抵达图书馆。这声音是从亿万年的边缘传来的啊！来吧，这里演奏着光的生辰之歌。

最早发现天堂的伟人对聚焦在四周的人说："你们全是天堂的儿子，你们身居仙境阆苑。"伟人洪亮的声音变成各种文字，袅袅飘过千年，在图书馆里回响。

我们在孟加拉的原野上难道没有什么需要表达的吗？我们不能为人类社会送去一则喜讯？在世界大合唱里，惟独孟加拉保持沉默？我们脚边的大海有没有什么话对我们倾吐？我们的恒河不曾从喜马拉雅山携来盖拉莎的仙曲？我们头上没有无垠的蓝天？天幕上繁星书写的无穷岁月的灿烂文字被人抹掉了？

过去，现在，国内，国外，每天给我们送来人类各民族的许多信函。我们只能在两三份蹩脚的英文报纸上发表文章作为答复？其他国家在无垠时空的背景上镌刻自己的名字，孟加拉人的姓名只配写在申请书的副本上？人的灵魂同可憎的命运展开搏斗，世界各地吹响的号角呼唤着战士，我们却成天为菜园里竹架上悬吊的葫芦打官司、上诉？沉默了许多年之后，孟加拉大地的生命已经充实了。让它用自己的语言讲述抱负吧，融会了孟加拉人的心声，世界之歌将更加动听。

山茶花

● 泰戈尔

她名叫卡梅腊。

我是在她的练习本上看见她的芳名的。

那天她带着弟弟乘电车前往学院，我坐在她后面的凳子上，欣赏她的披肩秀发和柔美的面部线条。她胸前抱着教科书和练习本。

我在该下车的车站没有下车。

此后，我制订了出门的时刻表，这与我上班的时间毫不相关，而与她上学的时间相吻合，所以经常相遇。

我想，虽然我与她互不相识，但至少是彼此的旅伴了。

她周身放射着智慧之光，黑发从秀额往后披着，眼里闪着纯朴的光泽。

我暗暗抱怨，为什么不发生事故，使我在救助中显示我的人生价值呢？例如街上发生骚乱，或者哪个恶棍为非作歹，这种事如今不是经常发生吗？

我的命运像一潭浊水，收纳不到可歌可泣的壮举，日子很平淡。

有一天电车上特别拥挤。

卡梅腊身旁坐着一位讲一口孟加拉语夹杂英语的年轻人，我恨不得猛掀掉他的帽子，抓住他的肩膀往车下扔。可一时找不到借口，手痒痒得要命。

这时他抽出了一支很粗的雪茄烟。

我勇敢地走到他面前，命令道："扔掉雪茄烟！"

他装作没听见，照样吞云吐雾。

我一把抢过他口衔的雪茄，掷到窗外，紧握双拳怒视着他。他一声不吭，一步跳下了车。

他也许认识我，我在足球场上因进攻凶猛而小有名气。

姑娘的脸红了，她低头佯装看书，手索索发抖，对我这位嫉恶如仇的英雄竟不屑一顾。

同车有正义感的职员齐声称赞："先生，您做得对！"

不一会儿，姑娘提前下车，改乘出租车走了。

以后接连两天我没有遇见她。

第三天我看见她乘黄包车上学，立刻省悟我鲁莽地做了件错事。

姑娘自己会履行自己的职责，用不着我插手。我暗自悲叹我的命运确是一潭浊水，英雄行为的回忆，在头颅里对我尖酸地嘲讽。

我决意纠正我的错误。

不久，我获悉她一家去大吉岭避暑。

那年，我也迫切需要换换空气。

她家的别墅名为"摩迪亚"，坐落在距山道不远的茂密的树林里，皑皑雪峰遥遥在望。

我赶到那里才知道她一家人不来了。

我正打算踏上归途时，与球迷汉拉尔不期邂逅。他是个瘦高个儿，鼻梁上架一副斯文的眼镜，孱弱的消化器官在大吉岭的新鲜空气中得到了些许慰藉。他对我说："我妹妹泰努卡企望见您一面。"

泰努卡像个影子，身材单薄到了无法再单薄的程度，她以为我同意和她聊天体现了我对她别有意味的关切。

唉，命运的捉弄！

在我下山前两天，泰努卡含蓄地对我说："我要送你一样东西——一盆使你时时想念我们的花。"

胡闹！我以沉默表示厌烦。"这是珍贵的植物，"泰努卡说，"在恒河平原上精心培育才能成活。"

"什么名字？"

"山茶花。"我心头一震，与山茶花语音相近的一个名字，闪电般掠过我昏暗的心，我含笑喃喃自语："山茶花，不容易获得她的心。"

我不晓得泰努卡明白了此话是什么含义，她突然两颊绯红，兴奋得全身微微发颤。

我携带这盆花上路了。

上了火车，我发觉安顿这位"旅伴"不是件容易事，我把它藏在双人包厢的盥洗间里。

这趟旅行到此结束。

以后几个月的琐事恕不赘述。

在祭神节的假期里，闹剧的帷幕在绍塔尔族聚居区重新拉开。这是偏僻的山区，我不想说出地名，换空气的阔佬从不光顾此地。卡梅腊的舅舅是铁路工程师，家安在婆罗树影遮护的"松鼠的村庄"里，从那儿望得见天边的青山。附近的沙砾地里淙淙流淌清泉，帕拉斯树枝上结了野蚕茧，赤裸的绍塔尔族牧童骑在水牛背上。

这里没有旅馆，我在河边搭了顶帐篷。除了那盆山茶花，没有别的旅伴。

卡梅腊是和母亲一起来的。

太阳升起之前，她撑着花伞，沐浴着凉爽的晨风，在婆罗树林里散步，野花竞相吻她的纤足，竟未引起她的注意。她有时涉过浅清的小河，到对岸树底下看书。

她不理睬我，由此我断定她认出我了。

有一天我看见他们在小河边野餐，我多么想走过去说："需要我为你们做事吗？我会汲水、打柴，附近树林里兴许有温和的狗熊哩。”

我发现一个年轻人穿着英国绸衬衫，坐在卡梅腊身旁，伸直腿抽哈瓦那雪茄，卡梅腊心不在焉地揉碎了一朵蔷薇，旁边放着一本英国文学月刊。

我如梦初醒，在这巴尔格那幽静的河谷，没有我的立足之地，我是不堪容忍的多余人。我应该知趣地离开，然而，暂时不能走。我得耐心地住几天，等山茶花开了，派人送过去，才算了却一桩心事。

我白天打猎，傍晚回来给山茶花浇水，静观花苞的变化。

这一时刻终于到了。我大声叫为我弄柴火的绍塔尔族姑娘进帐篷，我要借她的手，送去用婆罗树叶包的山茶花。

我在帐篷里读一本侦探小说，等待着。

外面传来甜蜜的声音："先生，叫我干什么？"

我走出帐篷，一眼看见山茶花夹在她的耳朵上，她黝黑的脸闪着欣喜的光彩。

"叫我干什么？"她又问。

"只想看一眼你戴花的模样。"说罢我动身返回加尔各答。

苦行的修士

● 泰戈尔

在森林的深处，苦行的修士紧闭着眼睛在苦苦的修炼；他想修成正果，进人乐园。

但是拾柴的姑娘在衣裙里给他带来了果子，又用树叶做成的杯子从溪流里为他取来了清水。

日子一天天的过去，他的修行变得愈加艰苦了，到后来他绝口不尝果子，也不喝一滴清水。拾柴的姑娘感到非常悲伤。

乐园里的上帝。听说有一个人居然胆敢希冀成为神灵。他曾经一次又一次的同他的劲敌泰坦们战斗，并拒之于他的王国之外；然而他惧怕一个具有忍受苦难的力量的人。

但是他懂得凡夫俗子的癖好，于是他计划用诱惑来引诱这个凡人放弃他的冒险行动。

从乐园吹来一口气，吻着那个拾柴姑娘的肢体，她的青春由于一阵突然迸发的美丽的快乐而感到痛苦，她的思想也仿佛像蜂巢受到袭击的蜜蜂在嗡嗡作响。

苦修士要离开森森，到山洞里去完成他的严格的苦行的时候来到了。当他睁开了眼睛准备启程的时候，那个姑娘出现在他眼前，好似一首熟悉而已被遗忘的诗歌，因为新添了一种曲调而变得陌生了。苦修士从他的座上站起来，告诉她这是他离开森林的时候了。

“但你为什么要夺去我给你效劳的机会呢？”她眼眶里噙着泪珠问道。

他重新坐下来，沉思了好久，便在原处留了下来。

那天晚上，姑娘心里悔恨，一夜没有成眠。她开始害怕自己的力量，憎恨自己的胜利，但是她的内心却在狂喜的波浪之上颠簸摇荡。

到了早晨，她走到苦修士的面前，向他施礼，请他为她祝福，说她必须离开他。

他默默地望着她的脸，接着，他说：“去吧，祝你如愿。”

多少年，他兀自独坐，最后他的苦修功德圆满了。

众神之王从天上降临，告诉他已经赢得了乐园。

“我不再需要乐园了。”他说。

上帝问他希望得到的更大的报酬是什么。

“我要那个拾柴的姑娘。”

第四辑

青春的甘露

青春的甘露

● 罗曼·罗兰

他们都觉得世界没有安排好。爱人家的得不到人家的爱。被人家爱的偏不爱人家。彼此相爱的又早晚得分离。……你自己痛苦，你也教人痛苦。而最不幸的人倒还不一定是自己痛苦的人。

爱情使有些鸟显出它们身上最美丽的颜色，使诚实的心灵表现出最高尚的成分。因为一个人只愿意给爱人看到自己最有价值的面目，所以他所赞美的思想与行动，必须是跟爱情塑成的美妙的形象调和的那种。浸润心灵的青春的甘露，力与欢乐的神圣的光芒，都是美的，都是有益健康而使一个人心胸伟大的。

每个人的心底都有一座埋藏爱人的坟墓。他们在其中成年累月的睡着，什么也不来惊醒他们。可是早晚有一天，——我们知道——坟穴会重新打开。死者会从坟墓里出来，用他褪色的嘴唇向爱人微笑，她们原来潜伏在爱人胸中，像儿童睡在母腹里一样。

初期的爱情只需要极少的养料！只消能彼此见到，走过的时候轻轻碰一下，心中就会涌出一股幻想的力量，创造出她的爱情，一点儿极无聊的小事就能使她销魂荡魄；将来她因为逐渐得到了满足而逐渐变得苛求的时候，终于把欲望的对象完全占有了之后，可没有这种境界了。

呼吸英雄的气息

● 罗曼·罗兰

我们周围的空气多沉重。老大的欧罗巴在重浊与腐败的气氛中昏迷不醒，鄙俗的物质主义镇压着思想，阻挠着政府与个人的行动，社会在乖巧卑下的自私自利中窒息而死，人类喘不过气来——打开窗子吧！让自由的空气重新进来，呼吸一下英雄们的气息。

人生是艰苦的，在不甘于平庸凡俗的人，那是一场无止无休的奋争，往往是悲惨的，没有光华的，没有幸福的，在孤独与静寂中展开的斗争。贫穷、日常的顾虑、沉重与愚蠢的劳作，压在他们身上，无益地消耗着他们的精力，没有希望，没有一道欢乐之光，大多数还彼此隔离着，连对患难中的弟兄们一援手的安慰都没有，他们不知道彼此的存在。他们只能依靠自己，可是有时连最强的人都不免在苦难中蹉跎。他们求助，求一个朋友。

为了援助他们，我才在他们周围集合一班英雄的友人，一班为了善而受苦的伟大的心灵。这些“名人传”不是向野心家的骄傲申说的，而是献给受难者的。并且实际上谁又不是受难者呢？让我们把神圣的苦痛的油膏献给苦痛的人吧！我们在战斗中不是孤军。世界的黑暗，受着神光烛照，即使今日在我们近旁，我们也看到闪耀着两朵最纯洁的火焰，正义与自由：毕加大佐和蒲尔民族。即使他们不曾把浓密的黑暗一扫而空，至少他们在一闪之下已给我们指点了大路。跟着他们走吧，跟着那些散在各个国家、各个时代、孤独奋斗的人走吧。让我们来摧毁时间的阻隔，使英雄的种族再生。

我们称为英雄的，并非以思想或强力称雄的人，而只是靠心灵而伟大的人。好似他们之中最伟大的一个，就是我们要叙述他的生涯的人所说的："除了仁慈以外，我不承认还有什么优越的标记。"没有伟大的品格，就没有伟大的人，甚至没有伟大的艺术家，伟大的行动者。所有的只是些空虚的偶像，匹配下贱的群众的，时间会把他们一齐摧毁。成败又有什么相干？主要是成为伟大，而非显得伟大。

这些传记中人的生涯，几乎都是一种长期的受难。或是悲惨的命运，把他们的灵魂在肉体与精神的苦难中磨折，在贫穷与疾病的铁砧上锻炼；或是，目击同胞受着无名的羞辱与劫难，而生活为之戕害，内心为之碎裂，他们永远过着磨难的日子，他们固然由于毅力而成为伟大，可是也由于灾患而成为伟大。所以不幸的人啊！切勿过于怨叹，人类中最优秀的和你们同在。汲取他们的勇气做我们的养料吧；倘使我们太弱，就把我们的头枕在他们的膝上休息一会儿吧。他们会安慰我们。在这些神圣的心灵中，有一股清明的力和强烈的爱像激流一般飞涌出来。甚至毋须探询他们的作品或倾听他们的声音，就在他们的眼里，就在他们的行述里即可看到生命从没像处于患难时那么伟大、那么丰满、那么幸福。

在此英雄的队伍内，我把首席给予坚强与纯洁的贝多芬。他在痛苦中间却曾祝望他的榜样能支持别的受难者，"但愿不幸的人，看到一个与他同样不幸的遭难者，不顾自然的阻碍，竭尽所能地成为一个不愧为人的人，而能借以自慰。"经过了多少年超人的斗争与努力，克服了他的苦难，完成了他所谓"向可怜的人类吹嘘勇气"的大业之后，这位胜利的普罗米修斯，回答一个向他提及上帝的朋友时说道："噢，人啊，你当自助！"

我们对他这句豪语应当有所感悟，依着他的先例，我们应当重新鼓起对生命对人类的信仰！

回顾那遥远的年代

● 罗曼·罗兰

我一回顾那遥远的年代，最使我惊异的就是“自我”的庞大。从刚离开浑沌状态的那一刻起，它就勃然滋长，像是一朵大大的漫过池面的莲花。小孩子是不能像我现在这样来估计它大小的，因为只有在人生的壁垒上碰过之后，对自我的大小才会有些数目；高举在天水之间的莲花，本来是铺展的，不可限量的，这座壁垒却逼得它把红衣掩蔽起来。随着身体的成长，在许多岁月中受尽了反覆的考验，这样一来，身体是越来越大了，自我却越来越小了。只在青年期快完的时候，自我才完全控制住它的躯壳。可是这种生命初期充塞于天地之间的丰富饱满，以后就一去而不可再得了。一个婴儿的精神生命和他细小的身材是不相称的。但是难得有几道电光，射进我远在天边朦胧的记忆，还使我看到巨大的自我，盘踞在小小的生命里南面称王。

以下是这些光芒中的一道，——不是离我最远的（还有别的光芒照到我 3 岁的时候，甚至更早），而是最深人我心的。

我年方 5 岁。我有个妹妹叫玛德琳，她比我小两岁。那时是 1871 年 6 月底，我们随着母亲在阿尔卡旬海滨。几天以来，这孩子一直是懒洋洋的，她的精神已经萎顿下去。一个庸医不晓得去诊断出她潜伏的病根，我们也没想到过不上几天她就会离开我们了。有一次，她来到了海边，那天刮着风，有太阳，我和别的孩子在那里玩着；可是她没有参加，她坐在沙土上面的一把小柳条椅上，一言不发，看着男孩子们在争争吵吵，闹闹嚷嚷。我没有别的孩子那么强壮，被人家把我排挤出来，噘着嘴，抽抽咽咽的，自然而然走到这女孩子的脚边——那双悬着的小脚还够不着地——我把脸靠着她裙子，一面哼哼唧唧一面拨弄着沙土。于是她用小手轻轻地抚弄着我的头发，向我说：

“我可怜的小曼曼……”

我的眼泪收住了，我也不知是受了什么打动。我朝她抬起眼来，我看见她又怜爱又凄怆的脸。当时的情形不过如此。过了一会儿，我对这些就再也不想看了。——可是，我要想她一辈子哪……

这个3岁的小姑娘，她那略微大了些的脸庞，她淡蓝的眼珠，她又长又美的金发，那是我母亲引以自豪的——她蓝白两色交织的斜方格裙子，上部敞着露出雪白的衬衫，她悬着的小腿，脚上穿着粗白袜子和圆头羔皮鞋……她充满了怜悯的声音，她放在我头上的柔软的手，她惆怅的眼光……这些都直透进我的心坎。刹那间我仿佛受到了某一种启示，那是从比她更高远的地方来的。是什么呢？我也说不上来。小动物什么都不摆在心上，受了别的吸引，就把这些忘得一干二净了。

我们回到了住所。太阳在海面上落了下去。那一天正是小玛德琳在世的最后一天。咽喉炎当夜就把她带走了。在旅馆的那间窒闷的屋子里，她临死前挣扎了6个钟头。人家把我和她隔开了。我所看到的只是盖紧的棺材和我母亲从她头上剪下来的一绺金发。母亲疯了似的，连哭带喊，不许别人把她抬走……

过了几天，也许就是第2天，我们回家去了。现在我眼前还看得见那个载着我们的火车厢；那些人，那些风景，那些使我惶恐不安的隧道，整个占满了我的心思，我根本就没什么悲哀。离开那个我所不喜欢的海，我心里没有一点遗憾；我也离开了在那个海边发生的不愉快的事；我把一切都抛在脑后，一切似乎都烟消云散了……

但是那个坐在海边的小姑娘，她的手，她的声音，她的眼光——从来也没离开过我。好像这些都镂刻进我的肌骨似的！那时她不到4岁，我也还不到5岁，不知不觉的，两颗心在这次永诀中融合在一起了。我们两个是超出时间之外的。我们从那时起，紧靠着成长起来，彼此真是寸步不离。因为，差不多每天晚上临睡之前，我总要向她吐放出一段还不成熟的思想。而且我还从她身上认出了“启示”，她就是传达了那启示的脆弱的使者——这启示就是：在她从尘世过境的那个通灵的一刹那间，纯净的结合使我俩融为一体，这个结合在我心里引起的神圣感觉——也就是人类的“同情”。

我一生的亏欠

● 塞尔玛·拉格洛芙

就在几天前，我坐在开往斯德哥尔摩的火车上。天刚入夜，车厢里光线幽暗，窗外则早已是漆黑一片。其他乘客都在自己的位子上打起了盹，而我却一个人平静地坐着，聆听着那车轮滚滚前进的轰鸣声。整个秋天我都在Varmland老家，与世隔绝，而如今我应邀来到这里，站在大家面前。隐居的生活使我变得不敢面对生活的纷繁与忙乱，一想到要面对整个世界就感到惶恐不安。

我想到了我已过世的父亲，于是不禁悲从中来。我不能把获得诺贝尔奖这个好消息亲自告诉给他了，可我知道他才是这个世界上听到这个消息而最高兴的人。

曾经坐过夜车的人都应当有过类似的经历：有时会有相当长的一段时间，车厢都会平稳地滑行而不会有太大的颠簸。这时好像尘世中的一切是是非非都停滞了，离我们越来越远，车轮的转动声是那么有节奏，好比宁静中给人心灵以抚慰的优美旋律。车厢不像行驶在铁轨上，却如同驶入了太空。坐在车上的我，当时确实就有了这样的感觉。我是多么期望能再见一面我的老父亲啊。列车轻快地行驶着，悄无声息，我甚至认为自己已不在这个星球上。我开始进人了一个梦境般的世界："想象一下，如果我能到天堂里见到父亲那该有多好！这种事情在别人身上发生过，我对此曾有耳闻，但是我为什么没有经历过呢？”列车继续滑行着，而前方还有漫漫的旅程。此时的我，思绪早就飞到九霄云外，来到了父亲身边。父亲一定是坐在走廊的摇椅里，看着满园的花鸟，沐浴在阳光里。

他会像往常那样说道：“多好的一天啊，我的女儿，真高兴见到你。”要不就是“你怎么会来这儿呢？我的孩子，你好吗？”

他会奇怪我为什么来看望他。于是便突然问我：“真的没什么麻烦事吗？”“没有，爸爸，一切都很好。”我回答道。但是我又一转念，决定卖卖关子不直接告诉他这个消息。“我来这儿是要你给我出主意的，爸爸！”我说道，“因为我现在负债累累。”

“但是我恐怕在这事上可帮不了你什么忙，”父亲会这样说，“人人都知道这里就像我们的 Varmland 古城那样，什么都有，就是没有金钱。”“但是我欠的不是钱啊，爸爸，情况比这更糟。”于是父亲接着说，“那就从头说起，孩子。”

“爸爸，要你帮忙一点也不过分，要知道这一切都是你的错引起的。你还记得吧，我小的时候你是如何弹着钢琴哼唱着 Bellman 的歌曲，还有每个冬季至少有两次你是如何要求我们去阅读鲁内贝格和安徒生的作品的。从那时起我便开始欠债了。爸爸，我要如何偿还他们，是他们让我爱上了神话传奇、英雄故事；让我热爱我们生活的土地；热爱我们人类的生活，不论贫穷或富贵。”

父亲在摇椅里坐直了身子，他的眼中闪出愉快的光芒。他说道：“很高兴我使你欠了这笔债。”“爸爸，你也许是对的，但那还不是全部。想想我到底有多少债主吧！想想你年轻的时候，Varmland 上上下下有多少流浪的艺人带来了那些歌曲和趣闻。难道对于他们的疯狂的装扮和滑稽的表现我不会有所亏欠吗？还有那些住在林边的灰色小屋里的老人们，他们给我讲水妖、神奇的巨人和被魔法迷住而进了山的少女们的故事。正是他们使我能从坚硬的岩石和黑暗的森林中读出了其中蕴藏的诗意。你再想想，那些脸色苍白、两颊深陷的僧侣和修女们，是他们在昏暗的修道院里的见闻给我的写作提供了素材。还有那些农民同胞们，是他们在耶路撒冷创造了那么多的奇迹，我才能有的可写。我难道不亏欠他们吗？我不仅欠了这些人，而且还欠整个大自然。飞禽走兽、花草树木，它们无一不把自己的秘密告诉了我。”

父亲微笑着点点头，一副丝毫不着急的样子。“可爸爸你不懂我确实肩负着大笔的债务啊！”我神情更为严肃地说道，“没人知道我该如何偿还，但我想在天堂的你应该是知道的。”“是的，孩子，”父亲会像他以前一样轻松地说道，“不用害怕，你的麻烦可以解决。”

“爸爸，你想不到这债务对我是多么沉重。你没有意识到其实我也亏欠我的读者很多。如果没有人读我的书，那我会怎么样呢？还有别忘了所有给我写信的人。我感激他们，感激他们的攒誉也感激他们的批评。”

“是的，是的，”父亲这么说着，显然他已不再平静，他开始理解我的处境了，“我同意你的看法，想找到帮助你的办法实在不是容易的事，但是除此以外你应该不再亏欠谁了吧？”

“是的，爸爸，我已经觉得所有这些已经够我承受得了，但我所欠最多的还不是他们。这就是我为什么会来找你的原因。”“真想不到你还能欠谁更多呢？”父亲说道。然后，我便告诉了他我获奖的始末。

“我真的不能相信瑞典皇家学院……”父亲迟疑地说，但是紧接着他注视着我，看到了我的表情，他相信了这是真的。接着，他脸上的每一道皱纹都颤抖了，泪水涌入了他的眼眶。

“把我的名字列入诺贝尔奖名单的人们，我该如何感谢他们呢——想想看，爸爸，他们赋予我的不仅仅是金钱和荣誉。他们表现出了对我的信任，在偌大的世界里把我选了出来。我该如何偿还他们呢？”

父亲仍然在沉思中静默不语。良久，他拭干了激动的泪水，挥拳打在摇椅的扶手上，随后坚毅地说道：“我不会费脑筋再考虑这个天大的难题了。你能获得诺贝尔奖，我真的是太高兴了，也就根本无所谓担心了！”

尊贵的殿下，皇室成员们，女士们、先生们——真的没有比这个答案更好的解决办法了。我现在所能做的就是邀请你们在座的每一位，同我一道，为瑞典学院而干杯。

我的信念

● 居里夫人

生活对于任何一个男女都非易事，我们必要有坚韧不拔的精神；最要紧的，还是我们自己要有信心。我们必须相信，我们对一件事情是有天赋的才能，并且，无论付出任何代价，都要把这件事情完成。当事情结束的时候，你要能够问心无愧地说："我已经尽我所能了。"

有一年的春天里，我因病被迫在家里休息数周，我注视着我的女儿们所养的蚕，结着茧子。这使我极感兴趣，望着这些蚕固执地、勤奋地工作着，我感到我和它们非常相似，象它们一样，我总是耐心地集中在一个目标。我之所以如此，或许是因为有某种力量在鞭策着我——正如蚕被鞭策着去结它的茧子一般。

在近五十年来，我致力于科学的研究，而研究基本上是对真理的探讨。我有许多美好快乐的回忆。少女时期我在巴黎大学，孤独地过着求学的岁月；在那整个时期中，我丈夫和我专心致志地，象在梦幻之中一般，艰辛地在简陋的书房里研究，后来我们就在那儿发现了镭。我在生活中，永远是追求安静的工作和简单的家庭生活。为了实现这个理想，所以后来我要竭力保持宁静的环境，以免受人事的侵扰和盛名的喧染。

我深信在科学方面，我们是有对事而不是对人的兴趣。当皮埃尔·居里和我决定应否在我们的发现上取得经济上的利益时，我们都认为这是违反我们的纯粹研究观念。因而我们没有申请镭的专利，也就抛弃了一笔财富。我坚信我们是对的。诚然，人类需要寻求现实的人，他们在工作中，获得最大的报酬。但是，人类也需要梦想家——他们对于一件忘我的事业的进展，受了强烈的吸引，使他们没有闲暇，也无热诚去谋求物质上的利益。我的唯一奢望，是在一个自由国家中，以一个自由学者的身份从事研究工作，我从没有视这种权益为理所当然的，因为在二十四岁以前，我一直居住在被占领和蹂躏的波兰。我估量过法国自由的代价。

我并非生来就是一个性情温和的人。我很早就知道，许多象我一样敏感的人，甚至受了一言半语的呵责，便会过分懊恼，他们尽量隐藏自己的敏感。从我丈夫的温和沉静的性格中，我获益非浅。当他猝然长逝以后，我便学会了逆来顺受。我年纪渐老了，我愈会欣赏生活中的种种琐事，如栽花、植树、建筑，对诵诗和眺望星辰，也有一点兴趣。

我一直沉醉于世界的优美之中，我所热爱的科学，也不断增加它崭新的远景。我认定科学本身就具有伟大的美。一位从事研究工作的科学家，不仅是一个技术人员，并且他是一个小孩，在大自然的景色中，好象迷醉于神话故事一般。这种魅力，就是使我终生能够在实验室里埋头工作的主要因素了。

灯塔看守人

● 显克微支

有一次，离巴拿马不远的阿斯宾华尔岛外的灯塔看守人忽然失踪了。找一个新的灯塔看守人，这是驻巴拿马的美国领事的任务。根本没有人愿意应征候补，灯塔上的生活是非常艰苦的，这个灯塔看守人差不多就等于一个囚犯。除了星期日以外，他不能离开这个全是石头的小岛。每天有一条小船从阿斯宾华尔岛上给他送粮食和淡水来，可是马上就开回去。

一个老人来应征，他有七十来岁了，但精神矍铄，腰背挺直，举止风度都宛如一个军人。他的头发已经全白了，脸色黑得像一个克里奥尔人，但是看他那双蓝眼睛，可知他绝不是一个南美洲人。他的脸色有些阴沉和悲哀，但显得很正派。

“你从什么地方来的？”

“我是波兰人。”

“你以前在什么地方做事？”

“做过好些事，没有一定。”

“可是一个灯塔看守人是要肯长住在一个地方的。”

“我正需要休息啊。”

“你办过公事没有？有没有公职人员的证明文件？”

这老人就从怀里掏出一块褪色的绸包解开来，说道：“这些就是证件。这个十字勋章是在1830年得到的；这个是法国勋章，我在卡罗斯党战争中得到的；这是第三个法国勋章；第四个是我在匈牙利得到的。此后，我又在美国跟南方打仗，可是这一次他们没给勋章。”

“哦，史卡汶思基？这是你的名字吗？哦！你真是个勇敢的士兵。”

“我也能做一个忠诚小心的灯塔看守人。”

“做这件事要每天好几回爬上塔楼去的。你的腿够不够劲？”

“我就是靠两条腿穿过大平原走来的。”

“你懂不懂海事？”

“我在一条捕鲸船上做过三年事。”

“不过我总觉得你去看守灯塔，似乎太老了。”

“大人，”这个应征者忽然神情激昂地说，“我已经流浪得很疲倦了。你知道，我做过的事情也不少了。这是我心里热烈向往着的一个位置。我现在老了，我要的是休息。我对自己说：‘你得在这里待下去，这是你的港口了。’”老人蔚蓝的眼睛里，显示出一种真挚祈盼的神色。

“好吧，我就录用你，你去做灯塔看守人吧。还有一句话，万一有什么失职的情形，你将被革职。”

“知道。”一小时又一小时、一日又一日、一星期又一星期地过去了。伴着四周这些异常单纯而伟大的景色，老人已消失了他一己的感觉，他的存在已经不再是一个人，而是逐渐与周围的云天沧海融为一体了。他沉浸其间，任其摇荡，恬然自忘其身；于是在他的逼仄的生命中，在这半醒半睡的状态中，他发现了一种伟大得几乎像半死的休息。

但是惊醒的时候来了。

某一天，小船送来了淡水和食物。一小时后，史卡汶思基从塔上下来，看见除平时的那些东西之外，还多了一个粗布包裹。包上贴着美国邮票，写着“史卡汶思基大人收”。

老人满心奇怪地解开包裹，见是几本书。他挑了一本，看了看，随即放下。他的手剧烈地颤动起来。他遮掩着眼睛，好像不信似的，仿佛在做梦一般。原来这本书是波兰文的——这是什么意思？这又是谁寄来的？起初，他分明已经忘记了当初他来做灯塔看守人的时候，他曾从领事那里借看《纽约先驱报》，看见报上载着纽约成立了一个波兰侨民协会，于是他立刻捐助了半个月薪俸，因为他在塔上没有什么花销。那协会就寄赠他这几本书，表示答谢。

包裹摊开在他面前，被午后的阳光照得清清楚楚，这上面的一本已经翻开了。当老人伸出手去想再把它拿起来的时候，他在寂静之中听见了自己的心跳声。他一看，这是一本诗集，封面上用大字印着书名，底下印着作者的名字。这个名字对于史卡汶思基而言并不陌生，他知道那是一个大诗人的名字，1830 年他曾在巴黎读过他的著作。在随后颠沛流离的生活中，很难遇到一个波兰人，至于波兰文的书，他更是一本也没有看到过。因此，他以更大的热忱，翻开了第一页。这时，他好像要在这孤岛上举行什么庄严的典礼似的。实则，此刻正是很静穆的时候。阿斯宾华尔的大钟，正在鸣报下午五时。

在这肃穆中，可以听到老人那颤抖的声音，他正在高声吟哦，好像这样才能对他自己有更好的了解——

你正如健康一样，我的故乡立陶宛！

只有失掉你的人才知道他应该怎样看重你，今天，我看见而且描写你的极其辉煌的美丽，因为我正在渴望你。到这里，他读不出声了。文字好像都在他眼前跳跃起来，仿佛心坎里有什么东西在爆裂，像波浪似的从他心头渐渐地汹涌上来，塞住了他的喉咙，窒息了他的声音。过了一会儿，他勉强镇定下来，再读下去：

圣母啊，你守护着光明的琛思妥诃华，你照临在奥斯脱罗孛拉摩，又保佑着诺武格罗代克城及其忠诚的人民，正如我在孩提的时候，我垂泪的母亲把我交托给你，你曾使我恢复了健康，当时我抬起了了无生气的眼睛一直走到你的圣坛，谢天主予我以重生一现在又何不显神迹使我们回到家乡。读到这里，老人心如潮涌，不能自制。他哽咽起来，颓然仆地，银色的头发拌和在海砂里。他离开祖国已经四十年了，听不到祖国的语言也已经不知多久，现在，这语言却自己找上他——跨越重洋而到另一半球上访他于孑然独处之中。使这位老人站在那里哽咽不止的，并不是什么苦痛，而是一种油然而起的博大的爱心，在这种爱心之前，别的一切事情都是无足轻重的。所以他只以这一场伟大的哭泣来祈求他热爱的祖国给他以饶恕，他的确已经把祖国丢在一边，但是现在，仿佛由于一个神迹似的，它竟回到他身边来，于是他的心就跳跃起来。

过了好久，老人还躺在那里。海鸥在灯塔上空飞翔呼叫，翅膀拍打的声音惊醒了他。他已经哭了个痛快，这时才得宁静与和畅，他的眼睛反而神采奕奕。夕阳已经沉到巴拿马园林背后，但是大西洋上还很光亮，室外尚能看得很清楚，于是他便读下去：

现在请把我渴望的心灵带到那些山林中，带到那些绿野上去吧。终于，短如一瞬的暮色沉下来，遮隐了白纸上的文字。老人便枕首于石上，闭着眼睛。

平时在这个时候，他的灯早已照耀在黑暗的海面上了，但是此刻，他正在祖国的村庄里。

他没有看见他所诞生的屋子，因为已经被战争毁了；他也没有看见他的父母，因为当他还是一个孩子的时候，他们已经死了；但是村子里的景色依然如旧，好像他昨天才离开——整整齐齐的一排茅屋，窗子里都透者灯光，土山、磨房，相对的两个小池塘，通夜喧闹着蛙鸣。但这实在是田野，不久你就会在黑暗中听到鸡的啼声，而芦苇丛中的白鹭也会叫起来。夜色很平静，天很冷——一个真正的波兰之夜！在远处，松林正在无风而自响，宛如海上的涛声。东方快发白了。真的，鸡已在篱落间啼起来，一家家的互相应和着，天上已经有鹤鸟在飞鸣而过。天已渐明，夜色逐渐衰淡下去。林树、丛莽、村庄、磨坊以及白杨，都已从黑暗中显现出来。井上的辘轳正在像塔楼上的金属旗那样“吱吱”地响。在鲜红的晨曦中,这是多么可爱,多么美丽的国土呀!啊，这至爱的国土，这唯一的国土!

别做声！这守望着的哨兵听见有脚步声——一定是有人来换班了。忽然，有人在史卡汶思基头上喊道:“喂，老头儿！起来！这是怎么回事?”老人睁开眼来，吃惊地看着站在他面前的人。

残余的梦境在他头脑里和现实斗争着，终于是这些梦境由模糊而至消失。在他面前，站着的是港警约翰生。

“怎么了?”约翰生问，“你病了吗?”

“没有。”

“可是你没有点灯，你被免职了。一条从圣吉洛漠来的船在海滩上出了事，亏得没有淹死人，要不你还得吃官司呢。跟我一道上船走吧，其余的话，你会在领事馆里听到的。”

老人脸色惨白。当夜他的确没有点灯。

一个人需要多少土地

● 列夫·托尔斯泰

从前有一个农民名叫帕霍姆，为了养家糊口，他辛勤劳动，却没有属于自己的一片土地。他一直和四邻一样贫困。“尽管我们从小就在土地上耕耘，但我们农民到头来仍将一无所有。只要我们拥有了属于自己的土地，情况就大不相同了。”他经常想。

在帕霍姆的邻村住着一位夫人，她是一个小地主，拥有大约300公顷的地产。一年冬天有传闻说她打算把自己的土地卖掉。帕霍姆还听说自己的一位邻居准备购买其中50公顷，这位夫人同意先收一半现金，另一半一年之后付清。

“瞧，”帕霍姆对妻子说，“别人正在买土地，我们也应该买上50公顷左右的地。如果没有自己的土地，生活根本无从谈起。”

于是他们全家人集思广益，考虑用什么办法才能买到土地。他们积攒了100卢布，卖掉了一匹马驹，一半蜜蜂，还让自己的一个儿子给人家做长工以便提前拿到报酬。帕霍姆还从妻子的弟弟那里借了一部分钱，才凑够了买地的一半钱。帕霍姆选好了一块50公顷的土地，然后来到那位夫人家付了钱。

就这样，帕霍姆有了自己的土地。他借来种子，开始耕种，并获得了一个好收成。他用一年时间就偿清了债务及欠妻弟的钱。于是他也成了一个地主，可以耕种自己的土地，在自己的土地上晒干草，砍自己的树，在自己的牧场上放牛。当他去耕地或者察看庄稼、草地的长势时，心中充满了欢乐。那里生长的青草与盛开的鲜花在他看来都与众不同。以前，他从那里经过时，觉得与别的土地没有什么不同，但现在大不相同了。

一天，帕霍姆正坐在家中，一个从村中经过的农民来到他身边。帕霍姆问他从什么地方来，那陌生人回答说他从伏尔加河对岸来，然后说那里有人在大量卖地，许多人都去那里买地。他说那里的土地非常肥沃,大麦可以长到与马一般高,庄稼密得割上五镰就可以捆一大捆。他说，一个农民去的时候还两手空空，但现在已经拥有六匹马和两头牛了。

帕霍姆的心中充满了渴望。“如果别人能在其他地方活得很好，”他心中想到，“我为什么要呆在这里受穷呢？我应该卖掉这里的土地与田产，然后带着钱去那里寻求新发展。”

于是帕霍姆卖掉土地、田产和牲口，获了不少利，然后把全家迁往新地方。那个农民说的一点也不错，帕霍姆的生活比以前强了十倍。他买了大片的耕地与草场，还养了许多牲口。

起先，由于忙于盖房定居，帕霍姆对一切还比较满意，但在他习惯了这里的一切之后又开始想：即使在这里生活他也不满足。他想种更多的麦子但是苦于自己的土地太少。“如果这些土地都属于我，该有多好啊。”帕霍姆想。

一天，一位由此经过的土地商说他刚从遥远的巴什基尔来，他在那里仅用一千卢布就买下了五百多公顷的土地。

“你只需与那里的头领搞好关系即可。”他说，“我送了价值大约一百卢布的睡衣和地毯，还有一盒茶叶。我获得的土地的价格很低，每公顷还不到两个卢布。”

“你瞧，”帕霍姆心想，“在那里我能获得比现在多十倍的土地。我必须试一下。”

于是帕霍姆把田产交给自己的家人看管，然后带着一个仆人启程了。按照那位商人的建议，他们在途中的一个小镇上买了一盒茶叶、几瓶葡萄酒及一些别的礼物。走了七天，他们来到了巴什基尔人搭帐篷的地方。

这些人一看到帕霍姆两个人就走出帐篷，把他们围起来。他们向帕霍姆递来茶水及马奶酒，并杀了一只羊招待他。帕霍姆从车上取下礼物，送给巴什基尔人，然后告诉他们自己是来买土地的。巴什基尔人听了他的话看上去非常高兴，告诉他必须和他们的头领谈这件事。于是他们把头领叫来，说明了帕霍姆的来意。

那位头领听了一会儿，点头让他们静一下，然后对帕霍姆说道：“就这样吧，你想选哪块地就选哪块地，这种地我们有很多。”“价格怎么计算？”帕霍姆问道。

“我们的价格一直不变：一天 1000 卢布。”

“一天？这是什么单位？那相当于多少公顷土地？”

“我们不知道如何计算，”那位头领说道，“我们以天为单位卖地。你一天走多远，走过的土地都是你的。而价格是一天 1000 卢布。”

帕霍姆吃了一惊。“一天可以走过很大一片土地。”他说道。

那位头领听了大笑一阵。“走过的土地都是你的！”他说道，“但有一个条件：如果你不能在当天返回出发地点，你就将白白失去那 1000 卢布。”

“那么，我怎样在我走过的土地上做记号呢？”

“嗨呀，我们将跟随你去任何地方，然后在那儿等你。你必须从那个地方出发，手里拿着一把铁锨转一圈。你认为在什么地方做记号合适，就在什么地方做。要在每个转弯的地方挖个洞，并堆上一些草。你想转多大的圈，随你便。但是在太阳落山之前你必须返回出发地点。你走过的全部土地将属于你。”

帕霍姆听了非常高兴。他和头领商定第二天清晨就出发。他们相约明天早晨天一破晓就集合，然后在太阳升起之前赶到出发地点。

当晚，帕霍姆躺在床上，辗转反侧，难以入睡。他头脑中想的全是土地的事。

“我将获得多么大的一块土地呀！”他想，“我将把其中最贫瘠的卖掉，或者租给其他农民耕种，把最肥沃的留着自己种。我要买上四五头牛，并雇上两个长工。耕地大约有一百五十公顷，其他的地上我将放牧牛羊。”

他透过敞开的房门向外面望去，发现黎明就要到来了。

“现在该起床了，”他想到，“我们应该出发了。”

他起床，把睡在牛车里的仆人叫醒，吩咐他把牛套好，然后去叫巴什基尔人。

“现在该去草原丈量土地了。”他说道。

巴什基尔人做好准备，开始动身。他们有人骑马，有人坐车。帕霍姆和仆人赶着自己的牛车，手拿铁锹随后跟上。他们来到草原上时，天气已经开始变得有些发热。他们爬上一个小山丘，然后从马上或车上下来，集中坐在一处，他们的头领来到帕霍姆面前，用手指着广袤的平原说道：“你瞧，”他说，“你能看到的所有这些土地都是我们的。你可以获得其中任何一块。”

看着这片土地，帕霍姆的双眼充满了喜悦：这是一片处女地，像手掌一样平整，像罂粟花种子一样乌黑，而且在洼地中生长着各种齐胸高的杂草。

头领摘下自己的狐狸皮帽，放在地上说道：“这是标记。从这里开始，然后返回来。你走过的所有土地都将属于你。”

帕霍姆拿出钱放在帽子上，脱下大衣，只穿一件外套。他勒了勒腰带，把一袋面包放进怀中，在腰间挂上一个水袋，向上拉了拉皮靴筒口，然后从仆人手中拿过铁锹，准备出发。他考虑了一下应该走哪条路——哪个方向都充满了诱惑。

“不管怎样，”他最后决定，“我将朝着太阳升起的方向前进。”

“我必须争分夺秒。”他想，“现在空气凉爽，走路非常轻松。”

阳光刚一升上地平线，帕霍姆就把铁锨往肩上一扛，从山丘上走下来。

起先，帕霍姆走得不慌不忙。走了1000码后，他停下来在地上挖了一个坑并在上面堆了一些草，以便让人看得更明显一些。然后他继续向前走。既然现在走起路来非常轻松，他便加快了步伐。一会儿之后，他又挖了一个坑。

帕霍姆回头望了一下。在阳光的映照下，小山丘及上面的人与闪闪发光的车轮看得还很清楚，天变得越来越热，他脱下外套，搭在肩上继续往前走。现在变得太热了，他抬头看了一眼太阳，该是吃早饭的时候了。

“现在往回走还太早。”他自言自语道。

他坐在地上，脱下靴子，然后把它们系在腰带上，接着向前走。现在他感觉轻松多了。

“我再向前走上三英里，”他心想，“然后再向左转。这片地真不错，不要未免太可惜了。越向前走，土地看上去越好。”

他又向前走了一会儿。他再次回头张望，发现小山丘已几乎看不清了，而站在上面的人看上去就像是一群小蚂蚁。他只看到那里有什么东西在阳光下熠熠发光。

他停下来，挖了一个大坑，并在里面堆了一些草皮。接着他把水袋从腰带上解下，喝了一口水，然后向左边拐去。他向前走啊走啊，草很深，天气也非常热。

帕霍姆开始觉得自己有些累了。他抬头看了一眼太阳，发现已经是中午了。

“好吧，”他想，“我必须休息一会儿。”

他坐下来，吃了一些面包，喝了几口水。但是他没有躺下，因为他想如果那样做，自己会睡着的。坐了一小会儿之后，他便又开始赶路了。起先他走得非常悠闲，腹中的食物为他增添了力气。但是天变得燥热难当，他觉得自己睡意沉沉。然而他还是坚持向前走，边走边想："现在受一个小时的罪可以换来一生的幸福。"

他又沿着这个方向走了很长一段路，正想向左拐，突然发现前面有一个湿润的深坑："不要这个坑有点太可惜了，"他想，"可以在那里种桑麻。"于是他穿过深坑，在另一边挖了一个洞，然后才拐弯。帕霍姆向远处的山丘望去，燥热的空气使他的视线有些模糊：山丘似乎在抖动不已，在热气的遮挡下几乎看不到上面的人了。

"啊！"帕霍姆想，"我走得太远了，这次我必须缩短距离。"于是他加快步伐开始走第三条边。他抬头望了一眼太阳：它已经走完了从天空正中央到西方地平线一半的距离，而他第三条边却还没有走完两英里路。他离目标还有很远的距离。

"不，"他想，"尽管我的土地看上去不很对称，但我现在必须沿直线赶快往回赶。我走得够远的了，我已经获得了不少土地。"

于是帕霍姆赶忙在地上挖了一个坑，然后转身径直向山丘奔去。他现在全身都湿透了，双脚被荆棘刺得又疼又肿，双腿开始不听使唤。他渴望休息一会儿，但这根本不可能，因为他必须在太阳落山之前赶回去。太阳不等人，它现在离地平线越来越近了。

"上帝啊，"他心想，"如果我刚才不那样贪婪，该有多好啊！如果我迟到了可该怎么办！"

他继续向前走啊走啊，尽管双腿好像绑上了重重的铅块，他还是不断地加快速度。他疾步而行，但离山丘还是很远。他开始跑起来，将外套、皮靴、水袋与帽子一件一件扔掉，只留下铁锹做拐杖。

"我可怎么办啊，"他又开始想，"我太贪心了，结果毁掉了一切。在太阳落山之前，我是赶不到目的地了。"

这种恐惧感更使他喘不上气来了。帕霍姆继续向前奔跑，被汗水浸透的衬衫与裤子紧紧贴在身上。由于干渴，他的双唇都干裂了。他的胸部急促地起伏着，就像铁匠的风箱，心跳如同铁匠手中的锤子，不停地抬起又落下。他的双腿也不听使唤，仿佛不属于自己似的。帕霍姆一想到自己可能会疲劳而死，心中不禁充满了恐惧。

尽管害怕死亡，他还是没有停住脚步。“我已经跑了这么远一段路，如果再停下来，他们会说我是个傻瓜的。”他心里想。于是他继续跑下去。离山丘越来越近，而且已经听到巴什基尔人的喊叫声。这喊声更灼疼了他的心。他拿出最后的力气向前跑去。太阳离地平线不远了。烟雾中的太阳看上去大大的，红红的。残阳如血，太阳眼看就要落山了，他离目标仅有咫尺之遥了。帕霍姆已经能够看到山丘上的人们正在向他招手，敦促他加快速度。帕霍姆鼓起最后一点力气，向前疾跑。他弯着腰，以免向后倒去。就在他到达山顶的一刹那，天空突然一下黑了下来。他又抬头看了看天空——太阳已经落山了！他大喊一声：“我所有的努力都落空了。”他正准备停下脚步，却突然听到巴什基尔人仍在对着他呼喊。他这才意识到：尽管从他所处的低处看去太阳似乎已经落山，但是山丘上的人们还能看到太阳。他深深地吸了一口气，然后向山顶跑去。上面仍然很明亮。他来到山顶，看到了那顶帽子。在太阳落山之前，那位头领两手叉着腰，大笑起来。帕霍姆又一次想起了自己的梦想，他大喊一声，双腿一软，身体向前一扑，用手去拿帽子。

“啊，真是个男子汉！”头领感叹道，“他已经获得了很多土地！”帕霍姆的仆人跑过来想把他扶起来，却发现他正在吐血。帕霍姆死了！

巴什基尔人咂咂嘴，表示他们的同情。

他的仆人捡起那把铁锹，在地上挖了一个坑，把帕霍姆埋在了里面。帕霍姆最后需要的土地只有从头到脚六英尺那么一小块。

劳动、死亡和疾病

● 列夫·托尔斯泰

这是一个流传在南美洲印第安人中间的故事。

那里的人们说，上帝最初造人时，不是非要他们劳动不可的。他们既不需要房屋，也不需要衣食。他们都能活到百岁而从来不知道什么是疾病。

过了一段时间，上帝想去看看人们生活得怎样。他看到的是人们互相争吵，只顾自己，不仅感受不到生活的乐趣，反而诅咒起生活来。此时，上帝对自己说："这是因为他们都能独立生活的缘故。"

为此上帝做了重新安排：人们要活下去，就不能不劳动；为了避免受冻挨饿，人们就不得不建造房屋、耕种谷物。

"劳动会把他们联系在一起的。"上帝心想，"要是他们不合作就造不了工具，伐不了树，盖不了房子，种不了地也收不了庄稼，织不了布也做不了衣服。"

过了一些时候，上帝又来查看人间的生活情形，看看他们现在是否幸福了。

可是他发现，人们生活得比以前更糟了。他们在一起劳动是出于不得已，而且也不是大家全在一起，而是一伙一伙的。他们互相倾轧，把精力和时间都浪费在争斗之中了，所以他们的生活还不如从前。

上帝看到自己的安排并没有使人们的生活好起来，于是便决定让人们都不知道自己的死期，人们随时都会死亡，并向他们宣布了这一安排。

“要是人们知道自己随时都会死亡，”上帝心想，“也许就不会为争夺那些身外之物而浪费自己的年华了。”

但是事情还是与上帝的意愿相反，当他再来视察时，发现人们的生活还是同以前一样不幸。

那些强有力的人，利用随时会死的事实，降服了一些软弱无力的人，杀掉一些，用死亡去威胁另一些。结果，强者及其后代都不劳动，闲得百无聊赖，而弱者则不得不拼死劳动，终生不得休息。两种人互相畏惧，彼此憎恨，人的生活变得更加不快活了。

看到这种情况，上帝决定用一种方法补救：他把千奇百怪的病魔打发到人间，上帝认为，当人们都受到疾病威胁时，他们就会懂得，强者应该怜悯并帮助那些弱者。

当上帝再次回来查看人们有了得病危险以后的生活情形时，他看到人们的生活甚至比以前更糟了。上帝的本意是要通过疾病使人们能够互相同情关照，岂不知，疾病反使人们陷人更大的分裂。那些强壮得足以强迫别人劳动的人，得病时就强迫其他人来侍候自己，但临到别人生病时，他们就置之不理。那些被迫劳动、在别人生病时又得去侍候他们的弱者，其劳累程度便可想而知了，他们有了病就只能听天由命。为了不使病人影响健康人的精神状态，人们把病人和健康人的住宅远远分开。其实健康人的同情本来是会使那些可怜的病人的心情快活起来的，现在这些病人只好待在他们的房子里受煎熬，死在那里。那些雇来看护他们的人，不仅没有热情，反而厌恶他们。此外，人们还认为有许多病是传染的，由于害怕传染，他们不仅躲着患者，甚至把自己同照看病人的人都隔离开来。

上帝自言自语道：“如果连这样都不能使人们懂得他们的幸福所在，

那他们就是咎由自取。”于是，他撇下人们不管了。

过了许久，人们逐渐明白，他们是应该而且也是可以过得幸福的。只是到了近代，才有少数的人懂得，劳动不应该成为人生中的苦差事，也不应该把它视为服苦役，而应该是使所有人联合起来的共同事业。他们开始懂得，死亡时刻威胁着每个人，人类唯一合乎理性的做法，就是在团结和友爱中度过有生之年的每一分钟。他们也开始懂得，疾病不应该把人们分开，恰恰相反，它应该为人类相爱提供机会。

人靠什么活着

● 列夫·托尔斯泰

在一个寒冷的冬夜里，一个鞋匠在守了一整天空荡荡的店铺后，拖着一身疲累，返回他那破旧的小屋。

突然，他发现，在街角一座小礼拜堂那儿，仿佛有个白色的东西在蠕动……

哎呀！是一个人呢！

凛冽的寒风中，他竟然光溜溜的一丝不挂！鞋匠走到他的面前，脱下了自己的外套，披到他身上，脱下脚上的鞋子，替他穿上。那人依旧动也不动。

“走吧，到我家去。”鞋匠说。

鞋匠太太看到丈夫领了个陌生人回来，脸上的表情瞬间换了个样，因为，她丈夫的衣服竟然全穿在那个陌生人身上。

“给他一些食物吧！”鞋匠对他的妻子说。

“只剩一块面包了！”鞋匠太太大声抱怨着。

鞋匠压低了声音说：“给他吧！他看起来好像已经饿了很久，要是再不吃些东西，他会死的。”鞋匠太太将柜子里仅剩的一块面包拿给了那位陌生人。那人看了看鞋匠夫妇的脸庞，苍白的脸上浮起了一丝微笑。

就这样，鞋匠夫妇收留了这个倒在雪地的年轻人，并且教他做鞋子，无论教他干什么，他都领会得很快，干起来就像缝鞋缝了一辈子似的。

日子一天一天、一星期一星期地过去，年轻人仍旧在鞋匠家住若，干他的活。他的名声传开了，谁做靴子也没有他做得利落、结实。这一带的人都找他做靴子，鞋匠家渐渐富裕起来。

冬季里的一天，鞋匠正在干活，有辆马车摇着铃铛驶到屋前。由车厢里钻出一位穿皮大衣的老爷。

老爷把一个包着皮子的包袱放在桌上说："这是德国货，值 20 卢布。你能用这块皮子给我做一双靴子吗？"

"行，大人。"

"你得给我做一双一年穿不坏、不变形、不开绽的靴子。我给 10 卢布工钱。"

送走了老爷，鞋匠对年轻人说："活儿我们接了，可别惹祸。皮子贵重，老爷又凶，可不能出岔子。你比我眼力好，你裁料，我上靴头。"年轻人接过皮子，铺在桌面上，一折二，拿起刀子就裁。

"你这是怎么啦？真要我的命！老爷定做的是靴子，可你做的是什么？"

他的话音未落，门环响了，进来的是那位老爷的仆人。一进门就大声嚷嚷；"不用做了！老爷还没到家就死在车里了。太太对我说：'你去告诉鞋匠，靴子不用做了，赶快拿那块料做一双给死人穿的便鞋。"

6 年过去了，年轻人一直留在鞋匠家中，他像往常一样，不出门，不多嘴，这些年来只笑过两次，第一次是女主人给他端上晚饭的时候，第二次是向那位老爷笑。鞋匠对自己的雇工满意极了，再不问他的来历，只怕他离开。

有一天，有个女人上鞋匠家来了，身上穿得干干净净，一手牵着一个穿皮袄、戴绒头巾的小姑娘。两个小姑娘长得一模一样，只是其中一个左腿有毛病，一步一跛的。

女人在桌边坐下，说："我想给两个小丫头做皮鞋，春天穿。"

鞋匠量了尺寸，指着小瘸子说："她是怎么成这个样子的，多好看的一个小姑娘，生下就这样吗？"

"这是五六年前的事了，"她说，"那时候我和我男人在乡下种地，跟她们的父母是邻居。那家只有当家的一个男人，在林子里干活。有一回，一棵树放倒的时候压在他身上，把五脏六腑都快压出来了，抬到家就断了气。那个星期他女人生下一对女儿，就是这两个。家里穷，又没人帮忙，那女人孤零零地生下孩子，又孤零零地死了。"

"村里的妇女只有我在奶孩子，人们就把两个丫头暂时抱到我家去了。那时候我年轻力壮，吃的又好，奶水多得直往外冒。上帝让这两个丫头长大了，而我的孩子第二年却死了。以后上帝再也没有给我孩子，可是日子越过越好。要是没有这两个丫头，我该怎么过啊！"

鞋匠送妇人出去的时候回头看了看年轻人，只见他坐在那里，把叉在一起的两手搁在膝头上，望天微笑。

鞋匠走到他跟前问："你怎么啦？"

年轻人从板凳上站起来，放下活计，解了围裙，向鞋匠鞠了一躬，说："请主人原谅。上帝已经宽恕了我，请你们也宽恕我。我本是天使，上帝派我去取一个女人的灵魂。我降到地上，看见一个女人病在床上，她一胎生了两个女儿。两个小东西在母亲身边蠕动，母亲无力起来喂她们吃奶。她看见我，明白是上帝派我来取她的灵魂，就哭了，并且说：'天使啊！我男人刚死，是在林子里给树砸死的。我没有姊妹，也没有三姑六婆，没人帮我养孩子。你先别取我的灵魂，让我自己把两个孩子抚养成人！孩子没爹没娘活不成啊！’我听信了她的话，对上帝说：‘我不能取一个产妇的灵魂。’上帝说：‘你去取这产妇的灵魂，以后你会明白三个道理：人心里有什么，什么是人无能为力的，人靠什么活着。等你明白了这三个道理，再回天上来。’我又回去取了那产妇的灵魂。”

“两个婴儿从母亲怀里滚到床上，母亲的身体倒下时压坏了一个婴儿的一条腿。我升到这个村子上空，准备把产妇的灵魂交给上帝，但是一阵风吹来，折断了我的翅膀。那灵魂独自到上帝那里去了，我摔到地上，倒在大路旁。”

接着天使说，“当你的妻子将橱柜里仅有的那块面包递到我的手中时，从她的眼神，我想起了上帝的第一句话，‘你会知道人心里有什么’。我明白，人心里有爱。上帝已经开始向我显示他答应向我显示的东西，因此我高兴极了，第一次露出了笑脸。”

“我在你们这里住下来，生活了一年。有个人来定做一年不会坏、不开绽、不变形的靴子。我看了他一眼，忽然发现他背后站着我的朋友——死亡天使。只有我看得见这位天使，我认识他，并且知道，在日落以前这个阔佬的灵魂就要被取去。于是我想，这人要给自己预备一年用的东西，却不知道他活不过今夜。我便想起上帝的第二句话：‘你会知道什么是人无能为力的’。”

“但是我还不明白人靠什么活着，于是我继续等待上帝向我揭示最后一个道理。第6年来了两个小姑娘和一个妇人，我认出这两个小姑娘，知道她们是怎样活下来的。于是我想，当那位母亲求我为了两个孩子留下她的灵魂时，我听了她的话，以为孩子没爹没娘就没法活下去，结果一个陌生女人把她们抚养大了。当这个女人怜爱别人的孩子而流下泪来的时候，我在她脸上看见了真正的上帝，并且明白了，人靠什么活着。我明白，上帝向我揭示了最后一个道理，并且宽恕了我，所以我笑了。”

“我现在明白了，人们活着完全是靠爱。谁生活在爱中，谁的生活里就有上帝，谁心中就有上帝，因为上帝就是爱。”

同 情

● 列夫·托尔斯泰

从前，在俄罗斯的一个小镇上，住着一位鞋匠，名叫马丁·阿维德伊奇。他在地下室里有一间小屋，屋子只有一扇窗户，从窗户往上看，可以看见街道。尽管从窗户里只能看到来往行人的脚，但马丁却能从他们的靴子上认出他们来。他在这个地方已生活了很长时间，有很多老相识。周围的邻居，几乎没有一个人的靴子不是在他手里经过了一两次的，所以，他常常能从窗户里欣赏自己的手艺。有的是经他重新换了靴底的，有的是补缀了的，有的是加了线的，有的甚至还是换了新的靴面的。他是个忙人，因为他活做得好，用的料也好，收费却不高，而且还值得让人信赖。如果他能按约完成工作，他决不拖延，如果他不能，也从来如实相告，从不寻找什么借口。所以他远近闻名，有干不完的活。

马丁一直是个好人，但随着年龄增大，他开始更多地考虑灵魂方面的事，与上帝靠得越来越近了。

从那以后，马丁的整个生活就改变了。他的生活变得平和而充满欢乐。早晨，坐下来开始干活，当完成了一天的活计，他把油灯从墙上取下来，放在桌上，然后从书架上取下《圣经》，打开，便坐下来阅读。他读得越多，就了解得越深，心里就越清楚，越幸福。

一次，马丁读《圣经》读到很晚，他被书吸引住了。他读的那章是“路加福音”，在第6节，他读到了以下文字：

有人打你这边的脸，连那边的脸也由他打。有人夺你的外衣，连内衣也由他拿去。凡求你的，就给他。有人夺你的东西去，不用再要回来。你们愿意人怎样待你们，你们也要怎样待人。

他思考了一会儿这段文字，正想上床，但又离不开书，便继续往下读第7节，读到了一个富有的法利赛人邀请主进他的家的那一段。他读到，那个有罪的女人用香膏抹他的脚，并用泪洗他的脚，主便赦免了她。他读道：

我进了你的家，你没有给我水洗脚，但这女人用眼泪湿了我的脚，并用头发擦干。你没有与我亲嘴，但这女人从我进来的时候就不住地用嘴亲我的脚。你没有用油抹我的头，但这女人用香膏抹我的脚。

读到这些话，他想：“他没有用水洗主的脚，没有亲他，没有用油膏抹主的头……”马丁再一次摘下眼镜，放在书上，仔细思量。

“我想，那法利赛人肯定像我这样，也是只想着自己——怎样弄到一杯茶，怎样使自己温暖舒服，从不想到客人。他照顾自己，对客人却一点也不在乎。客人是谁？是主！如果主到我这儿来，我会像这样表现吗？”

后来，马丁头枕双臂，渐渐地进人了梦乡。

“马丁！”突然，他听到似乎有人在他耳边细声叫着。

他从睡梦中问道：“谁呀？”

他转头看看周围，看看大门，没有看见人。他又问了一声。然后他清清楚楚地听见：“马丁，马丁！明天你看着街上，你会看见我。”

马丁醒过来，从椅子上站起，揉揉双眼，他不知道听到这些话时自己是在做梦，还是清醒着的。他熄了灯，上床睡觉去了。

第二天早上，天没亮，他就起床了，作了祷告，生上火，做了一些菜汤和荞麦粥，点燃茶炉，系上围裙，坐在窗边，开始工作了。他不停地抬头看着街上，每当有穿着他不熟悉的靴子的人经过，他就会站起来看，以便不仅看清楚走过去这个人的脚，而且还看清他的脸。一个穿新毡靴的仆人走过去，接着是一个挑水的。现在又来了一个尼古拉王朝时期的老兵，他走近窗户，手里还拿把铲子。马丁从靴子上认出来，这个老人就是斯特潘尼奇。他的靴子已经破旧不堪，马丁曾给它补缀过一次皮。附近的一位商人收留了他，他平时的工作就是帮商人做点事。这时，他正在清理马丁窗前的积雪。马丁看了看他，然后就继续工作了。

刚缝了 10 针，他又忍不住向窗外看看。他看到，斯特潘尼奇已将铲子靠在了墙上，自己正在一边休息，也许是在取暖。看来，他已经老朽了，显然，他已无力清除窗外的积雪了。

“我为什么不让他进来，喝些茶呢？”马丁想，“茶炉上的茶已经煮开了。”

他把鞋锥插好，站起身，把茶壶拿到桌上，泡上了茶。他用手指敲着玻璃。斯特潘尼奇转过身，来到窗前。马丁用手示意，让他进来，并过去打开了门。

“进来，”他说，“来暖暖身子吧！我想你肯定冻坏了。”

“上帝保佑你！”斯特潘尼奇答道，“我的骨头都冻疼了。”他走了进来，先抖落身上的积雪，为了不在地板上留下印迹，又开始擦自己的鞋底。但擦靴子的时候，他踉踉跄跄的，几乎跌倒。

“不要麻烦了，不用擦鞋，”马丁说，“过会我来擦地板，反正每天都要擦的。过来，朋友，坐下来喝杯茶。”

他倒满了两杯茶，把其中一杯给了客人，自己的那杯放在茶碟上，端起来，轻轻地吹着。

斯特潘尼奇一口气喝干了那杯茶，将茶杯扣过来，底朝上，又把杯中剩下的那块糖放到桌上。他谢了马丁，但从神情里可以看出来，他显然还想再喝一杯。

“再来一杯，”马丁说着，又斟满了客人和自己的茶杯。当客人喝完了第二杯茶时，马丁还一直看着街上。

“你在等什么人吗？”客人问。

“等什么人？哎，我真不好意思对你说。我其实不是在等什么人。不过我昨晚听到了什么声音，脑子里总是忘不掉。我不知道这是幻觉还是真实的场景。你知道，朋友，昨天晚上我在读《福音书》，读到了耶稣基督在世受难行道的那段。我敢肯定，你一定听过这一段的。”

“我是听说过，”斯特潘尼奇回答，“不过我是个睁眼瞎，读不了书。”

“嗯，你知道，我读到了他如何在世上行道。你知道，我正读到他来到一个法利赛人的家里，而法利赛人没有好好接待他的那一段。朋友，我读的时候就想，他为何不诚心款待我主基督呢？假使我自己遇到这种事，真不知道该怎样竭力欢迎他呢！可是朋友，当我正这么想的时候，睡意袭来，当我睡眼朦胧之际，听到有人唤我的名字。我站起来，听到有人在轻声说：‘等着。我明天要来。’这种情况连续发生了两次。实话跟你说，这件事深深地印在了我的心里，虽然我为自己感到害羞，但我一直企盼着他，亲爱的主！”

斯特潘尼奇默不作声地摇摇头，喝完了杯子里的茶，把茶杯放在了一边，但马丁把茶杯拿过来，再次添满了茶。

“谢谢你，马丁·阿维德伊奇，”他说，“你让我的灵魂和肉体都得到了食粮，感到了满足。”

“我很欢迎你来。下次再来吧！我很高兴接待客人。”马丁说。斯特潘尼奇走了，马丁又坐下来干活，缝起了一双靴子。干活的时候，他又不停地抬

头看着窗外，想着在《圣经》里读到的话，他的脑子里充满了基督的教海。

两个士兵走了过去，一个穿着军靴，一个穿着马丁做的靴子。后

来走过了邻家的主人，穿着崭新的套鞋，再后来走过了一个面包师，手里提着篮子。这些人过去后，又来了一位妇女，穿着破旧的袜子，农民自制的鞋子。她走过窗子，但在墙根下停住了。马丁透过窗户打量着她，她是一个外地人，穿着破烂的衣服，手里还抱着一个孩子。她站在墙根，背对着风，要把孩子包起来，但她实在没有东西可以用来包裹孩子。女人身上穿的是夏衣，但即使这单薄的夏衣也已破破烂烂了。隔着窗子，马丁听到了孩子的哭声，女人想尽办法哄着他，但没有用。马丁站了起来，走出门，走上台阶，对她叫道："亲爱的，我说，亲爱的！"

女人听到了，转过身来。

"为什么抱着孩子站在寒风里呢？进来！屋里暖和，你能把孩子包得好点。这里来！"

女人看到一个系着围裙、戴着眼镜的老人在叫她，露出了惊异的神色，但还是跟老人走进了屋子。

他们走下台阶，进了小屋，老人把她领到了床边。

"坐在这儿，我亲爱的，这儿靠近火炉。暖暖身子，再给孩子喂点吃的。"

"我没有奶了。大清早到现在，我什么东西也没有下肚。"女人说着，但还是把奶头塞进了孩子的嘴里。

马丁摇着头。他拿出一个汤盆，一些面包。然后他打开炉门，往汤盆里倒了些菜汤。

"坐下来吃点东西，亲爱的，让我帮你看会儿孩子。哎，托上帝的保佑，我也有过孩子。我知道怎样照看孩子。"

女人画了十字，坐在桌边，开始吃起来，而马丁把孩子放在床上，坐到了孩子的边上。

马丁叹息了一声。"你没有再暖和一点的衣服了吗？"他问。"怎么可能有呢？”女人回答，“昨天，我把最后一条披巾当了，当得了 6 角钱。”

女人走过来，抱起了孩子，马丁也站了起来。他走过去，从墙上挂着的衣物中，取了一件旧外套。

“拿着吧，”他说，“虽然这只是一件穿破了的旧衣服，但可以将孩子包起来。”

女人看着衣服，然后又抬头看了看老人，接过衣服，不禁哭了起来。马丁转过身，在床底下摸索了一阵，拿出了一口小箱子。他在箱子里掏了一会，又坐在了女人的对面。女人对他说，“上帝保佑你，朋友。”

“看在基督的份上，把这个拿走吧。”马丁说着，把 6 角钱给了她，让她去赎回披巾。女人画十字祝了福，马丁也画十字祝了福，然后目送着女人离去。

过了一会，马丁又看到一位卖苹果的老妇人站在了他的窗外。她背上背着一个口袋，口袋里装满了木屑，是要背回家去的。这肯定是她在某个工地上捡来的。

看来，她是被背上的那口袋东西压疼了，她正想把口袋从一个肩头换到另一个肩头，于是，她把那口袋东西放在台阶上，苹果篮子也放在地上，并摇晃着口袋里的木屑。她正忙着的时候，突然冒出了一个头戴破帽的孩子，从篮子里抓了一只苹果，马上就想跑。但老妇人看到了，她转过身，抓住了男孩的袖子。男孩挣扎着，企图逃脱，但老妇人用双手紧紧地抓着他，并打掉了他的帽子，抓住了他的头发。男孩尖叫着，女人责骂着。马丁丢下锥子，顾不得将它插好，就匆匆忙忙地跑出了门。他跌跌撞撞地跑上台阶，慌乱之中，眼镜也摔到了地上。他跑到街上时，老女人正揪着男孩的头发，口里骂着，要带他去见警察。小男孩则挣扎着，为自己辩白说：“我并没有拿你东西。你为什么打我？让我走！”

马丁将他们拉开。他拉着男孩的手，说:“让他走吧！老婆婆。看在基督的份上，原谅他。”

“我要教训教训他，让他过了一年都忘不了这事！我要把这无赖带去见警察！”

马丁开始恳求老妇人。

“让他走吧！老婆婆。他不会再这样做了。”老妇人松了手，男孩正想跑掉，但马丁叫住了他。

“请老婆婆原谅你！”他说，“以后不能再这样做了，我看见你拿了苹果。”

男孩哭了起来，向老妇人请求宽恕。

“这就对了。给你这个苹果。”马丁从篮子里拿了一个苹果，递给了男孩，并说道，“我会付你钱的，老婆婆。”

“你会把他们惯坏的，这些小无赖。”老妇人说，“他应该受到鞭打，这样，他才会记住一个礼拜的教训。”

“噢，老婆婆，老婆婆，”马丁说，“这是我们俗人的做法，但上帝可不是这样行事的。如果男孩偷了一个苹果要受鞭打，那我们这些犯下了罪孽的人，该受怎样的惩罚呢？”

老妇人无言了。

“上帝要我们宽恕别人，”马丁说，“要不我们自己也得不到宽恕。宽恕每一个人，那不会思想的年轻人，更加应该得到宽恕。”

老妇人点了点头，叹息道。

“说得不错，”她说，“但他们已经被完全宠坏了。”

“既然如此，我们老年人更应该给他们作出好的榜样。”马丁回答。“我说的也正是这意思，”老妇人说，“我曾经也有7个孩子，现在只剩一个女儿了。”老妇人便开始讲述她同女儿住在何处，生活得怎样，有几个外孙子。“就这样，”她说，“我剩下的力气已不多了，但为了我的外孙们，我努力工作，他们都是好孩子。没有人出来迎接我，只有他们。小安妮一刻也不愿离开我，整天叫着，'外婆，亲爱的外婆，亲亲外婆。'"说到这儿，老妇人的心肠完全软下来了。"当然，这孩子只是有点淘气。"她说的是个男孩。

当老妇人要把口袋背到背上的时候，小男孩一步走到她面前，说："我帮你背吧！老婆婆。我与你同路。"

老妇人点了点头，把口袋放到了男孩的背上，两人一起往前走去，老妇人连马丁的苹果钱也忘记要了。马丁站着，看着他们有说有笑地一起走去。

当他们从视线里消失的时候，马丁回到了自己的小屋。他在台阶上发现了自己的眼镜，还好，没有摔碎，他捡起锥子，重新开始干活。不久，他发现屋子里的光线已经暗了下来，他连皮子上的针眼都看不清了，他看到，点灯的人正在把街灯一盏盏地点亮。

"该是点灯的时候了。"他想。他剪了剪灯芯，点上灯，又开始干活了。他做好了一双靴子，转过来翻过去，又检查了一遍。靴子做得不错。于是他收拾好工具，打扫干净了边角材料，归置好毛刷、线和锥子，然后把灯从墙上取下来，放在桌上。之后他从书架上取下《福音书》。一翻开书，昨天的梦境就又浮现在了脑海，不久，又恍惚听到有脚步声响起，似乎有什么人在他背后走动。马丁转过身，他模模糊糊好像看到有人站在黑暗的角落里，但他看不出来是谁。然后传来了低声的耳语："马丁，马丁，你不认识我吗？"

"你是谁？"马丁嘟哝着问。

"是我。"那个声音说。随后，从黑暗的角落里走出了斯特潘尼奇。他微笑着，而且像一片云一样转瞬不见了。

"是我，"那个声音又说。随后，从黑暗的角落里走出了抱着孩子的女人，女人微笑着，孩子也咯咯地笑着，她们马上也消失不见了。"是我，”那个声音又说。随后，从黑暗的角落里又走出了老妇人和手拿苹果的孩子，两人都面带微笑，很快又全都不见了。

马丁心里充满了欢乐。他在胸前画了十字，戴上眼镜，开始读《福音书》中打开的那一页。在那一页的上方，他读道：我饿了，你们给我肉。我渴了，你们给我水。我是个外人，你们迎我进家门。

那页的下方，他又读道：我实在告诉你们，凡你们所施给我这些卑贱兄弟中的一个，就是施在我身上。

于是马丁恍然大悟，知道梦已显灵了，救世主今天确实来过了，而他还尽心招待了他。

穷人

● 列夫·托尔斯泰

在一间渔家的小屋里，渔妇冉娜在灯前织补一张旧帆。屋外，风在呼啸，轰鸣的海浪冲击着岸崖，溅起阵阵浪花……海上正起着风暴，外面又黑又冷。但在这间渔家的小屋里，却暖和而舒适。地面扫得干干净净，炉子里还燃着余烬，隔板上的碗碟被映得闪闪发光。在挂着白色帐子的床上，五个孩子在大海风暴的呼啸声中安静地睡着。打鱼的丈夫一早就驾着船出海了，到现在还没有回来。听着海浪的轰鸣和风的呼啸，冉娜真感到害怕。

老旧的木钟嘶哑地敲过了十点、十一点……丈夫仍然没有回来。丈夫是不顾惜自己的，冒着寒冷和风暴去打鱼。她自己也是从早到晚地干活。可结果呢，不过是勉勉强强地维持生活。孩子们仍旧没有鞋穿，无论冬夏都光着脚跑来跑去。吃的也不是白面包—黑麦面包够吃就不错了，下饭的菜也只有鱼。“不过，感谢上帝，孩子们倒都健康，没有什么可抱怨的。”冉娜想着，又倾听起风暴声来。“他现在在哪儿呢？保佑他吧，上帝啊，发发慈悲吧！”她一边说一边划着十字。

睡觉还早。冉娜站起来，往头上披了一条厚围巾，点上提灯就到外面去了，她想看看大海是不是平静些了，天是不是快亮了，灯塔上的灯还亮着吗？能看见丈夫的渔船吗？可是，海面上什么也看不见。

风掀起了她的头巾，卷着被刮断的什么东西拍打着邻居小屋的门。于是冉娜起来，打今天傍晚起她就想去看看生病的女邻居。没人照顾她啊！冉娜想，接着便去敲门。听了听，没人回答。

“寡妇的日子多困难啊！”冉娜站在门前想，“虽然孩子不算多，两个，可是什么事都只有她一个人操心。何况又病着！唉，寡妇的日子困难啊！进去看看吧！”

冉娜一次又一次地敲门，还是没人回答。

“喂，大嫂子！”冉娜喊了一声，心想，别是出了什么事吧，便推开了房门。

破屋子又潮又冷。冉娜把灯举起来，想看看病人在哪儿。头一眼就看见一张床，正对着房门，女邻居静静地、一动不动地仰面躺在床上——只有死了的人才是这个样子。冉娜把灯举得更近一些。不错，就是她。头往后仰着，那冰冷、发青的脸上呈现着死亡的安静。就在离死了的母亲不远的地方，睡着两个鬈发、胖脸蛋的孩子，他们盖着一件破衣服，蜷曲着身子，两个淡黄色的头紧紧靠在一起。显然，母亲在临死前，还来得及用旧头巾裹住孩子们的脚，又把自己的衣服给他们盖上。孩子们睡得又甜又香，呼吸均匀而平静。

冉娜抱起睡着孩子们的小摇篮，用头巾围上，带回了家里。她的心跳得很厉害。她自己也不知道是怎样把孩子带回家的，为什么要这样做。但是她知道，她不可能不这样做。

回到家，她把熟睡的孩子放在床上，同自己的孩子睡在一起，又急忙把帐子撂下来。她很激动，脸都变白了，好像做了什么亏心事似的。“丈夫会说什么呢？”她独自默默地想，“自己已有五个孩子了，闹着玩儿的吗？他会揍我一顿的。那也活该，我自作自受。他会这样？不会！唉，这样倒更好！上帝啊，我干吗做这件事呢？现在，我怎么当面对他说呢？”冉娜沉思着，久久地默坐在床前。

突然屋门大开，一股清新的海风冲进屋里。“冉娜，我回来了！”

一个身材高大，面孔黝黑的渔夫，身后拖着一张湿漉漉的撕破了的渔网，边说边进了屋。

“啊，是你！”冉娜说了一句话就停住了，不敢抬头看丈夫。

“瞧这一个晚上，真可怕！”

“是呀，天气真坏！鱼打得怎样？”

“糟透了，简直糟透了！什么也没打着，还把网给撕破了。嗨，真倒霉！像这样的夜晚我大概从来没有碰到过。还打鱼呢，活着回来就谢天谢地了！天气真够戗，可有什么办法！”

夫妇俩都不做声了。

“你知道吗，”冉娜说，“女邻居西蒙死了。”

“是吗？”

“不知道是什么时候死的，可能昨天就死了。唉，死得真痛苦。一定放心不下孩子，不知心里多难受啊！两个孩子，都还是小不点儿，一个还不会说话，一个刚会爬……”冉娜不做声了。渔夫皱起了眉头，神情变得认真而忧虑。

“嗯，是个问题！”渔夫说着搔了搔后脑勺。“你看怎么办？我看抱过来吧，要不然孩子醒来看到死去的母亲会是什么情景？对，就这样，想个法子抱过来！快点去呀！”可是，冉娜一动也不动。

“你不愿意吗？你怎么了，冉娜？”

“他们已经在这儿了！”冉娜说着掀开了帐子。

论爱情

● 弗兰西斯·培根

舞台上的爱情比生活中的爱情要美好得多。因为在舞台上，爱情只是喜剧和悲剧的素材。而在人生中，爱情却常常招来不幸。它有时像那位诱惑人的魔女，有时又像那位复仇的女神。

你可以看到，一切真正伟大的人物（无论是古人、今人，只要是其英名永铭于人类记忆中的），“没有一个是因爱情而发狂的人：因为伟大的事业抑制了这种软弱的感情。只有罗马的安东尼和克劳底亚是例外。前者本性就好色荒淫，然而后者却是严肃多谋的人。所以爱情不仅会占领开旷坦阔的胸怀，有时也能闯入壁垒森严的心灵——假如守御不严的话。”

埃皮克拉斯曾说过一句笑话：“人生不过是一座大戏台。”似乎本应努力追求高尚事业的人类，却只应像玩偶奴隶般地逢场作戏似的。虽然爱情的奴隶并不同于那班只顾吃喝的禽兽，但毕竟也只是眼目色相的奴隶——而上帝赐人以眼睛本来是更高尚的用途的。

过度的爱情追求，必然会降低人本身的价值。例如，只有在爱情中，才永远需要那种浮夸谄媚的词令。而在其他场合，同样的词令只能招人耻笑。古人有一句名言：“最大的奉承，人总是留给自己的”。只有对情人的奉承要算例外。因为甚至最骄傲的人，也甘愿在情人面前自轻自贱。所以古人说得好："就是神在爱情中也难保持聪明。"情人的这种弱点不仅在外人眼中是明显的，就是在被追求者的眼中也会很明显——除非她（他）也在追求他（她）。所以，爱情的代价就是如此，不能得到回爱，就会得到一种深藏于心的轻蔑，这是一条永真的定律。

由此可见，人们应当十分警惕这种感情。因为它不但会使人丧失其他，而且可以使人丧失自己本身。至于其他方面的损失，古诗人早已告诉我们，那追求海伦的人，是放弃了财富和智慧的。

当人心最软弱的时候，爱情最容易入侵，那就是当人得意春风，忘乎所以和处境窘困孤独凄零的时候，虽然后者未必能得到爱情。人在这样的时候最急于跳人爱情的火焰中，由此可见，"爱情"实在是"愚蠢"的儿子。但有一些人，即使心中有了爱，仍能约束它，使它不妨碍重大的事业。因为爱情一旦干扰情绪，就会阻碍人坚定地奔向既定的目标。

我不懂是什么缘故，使许多军人更容易陷人爱情，也许这正像他们嗜爱饮酒一样，是因为危险的生活更需要欢乐的补偿。

人心中可能普遍具有一种博爱的倾向，若不集中于某个专一的对象身上：就必然会施之于更广泛的大众，使他成为仁善的人，例如像有的僧侣那样。

夫妻的爱，使人类繁衍。朋友的爱，给人以帮助。但那种荒淫纵欲的爱，却只会使人堕落毁灭啊！

论天性

● 弗兰西斯·培根

人的天性虽然是隐而不露的，但却很难被压抑，更很少能完全根绝。即使勉强施以压抑。只会使它在压力消除后更加猛烈。只有长期养成的习惯才能多少改变人的天生气质和性格。

如果你想改变你的某种天性，那么你开始时致力的目标既不要太大也不要大小。目标太大会由于受挫折而灰心。目标大小则会由于收效缓慢而泄气。在努力中不妨作些能鼓励自己情绪的事情，犹如初学游泳者借助漂筏一样。在取得成效以后，再从严从难克制自己，犹如练功的人可以缚着重物走路一样。这种苦练比实用还难，所以其效果就更好。如果某种天性大顽强，太难克服，那么可以考虑以下办法：

一、要长时间地严格约束自己，比如有人每当生气时，就在心中暗诵 26 个字母以制怒。

二、一点一滴地逐渐做起。比如有人在戒酒时，就采用每天比前一天少喝一点的办法，最后戒绝。

当然，如果一个人有毅力和决心，能断然强制自己彻底根除不良习性，那是最令人钦佩的——“灵魂最自由的人，就是那种一举挣断锁铁的人。”

此外古人还认为，矫枉不妨过正，用相反的习惯来改造天性，过也是不错的。只是要注意，那另一极端不要是又一种不良习惯才好。

在建立某种好习惯的过程中，不宜持续紧张，以便有机会时时回顾一下努力中的成绩和失误。人不能太相信一种天性的克服。因为天性是狡猾的，它可以在你警惕时潜伏下来，当你放松时又再眉头。它就像伊索寓言中那只猫一样，虽然可以变成一个女人安安静静地坐在餐桌前，但当一只老鼠出现的时候，她就又情不自禁地要扑上去了。对于一个人来说，或者应该有自知之明地避免这种现原形的机会，或者干脆高度警惕地多用这种机会考验自己。

在私生活中，人的天性是最容易显露的。因为那时人最不必掩饰。还有就是在一时激动的情况下，激动使人忘记了自制。

有的人的天性与他的职业要求相适合，这是很幸福的事。但是，那些能强使自己做与其天性不相合的事业的人，则是有毅力的。因此如在治学方面，对于最不喜欢的学科，就要强迫自己遵守固定的时间。但对于那爱好的学科，就不必如此、因为思想会自然带着你向前跑去的。天性好比种子，它既能长成香花，也可能长成毒草，所以人应当时时检查，以培养前者而拔除后者。

论狡猾

● 弗兰西斯·培根

狡猾是一种邪恶的机智。但狡猾与机智虽然有所貌似，却又很不相同——不仅是在诚实方面，而且是在才智方面。例如有人赢牌靠的是狡猾地配牌，其实牌技并不高，还有人很善于结党钻营，可是真做起事来却身无一技。

要知道，人情练达与理解人性并不完全是一回事。有许多很世故很会揣摩人的脾气性格的人，却并不是真正有学问的人。这种人所擅长的是阴谋而不是研究。他们尽可以摸透几种人，但一遇到新类型的人，老一套就会吃不开。所以古人鉴别人材的那种方法——“让他们到生人面前去试试身手”，对他们是不合适的。

其实狡猾的人正象那种只会做小买卖的商贩，我们不妨在这里抖一下他们的家底。

有一种狡猾人是专门在谈话时察颜观色的的人。因为世上许多诚实的人，都有一颗深情的心和无掩饰的脸。但这种人一面窥伺你，一面却假装恭顺地瞧着地面，许多“耶稣会员”就是这样干的。

有一种狡术是，把真正要达到的目的掩盖在东拉西扯的闲谈中。例如有一名官员，当他想促使女王批准某项文件时，每一次都先谈一些其他的事务，以转移的女王的注意力，结果女王往往忽视了去留意正要她签字的那个文件。

还有一种方法是在对方毫无思想准备的情势下，突然提出你的一项建议，让他来不及思考就作出仓猝的答复。

当一个人试图阻挠一件可能被别人提出的好事时，最好的办法就是首先由自己把它提出来，但提出来的方式又要恰好足以引起人们的反感，因而使它得不到通过。

装作正想说出一句话却突然中止，仿佛制止自己去说似的。这正是刺激别人加倍地想知道你要说的东西的妙法。

如果你能使人感到一件事是他从你这里追问出来，而并非你乐意告诉他的，这件事往往更能使他相信。

如果你不想对一种说法负责任的话，你就不妨借用别人的名义，例如说“听人家说……”或“据别人说……”等等。

我知道一位先生，他总是把最想托别人办的事情写在信的附言里，好象这是偶然一提的小事似的。

我还知道一位先生，他总是把最想说的事情放在最后说，好象只是忽然又想起一件已经忘了的事情似的。

还有的先生，他故意到会碰见一个人的地方，而当那人出现时，他却故作惊惶地又假装想躲藏，仿佛正在作一件怕给那人知道的事情。这一切的目的恰恰是引起那人的疑心和发问，这样就可以把他难于直接吐口的东西告诉那人了。

还有一种诱人上当的狡猾。我知道有一位先生暗地里想与另一位先生竞争部长的位置。于是他对那先生说：“在当今这王权衰落的时代当部长是件没意思的事。”那位正可能被任命为部长的先生天真地同意了这种看法，并且也对别人如此说。结果先说的那位先生便抓住这句话禀报女王，女王大为不悦，果然不任用他了。

还有一种俗称作“翻烧饼”的狡猾，就是把你对别人讲的话，翻赖成是别人对你所讲的。反正两人之间没有第三个对证，鬼才知道这事实究竟是怎样的。

还有一种影射的狡术，比如当着某某面故意对别人说“我才不干那种事呢”，言外之意只有那人才会干……

有的人搜集了许多奇闻轶事。当他要向你暗示一种东西时，便讲给你听一个有趣的故事。这方法既保护了自己，又有助于借人之口去传播你的话。

有人故意在谈话中自问自答，这也可以作为一种狡术。

猛然提出一个突然的、大胆的、出其不意的问题，常能使被问者大吃一惊，从而坦露其心中的机密。这就好象一个已经改名换姓的人，在没想到的情况下突然被人呼叫真名，必然会出于本能地有所反应一样。

总而言之，这种狡猾的处世方法是形形色色的。所以把它们都抖一下是必要的，以免许多老实人不明其术而上当受骗。

但是归根结底，狡猾并非人的真正聪明，而只是一些捣鬼取巧的小技术。虽可施之于一时，却终难欺骗于久远。以这些小术要得逞于世最终还是行不通的。所以所罗门说得好：“聪明人修检于自身，愚蠢者才欺惑于大众。”

美和崇高

● 康　德

第一个称女子为美丽的性别的人，也许只是想恭维她们，其实他表达出来的意思超过了他自己的预料。我们姑且不说女性容貌清秀，线条柔和，她们面部表现出来的友好、戏谑、和蔼比男人更强烈、更动人……除此之外，女性心灵结构本身首先是具有独特的、和我们男性显然不同的并且以美作为主要标志的特征。如果并不要求高尚的人推让荣誉，将美称割爱给他人，我们就不妨自称是高尚的性别。但是，切不可把这番话理解成这样：妇女似乎缺少高尚品德，而男子似乎缺少美。恰恰相反，倒是可以认为无论男女都是二者兼而有之，只不过女人身上的其他一切品德都是为了衬托其美的特性而组合在一起，而在男子的各种品格中，以作为男性的显著标志的崇高最为突出……

妇女有较强的爱美、爱优雅、爱漂亮的天性。女性自幼就非常喜欢穿得漂亮，以修饰打扮为乐趣。她们有洁癖，对凡是使人反感的东西都很敏感。她们喜欢谐趣，只要她们的心情好，可以拿些小饰物哄她们开心……妇女非常会体贴人，心地善良，富于恻隐之心，讲究美而不注重实用……她们对极其微不足道的羞辱都十分敏感，对一丝一毫的怠慢和不尊重，也能觉察出来。总之，多亏有了妇女，我们才能识别人性中美的品格和高尚的品格；女人甚至使男子也变得较为精细……

女性的智慧同男性的智慧不相上下，差别只在于：女性的智慧是美的智慧，我们男性的智慧则是深沉的智慧，而这不过是崇高的另一种表现。

一种行为之所以美，首先是因为它轻松自然，仿佛无须费力；而花费气力和克服困难，总是令人赞叹的，因而属于崇高行为之列……

美最忌讳的是使人反感，而和崇高相去最远的是令人失笑。因此男子最感难堪的是被人骂为蠢才，女人最感难堪的是人家说她丑陋。

两个得到安慰的人

● 伏尔泰

大哲学家西多斐尔，有一天对一个确有理由伤心的女子说："太太，伟大的亨利四世的女儿，英国的王后，曾经和你一样地遭难：她被逐出国；遇到大风暴，几乎死在海洋里；又眼看她的丈夫英王被送上断头台。""我代她难过。"那太太说完，又叹起自己的苦经来。

"可是，"西多斐尔说，"你别忘了玛丽·斯图亚特，她诚心地爱着一个音乐家，嗓子很好的男中音。她的丈夫当着她的面把音乐家杀了。接着，玛丽的至亲好友，自称为童贞的伊丽莎白女王，把她关了18年牢，又在断头台上挂着黑布，砍了她的头。"那太太回答："那真是残酷极了。"说完她又一味想着自己的悲痛。

安慰她的人又道："拿波里的王后，美丽的耶纳被人捉住而掐死的事，也许你听人说过吧？"那太太回答："我大概有点记得。"

哲学家说："我得告诉你另外一个女王的故事：就在我年轻的时候，她吃过晚饭被人篡位，后来死在一个荒岛上。"太太回答："这件事我全知道。"

"还有一个大名鼎鼎的公主，我要把她的遭遇告诉你，我还劝慰过她呢。她和一切大名鼎鼎而美丽的公主一样，有一个情人。公主的父亲走进她卧室，撞见了她的情人。看见他脸上升火，眼睛亮得像红宝石，公主的脸色也非常兴奋。父亲看了那青年的脸，大为厌恶，打了他一个本省从来没有人打过的大巴掌。情人拿起一把钳子砸破了岳父的头，好容易才治好，至今留着伤痕。女的吓昏了，从窗里跳下去，跌坏了脚，到现在走路还看得出是瘸的，虽则腰身很好看。男的因为把一个伟大的诸侯砸破了头，被判了死刑。你不难想象，看着情人被押去吊死，公主是怎么样的心情。有很长一段时间，我常到牢里去看她；她自始至终只和我提到她的苦难。"

那太太道："那么你为什么不许我想到我的苦难呢？！"哲学家道："因为那是不应该想的；因为有那么多的名门贵妇受过那么大的罪，你再灰心绝望就不大得体了。你得想想埃居勃，想想尼奥勃。"那太太回答："如果我碰到这两人的遭遇，或是碰到那许多美丽的王后的遭遇，如果你为了安慰她们而对她们讲我的苦难，你想她们会听吗？"

第二天，哲学家的独养儿子死了，他痛不欲生。那位太太叫人把所有死了儿子的帝王，列成一张表，交给哲学家；哲学家看了，认为很正确，可并未因此减少他的悲痛。过了三个月，他们重新见面，很奇怪地发觉彼此心情都很愉快，他们叫人替时间立了一座美丽的像，下面题着：

只有你能使人安慰。

第五辑

人生的智慧

探索的动机

● 爱因斯坦

这是爱因斯坦在柏林物理学会举办的纪念麦克斯·普朗克60岁生日演讲会上的演讲。

——编者

在科学的神殿里有许多楼阁，住在里面的人真是各式各样，而引导他们到那里去的动机也各不相同。有许多人爱好科学是因为科学给他们以超乎常人的智力上的快感，科学是他们自己的特殊娱乐，他们在这种娱乐中寻求生动活泼的经验和对他们自己雄心壮志的满足。在这座神殿里，另外还有许多人是为了纯粹功利的目的而把他们的脑力产物奉献到祭坛上的。如果上帝的一位天使跑来把所有属于这两类的人都赶出神殿，那么集结在那里的人数就会大大减少，但是，仍然会有一些人留在里面，其中有古人，也有今人，我们的普朗克就是其中之一，这也就是我们所以爱戴他的原因。

我很明白在刚才的想象中被轻易逐出的人里面也有许多卓越的人物，他们在建筑科学神殿中做出过很大的也许是主要的贡献；在许多情况下，我们的天使也会觉得难以决定谁该不该被赶走。但有一点我可以肯定，如果神殿里只有被驱逐的那两类人，那么这座神殿决不会存在，正如只有蔓草就不成其为森林一样。因为对于这些人来说，只要碰上机会，任何人类活动的领域都是合适的：他们究竟成为工程师、官吏、商人还是科学家，完全取决于环境。现在让我们再来看看那些得到天使宠爱而留下来的人吧。

他们大多数是沉默寡言的、相当怪僻和孤独的人，但尽管有这些共同特点，他们之间却不像那些被赶走的一群那样彼此相似。究竟是什么力量把他们引到这座神殿中来的呢？这是一个难题，不能笼统地用一句话来回答。首先我同意叔本华所说的，把人们引向艺术和科学的最强烈的动机之一，是要逃避日常生活中令人厌恶的粗俗和使人绝望的沉闷，是要摆脱人们自由变化不定的欲望的桎梏。一个修养有素的人总是渴望逃避个人生活而进入客观知觉和思维的世界——这种愿望好比城市里的人渴望逃避熙来攘往的环境，而到高山上享受幽寂的生活。在那里透过清净纯洁的空气，可以自由地眺望、沉醉地欣赏那似乎是为永恒而设计的宁静景色。

除了这种消极的动机外，还有一种积极的动机。人们总想以最适合于他自己的方式，画出一幅简单的和可理解的世界图像，然后他就试图用他的这种世界体系来代替经验的世界，并征服后者。这就是画家、诗人、思辨哲学家和自然科学家各按自己的方式去做的事。各人把世界体系及其构成作为他的感情生活的中枢，以便由此找到他在个人经验的狭小范围内所不能找到的宁静和安定。

在所有可能的图像中，理论物理学家的世界图像占有什么地位呢？在描述各种关系时，它要求严密的精确性达到那种只有用数学语言才能达到的最高的标准。另一方面，物理学家必须极其严格地控制他的主题范围，必须满足于描述我们经验领域里的最简单事件。对于一切更为复杂的事件企图以理论物理学家所要求的精密性和逻辑上的完备性把它们重演出来，这就超出了人类理智所能及的范围。高度的纯粹性、明晰性和确定性要以完整性为代价。但是当人们胆小谨慎地把一切比较复杂而难以捉摸的东西都撇开不管时，那么能吸引我们去认识自然界的这一渺小部分的，究竟又是什么呢？难道这种谨小慎微的努力结果也够得上宇宙理论的美名吗？

我认为，够得上的。因为，作为理论物理学结构基础的普遍定律，应当对任何自然现象都有效。有了它们，就有可能借助于单纯的演绎得出一切自然过程（包括生命过程）的描述，也就是它们的理论，只要这种演绎过程并不超出人类理智能力太多。因此，物理学家放弃他的世界体系的完整性，倒不是一个什么根本原则问题。

物理学家的最高使命是得到那些普遍的基本定律，由此世界体系就能用单纯的演绎法建立起来。要通向这些定律，没有逻辑推理的途径，只有通过建立在经验的同感的理解之上的那种直觉。由于这种方法论上的不确定性，人们将认为这样就会有多种可能同样适用的理论物理学体系，这个看法在理论上无疑是正确的。但是物理学的发展表明，在某一时期里，在所有可想到的解释中，总有一个比其他的一些都高明得多。凡是真正深入研究过这一问题的人，都不会否认唯一决定理论体系的实际上是现象世界，尽管在现象和他们的理论原理之间并没有逻辑的桥梁；这就是莱布尼茨非常中肯地表述过的"先天的和谐"。物理学家往往责备研究认识论的人没有足够注意这个事实。我认为，几年前马赫和普朗克的论战，根源就在这里。

渴望看到这种先天的和谐，是无穷的毅力和耐心的源泉。我们看到，普朗克就是因此而专心致志于这门科学中的最普遍的问题，而不是使自己分心于比较愉快的和容易达到的目标上去的人。我常常听说，同事们试图把他的这种态度归因于非凡的意志和修养，但我认为这是错误的。促使人们去做这种工作的精神状态，是同宗教信奉者或谈恋爱的人的精神状态相类似的，他们每日的努力并非来自深思熟虑的意向或计划，而是直接来自激情。我们敬爱的普朗克今天就坐在这里，内心在笑我像孩子一样提着第欧根尼的风灯闹着玩。我们对他的爱戴不需要作老生常谈的说明，我们但愿他对科学的热爱将继续照亮他未来的道路，并引导他去解决今天理论物理学的最重要的问题。这问题是他自己提出来的，并且为了解决这问题他已经做了很多工作。祝他成功地把量子论同电动力学、力学统一于一个单一的逻辑体系里。

人生的智慧

● 叔本华

一

衡量一个人是否幸福，我们不应该向他询问那些令他高兴的赏心乐事，而应该了解那些让他烦恼操心的事情。因为烦扰他的事情越少、越微不足道，那么，他也就生活得越幸福，因为如果微不足道的烦恼都让我们感受得到，那就意味着我们正处于安逸、舒适的状态了——在很不幸的时候，我们是不会感觉到这些小事情的。

我们要提醒自己不要向生活提出太多的要求，因为如果这样做，我们幸福所依靠的基础就变得太广大了。依靠如此广大的基础才可以建立起来的幸福是很容易倒塌的，因为遭遇变故的机会增多了，而变故无时不在发生。在基础方面，我们幸福的建筑物与楼房建筑物正好相反，后者因其广大的基础而变得牢固。因此，避免重大祸害的最有效途径就是考虑到我们的能力、条件，尽可能地减低我们对生活的要求。

二

一般来说，人们最常做的一件大蠢事就是过分地为生活未雨绸缪——无论这种绸缪准备是以何样的方式进行。为将来做详尽的计划首先必须要以得享天年作保证，但只有为数不多的人才可以活至高龄，就算一个人能够享有较长的寿命，但相比订下的计划而言，时间还是太过短暂了，因为实施这些计划总要花费比预计更多的时间。另外，这些计划，一如其他事情，都有太多遭遇阻滞和失败的机会，甚少真能达至成功。最后，就算我们所有的目标都一一实现，我们却忽略了时间在我们身上所带来的变化。我们当初并不曾想过我们不可能在一生中始终保持创造的能力和享受的能力。因此，这样的情形经常都会发生：我们埋头做事，到了目标实现的时候，我们所取得的成果已经不再适合我们的需要了；或者，我们成年累月为某一工作做准备，但这些准备工夫不为人知地消耗了我们的精力，到头来，我们再也无法进行计划中的工作了。所以，经历长年的拼搏，历尽诸多风险，我们终于获得了财富，但到了这个时候，我们已不再能够享受这些财富了。我们其实就是为了别人苦干了一场。或者，经过积年的艰苦努力，终于如愿爬上了某一职位，但我们却已经无力胜任这一职位的工作了，诸如此类的事情屡见不鲜。这是因为我们所追求的结果来得太晚了。或者，与此相反，我们太迟着手做事情了，也就是说，就我们做出的成就或者贡献而言，时代的趣味已经改变了。新一代的人成长了起来，他们对我们成就的事情不感兴趣；其他的人走了捷径，赶在了我们的前面，种种情形，不一而足。

三

所有局限和节制都有助于增进我们的幸福。我们的视线、活动和接触的范围圈子越狭窄，我们就越幸福；范围圈子越大，我们感受的焦虑或者担忧就越多。因为随着这一范围圈子的扩大，我们的愿望、恐惧、担忧也就相应增加。所以，甚至盲人也不是像他们先验显示的那样不幸，这一点可以通过他们的那种柔和、几乎是愉快的宁静表情得到证明。同时，部分地由于这一规律的原因，我们后半生比起前半生更加凄凉痛苦。因为在我们的一生中，我们关系和目标的范围总是不断伸展。在儿童期，我们的视野只局限于周围的环境和狭窄的关系；到了青年期，视野明显扩大了；进入成人期以后，我们的整个生命轨迹，甚至最遥远的联系、别的国家和民族都被纳入我们的视线之内；在老年期，人们的目光所及包括了后代一辈。所有局限制约——甚至精神方面都有助于增进我们的幸福。原因就在于意欲受到的刺激越少，我们的痛苦也就越少。我们知道，痛苦是肯定的，而幸福则纯粹是否定的。限制我们的活动范围就能够消除刺激我们意欲的外在动机，而精神上的制约则可以消除内在的动机。不过，精神上的制约却存在这一不足之处：它为人们的百无聊赖敞开了门户，而无聊却是人们无数痛苦的间接根源——人们为了驱赶无聊，不择手段寻求娱乐、社交、奢华、赌博、酗酒等等，这些给人们带来的只是各式各样的懊丧、不幸以及金钱损失。“人们无事可干的时候难以保持平静。”相比之下，尽可能的外在限制更能增进人们的幸福，这些限制甚至是幸福所必不可少的。关于这一点可以从这一个例子看得出来：田园诗歌——这些惟一注重描绘人的幸福的诗歌——主要地和一成不变地表现那些在狭窄的环境过着简朴生活的人们。我们在观看那些所谓的风俗画时会感到某种愉悦之情，其原因也在于此。因此，我们生活的关系应该尽可能地简单，甚至单调的生活——只要这不至于产生无聊——都会有助于增进我们的幸福，因为这样，我们就更少地感觉到生活，并因此更少地感觉到生活的重负——重负本来就是生活的本质。这样，生活流淌就像一条波澜不兴、漩涡不起的小溪。

四

当我们看到某样东西时，很轻易就会产生这一念头：“呀，如果我能拥有它就好了！”

我们由此感觉到了有所欠缺。其实，我们更应该经常这样想：“呀，如果我失去了某样东西！”我的意思是：有时候我们不妨想象一下在失去我们所拥有的某样东西时，我们将会怎样看待那失去之物。确实，对我们拥有的东西，都应作如是观：无论是财产、健康、朋友、妻子、孩子、我们所爱的人，抑或马匹、爱犬等等。因为，在大多数情况下，只有在失去了某物以后，我们才会知道它的价值。如果读者能够以我在这里推荐的方式看待事物，那么，首先，我们就会马上为我们的拥有感到直接的、比以往都更大的喜悦；其次，我们就会运用各种方式防范失去我们的拥有物。这样，我们就不会拿我们的财产开玩笑，不会激怒我们的朋友，不会让忠诚的妻子受到诱惑，不会疏于注意孩子的健康等等。通常，为了使现时灰暗的生活生色明快，我们盘算着种种美妙的可能，凭空想象出形形色色的诱人的希望，而所有这些都孕育着失望。一旦它们被残酷的事实击碎，失望肯定就会接踵而至。

如果我们更多地考虑可能出现的种种不利，那对我们反而有好处。因为这样做一来会促使我们采取相应的防范措施，另外，一旦意料之中的不好事情并没有发生，那我们就会得到意外的惊喜。在经历一番忧虑以后，我们难道不是明显地变得更加心情舒畅吗？事实上，经常不时地想象一下那些有可能降临在我们身上的巨大不幸和灾难一这倒是一件好事情，我们由此可以更加容易承受那随后实际发生的许多轻微的不幸，因为我们可以以这一点安慰自己：那些巨大的不幸毕竟没有发生。但是，在考虑这条规则时，我们却不要忽略了在这之前的那条规则。

生活，也让别人生活

● 叔本华

在这世界上生存，具备一定的预见能力和宽恕能力合乎我们争取幸福的目的：前者帮助我们避免受到伤害和损失，后者则为我们免除了人事纷争和吵闹。

谁要是生活在人群当中，那他就绝对不应该摒弃任何人——只要这个人是大自然安排和产生的作品，哪怕这个人是一个最卑劣、最可笑的人。我们应该把这样一个人视为既成的事实和无法改变：这个人遵循一条永恒的、形而上的规律，只能表现出他的这个样子。

如果我们碰到一些糟糕透顶的人，那就要记住这一句话："林子里总少不了一些怪鸟。"

如果我们不这样做，那我们就是不公正的，我们也就等于向这个人发出了生死决斗的挑战。

原因在于没有一个人能够改变自己的真实个性，这包括道德气质、认识能力、长相脾气，等等。如果我们完全彻底地谴责一个人的本质，那么，这个人除了把我们视为他的仇敌，别无其他选择，因为我们只在这个人必须脱胎换骨、成为一个与那永远不可改变的他截然不同的人的前提下，才肯承认这个人的生存权利。

为此原因，要在人群当中生存，我们就必须容许别人以既定的自身个性存在，不管这种个性是什么。我们关心的只是如何使一个人以本性的内容和特质所允许的方式发挥他的本性的作用，既不应该希望改变，也不可以干脆谴责别人的本性，这就是“生活，也让别人生活”这条格言的含义。这种做法虽然合乎理性，但具体实施却并不容易。谁要是能够一劳永逸地躲开那许许多多的人，那他就是幸福的。

领导者四维

● 叔本华

“蓝图设计”

建筑工人可能对所建房屋的通盘设计一无所知，无论如何，他不会心中老记挂着设计图样。一般人很少想到自己一生的整体路程和特性。

一个人要让自己的事业具有价值，就需要不时地把注意力转向一生的“蓝图”，也就是一张具有设计概要的小草图。当然，要这么做，他必须运用“认识自己”的格言；他必须对了解自己的方法有若干进展；他必须知道最为关键的目标是什么，他最想拥有的快乐是什么。

还有，在那之后，什么在他思想中占据着第二和第三的位置；他必须找出，就整体来说，真正的使命是什么，他应该扮演什么样的角色，他跟世界的一般关系如何。

控制想象

想象要加以控制，同时也要求我们不去回想过去不幸的事情，诸如所遭遇的不公正或伤害。我们所蒙受的损失，我们所经历的污辱、轻视和困扰，都足以构成一幅漆黑的图画，我们不要去描绘它。要是那么做，就会弄醒那些沉睡已久的可恨的情绪——那些扰乱和破坏我们天性的愤怒和憎恨，让它们置身于现实生活中。在一篇绝妙的寓言中，新柏拉图主义者普洛克鲁斯指出，在每一个市镇，哪有贱民跟富贵人士比邻而居？同样的，我们每一个人，不管他如何高尚和尊贵，在他的天性的深处，存在有一大伙低贱而庸俗的意欲，足以使他构成野兽。我们不能让这些低下的意欲造反，甚至不能让它们伺机而动。

它们的模样可怕，它们造反的领袖就是我在前面所描写的“想象”。一桩小小的困扰，不管它是来自我们的同伴或是来自我们周围的事物，都可能一跃而变为面目狰狞的妖怪，让我们不知所措——这都是因为我们一直沉溺于我们的苦难中，用最为耀眼的颜色和最大的比例，把它们绘形绘影地画出来。

避免荣誉

对于“职位荣誉”的一般看法是，职位具有资格。一个人在政府执行的职务愈大愈重要，他所担任的官位愈高就愈有影响力。一般人愈是认可其品德和才干，他愈具优越担任该职位。因此，地位愈高的人，愈需要在头衔和官阶上给予他更大程度的荣誉，其他人对他也更为谦恭有礼。一般说来，一个人的官位就暗示他应得的尊崇，尽管民众因为无能力了解他的职位的重要性而有所修正。后者的荣誉主要是避免无荣誉。

容忍异己

如果我们要跟人们一起生活，我们必须允许每个人都有权利按照自己的性格生存，不管他的性格如何。我们应该努力从事的，是在他的本性所许可的方式中善用他的性格，而不是希望他的个性有所改变，或是直截了当地指责人家性格的不是。这就是格言“自己活也让别人活”的真实意义。可是这话虽然含有至理，要做到却很困难。一个人如果能够永远避免跟若干人打交道，那么他是非常幸福快乐的。

在人生路途的进程中，如果我们愿意而且有能力做到两点：放眼前途，容忍异己，我们会受益良多。

容忍他人的艺术，可以用无生命的物体来练习我们的忍耐力而有所得。无生命的物体，由于其某种机械的或一般物理上的必然性，对于我们的肆意行动，会做出坚决的对抗——我们每天都需要具有这种形式的忍耐力。我们这样获得的容忍力，在我们跟人们交往的时候经常能够应用。我们会从此习惯于他人的反对，不管我们是在哪里遇到，我们都会认为这是出于别人性格的必然结果。他们的性格蓄意要反对我们，是由于丝毫不变的必然律，跟无生命物体对我们做出抵抗的情况一模一样。对别人的行为感到气愤，就如同对着滚到我们面前的石头气愤一样愚蠢。对于许多人，我们所能提供的最明智的想法就是："我不要改变他们，我要善用他们。"

我们的知识是有限的

● 伽利略

基于长期的经验，我似乎发现，人们在认识事物时处于此种境地：知识愈浅薄的人，愈欲夸夸其谈；相反，学识丰富倒使人在判断某些新事物时，变得甚为优柔寡断。

从前有一人，生在一个人迹罕至的地方，但他天资颖慧，生性好奇。他喂养了许多鸟雀，饶有兴味地欣赏其啁啾，聊以自娱。他极为惊异地发现，那些鸟儿运用巧妙之技，借助呼吸之气，能随心所欲地叫出各种声音，皆好听极了。一日晚间，他在家听到附近传来一种声音，十分悠扬，遂臆断为一只小鸟，出去捕之。路上，遇见一位牧童，正在吹着一根木管，同时手指在上面按动着，忽而捂住某些孔眼，忽而放开，使木管发出了那种响声，宛然喈喈鸟语，不过发音方式迥然不同。他惊诧不已，并在好奇心驱使下，送给牧童一头牛犊，换取了那支笛子。他通过思索意识到：假使牧童未从此地路过，他将永远不会晓得，自然界有两种产生声音和乐音的方法。他决定离家出走，意欲经历一些其他奇事。翌日，当他经过一幢茅舍时，听见里面响着一种乐音，为了弄清是支笛子还是只乌鸦，他信步而入。只见一少年，正用拿在右手的一根弓，拉着绷在左手持着的一只木匣子上的几条筋，同时指头在筋上移动着；根本不必吹气，那件乐器就发出了各种悦耳的声音。此时他有多么惊愕，凡是像他一样具有智慧和好奇心的人，都是可想而知的。他偶然见识了这两种意想不到的产生声音和乐音之新法后，遂开始相信自然界尚会存在其他方法。然而又令他感到十分奇妙的是，当他走进一座圣殿时，为了瞧瞧刚才是谁在奏乐，便往门后看去，发觉音响是在开门之际产生自门枢和铰链。另外一次，他兴致勃勃地走进一家酒店，以为能看到某人在用弓轻轻触动小提琴的弦，但看见的却是有个人正用指尖，敲着一只杯子的杯口，使其发出清脆的响声。可当他后来观察到，黄蜂、蚊子与苍蝇不是像鸟雀那样，靠气息发出断断续续的啼叫声，而是靠翅膀的快速振动，发出一种不间断的嗡嗡声时，与其说他的好奇心越发强烈了，毋宁说他在如何产生声音的学问方面变得茫昧了，因为他的全部阅历俱不足以使他理解或相信：蟋蟀尽管不会飞，却能用振翅而非气息发出那般和谐且响亮的声音。嗣后，当他以为除了上述发声方式之外，几乎已不可能另有它法时，他又知悉了各式各样的风琴、喇叭、笛子和弦乐器，种类繁多，直至那种含在嘴里、以口腔作为共鸣体、以气息作为声音媒介物的奇特方式而吹奏的铁簧片。这时他以为自己无所不晓了，可他捉到一只蝉后，却又陷入了前所未有的无知和愕然之中：无论堵住蝉口还是按住蝉翅，他都无法减弱蝉那极其尖锐的鸣叫声，而不见蝉颤动躯壳或其他什么部位。他把蝉体翻转过来，看见胸部下方有几片硬而薄的软骨，以为响声发自软骨的振动，便将其折断，欲止住蝉鸣。但是一切终归徒然，乃至他用针刺透了蝉壳，也没有将蝉连同其声音一道窒息。最后，他依然未能断定，那鸣声是否发自软骨。从此，他感到自己的知识太贫乏了，问他声音是如何产生的，他坦率地说知道某些方法，但他笃信还会有上百种人所不知的、难以想象的方法。

我还可以试举另外许多例子，来阐释大自然在生成其事物中的丰富性，其方式在感觉与经验尚未向我们启示之时，都是我们无法设想的，即便经验有时仍不足以弥补我们的无能。故此，倘若我不能准确地断定彗星的形成之因，那么我是应当受到宽宥的，况且我从未声言能够做到这一点，因为我懂得它会以某种不同于我们任何臆度的方式形成。对于握在我们手心的蝉，都难以弄明白其鸣声生自何处，因而对于处在遥远天际的彗星，不了解其成因何在，更应予以谅解了。

我的心灵没有说谎的嗜好

● 蒙 田

我宁可自己所有的事情都遭致失败，也不愿放弃自己的信念以求事情的成功，因为我对如今十分入时的虚伪美德深恶痛绝，没有一种比它更卑鄙、更无耻。这种卑躬屈膝的恶习，用一种假面具来伪装打扮自己，不让别人看见其真实面目。我们这个时代的人已学会了背信弃义，他们不得不说假话，说过的话也不讲信用，而且也不会遭到良心的谴责。心灵高尚的人不会掩饰自己的思想，而是敞开心扉，让人看到自己的心灵深处，至少这一切都充满了人情味。

亚里士多德认为，心灵的高尚之处在于能公开说出自己的爱恨，能十分坦诚地评论各种事情，能为了真理不顾别人的赞成或反对。

阿帕洛尼厄斯说，说谎是奴隶们做的事，说实话才是自由人做的事。这些都是美德的基本部分。为了美德必须爱美德。有人说真话，是因为某些原因而不得不这样做，或是因为这样对他更有利，在无关紧要的情况下说实话的人不能算作诚实人。我的心灵没有说谎的嗜好，一想到说谎就会恶心。

我有一种廉耻之心，如我说了谎话，良心就会备受折磨。有时我也说谎话，那是在我遇到意外，无法进行仔细辨析的情况下才说的。不需在任何时候都把自己的想法和盘托出，这样做是愚蠢的，但你所说的都应是真实的，否则就是别有用心。那些没完没了地说谎和弄虚作假的人，他们惟一能获得的好处，就是即使讲了实话，大家也不会信任他们。谎话只能欺骗别人一次两次，把弄虚作假变成自己的习惯并以此为荣，如同某些君王一样，假如他们的衬衫知道了他们的真实意图，他们就把它扔进火里，还说谁不会弄虚作假，谁就不会统治。倘若失去了诚实，那么这个人越聪颖机智，就越是可恶、可疑。

既然这些人所说的话人们都不相信，真不明白他们在与别人交往时究竟指望些什么。谁对真理不诚实，对谎话也不会诚实。有些人在评论某位君王时，只谈论他处理国家事务时获得的利益，而忽视了他为维护自己的信义和良心而作的努力。但他们的意见只适合那些用背信弃义的方法处事的君王。实际上，君王们常常会使用这种方法去媾和或缔结条约。利益使他们做出第一件背信弃义的事，但这第一次获利却给他带来了难以数计的损害。因背信弃义，这位君王失去了与其他君王的良好关系，并再也无法与他们达成一致意见。

幸福意味着自我满足

●蒙 田

自给自足，自己就是一切，这就是幸福最主要的品质。我们无须过多重复亚里士多德的名言："幸福意味着自我满足。"在商福特那措词巧妙的话语中也出现过同样的思想："幸福决非轻易获得的东西，在别处不可能找到，只有在我们身上才能发现。"

当一个人确信自己不能依靠其他任何人时，生活的重负和不利的处境、危险和烦恼就不仅难以计数，还不可避免。

追逐名利，饮酒狂欢，生活奢侈，所有这些都是通往幸福之路的最大障碍。它们会改变我们的生活，使我们享受到种种乐趣、欢快和愉悦，但它们同样也是导致期望和幻想的过程，而不断变幻的谎言将成为其不可避免的附属物。

一个社会必须包括成员之间的互相适应和社会对其成员的制约。这意味着社会的规模越大，越令人乏味。只有一个人独处时，他才是他自己。倘若他不喜欢独处，他便不热爱自由。只有当他孤独无依时，才真正是自由的。社会，常使人感到压抑和紧张，这种压抑感如同社会必然的附属品一样，使人无法摆脱。一个人的独立性越强，越难成为与他人交往关系的牺牲品。对于独居，是欢迎、忍耐还是逃避，要根据个人价值的大小来决定。当一个人独处时，可怜的人体验到的是他的全部不幸，聪明人喜欢的却是独处的高尚和伟大。每个人都将成为他自己。如果一个人在自然禀赋中居于较高的地位，那么他感到寂寞冷落便是自然而然且不可避免的。如果他周围的环境干扰了这种感觉，那么，这个环境对他就不适宜。如果他不得不会见许多性格迥异的人，他们将会对他施加种种影响，破坏他精神的宁静；他们将使他失去自我，却无法补偿这种损失。

朋　友

● 尼　采

“在我身边总有一个多余的人，”隐修者这样想。“原先总是一个人——时间一长，就成了两个人！”

本身的我和对手的我总是过分热心地对话：如果没有一个朋友，那怎么受得了？

对于隐修者，朋友总是第三者：第三者总是阻止二人的对话沉坠入深底的软木。

唉，对于一切隐修者总有太多的深渊。因此隐修者渴望有一个朋友，渴望有个朋友站着的高处。

我们相信他人，暴露出我们想在我们的内心里有个什么可供我们相信的东西。我们渴望一个朋友，这种渴望就是我们的自我暴露。

我们对朋友之爱，常常不过是想借此转移对朋友的嫉妒。我们为了隐匿我们自己有易被攻击的弱点，常常进行攻击，制造敌人。

“至少做我的敌人吧！”——这是想要友谊却没有胆量去乞求的、真正的敬畏之言。

如果你想有个朋友，你也必须愿意为他进行战斗：为了进行战斗，你必须能够做他人的敌人。

你应当把你的朋友当做敌人尊敬。你能很靠近地走向你的敌人而不转向着他吗？

你应当在你的朋友身上发觉有你的最好的敌人。在你跟他敌对时，你的心要跟他保持最大的接近。

你想在你的朋友面前一丝不挂吗？你想让他看到你的真面目，这才算是对朋友的尊敬吗？可是这样一来，他倒希望你去见鬼了！

谁要是毫不隐藏自己，会使人恼火：因此你们有充分的理由，对赤裸裸感到害怕！是的，如果你们是神，你们就可以以穿衣服为可耻！

对于你的朋友，无论你能打扮得怎样美观，总是不够的：因为对于你的朋友，你应当是瞄向超人的箭和憧憬。

你可曾观看在熟睡时的你的朋友——为了要看清他的真面貌？平常在没有入睡时的你的朋友的面貌是怎样的？那是你自己的脸，映在一面粗而不完美的镜子里的你自己的脸。

你可曾观看在熟睡时的你的朋友？看到你的朋友在睡觉时的面孔，你有没有感到吃惊？

哦，我的朋友，人是必须要被超越的一种东西。

做一个人的朋友，必须是善于推测和沉默的能手：你不应当想看到一切。你的朋友在没有睡觉时所做的一切，应当由你的梦告诉你。让推测成为你的同情吧：你要首先知道，你的朋友是否要人同情他。也许他对你感到喜爱的，是你的毫不动摇的眼睛和永远澄明的眼光。让你把对朋友的同情藏在一个坚硬的壳里，在你咬它时，要咬断你的一颗牙齿。这样，你的同情才具有微妙的甘美的味道。

对于你的朋友，你是新鲜的空气、孤独、面包和药物吗？好些人不能挣脱自己的枷锁，却能做他的朋友的解放者。

你是一个奴隶吗？那你就不能做朋友。你是一个专制者吗？那你就不能有朋友。

在女性的内心里，有一个奴隶和一个专制者藏身太久。因此，女性还没有能力交友，她只知道爱情。

在女性的爱情里，对于她所不爱的一切，存有不公正和盲目性。即使在女性的有意识的爱情里，除了有光之外，还有突然袭击、闪电和黑夜。

女性还没有能力结交：女性至今还是猫咪、小鸟。或者，在最好的情况下，是母牛。

女性还没有能力结交。可是，告诉我，你们男人们，在你们之中到底谁有能力结交呢？

唉，你们男人们啊，你们的灵魂的贫乏，你们的灵魂的吝啬！我甚至愿意给我的敌人，像你们给你们的朋友那样多，而不愿因此变得更贫乏。

有同志关系：但愿有友谊！

查拉图斯特拉如是说。

自然——断片芬

● 歌　德

自然！她环绕着我们，围抱着我们——我们不能越出她的范围，也不能深入她的秘府。

不问也不告诉我们，她便把我们卷进她的漩涡圈里，挟着我们奔驰直到倦了，我们脱出她的怀抱。

她永远创造新的形体；现在有的，从前不曾有的，曾经出现的，将永远不再来；万象皆新，又终古如斯。

我们活在她怀里，对于她永远是生客。她不断地对我们说话，又始终不把她的秘密宣示给我们。我们不断地影响她，又不能对她有丝毫把握。

她里面的一切都仿佛是为产生个人而设的，她对于个人又漠不关怀。她永远建设，永远破坏，她的工场却永远不可即。

她在无数儿女的身上活着，但是她，那母亲，在哪里呢？她是至上无二的艺术家：把极单纯的原料化为种种极宏伟的对照，毫不着力便达到极端美满和极端准确的精密，永远用一种柔和的轻妙描画出来。她每件作品都各具心裁，每个现象的构思都一空倚傍，可是这万象只是一体。

她给我们一出戏看，她自己也看见吗？我们不知道；可是她正是为我们表演的，为了站在一隅的我们。

她里面永远有着生命，变化，流动，可是她毫不见进展。她永远迁化，没有顷刻间歇。

她不知有静止，她诅咒固定。她像是灵活的。她的步履安详，她的例外稀有，她的律法万古不易。

她自始就在思索而且无时不在沉思，并不照人类的想法而照自然的想法。她为自己保留了一种特殊而普遍的思维秘决，这秘决是没有人能窥探的。

一切人都在她里面，她也在一切人里面。她和每个人都很友善地游戏：你越胜她，她也越喜欢。她对许多人动作得那么神秘，他们还不曾发觉，她已经做完了。

既反自然也是自然。谁不到处看见她，便无处可以清清楚楚地看见她。

她爱自己，而且借无数的心和眼永远黏附着自己。她尽量发展她的潜力以享受自己。

不断地，她诞生无数新的爱侣，永无餍足地去表达自己。

她在幻想里得着快乐。谁在自己和别人身上把它打碎，她就责罚他如暴君；谁安心追随它，它就把它像婴儿般偎搂在怀里。

她有无数的儿女，无论对谁她都不会吝啬；可是她有些骄子，对他们特别慷慨而且牺牲极大。一切伟大的，她都用爱护来荫庇他。她使她的生物从空虚中溅涌出来，却不对它们说从哪里来或往哪里去，它们尽管走就得了。只有她认得路。

她行事有许多方法，可是没有一条是用旧了的，它们永远奏效而且变幻多端。

她所演的戏永远是新的，因为她永远创造新的观众。生是她最美妙的发明，死是她用以获得无数的生的技术。

她用黑暗的幕裹住人，却不断地推他向光明走，她把他坠向地面，使他变成懒惰和沉重，又不断地摇他使他站起来。

她给我们许多需要，因为她爱动。那真是奇迹：用这么少的东西便可以产生这不息的动。一切需要都是恩惠：很快满足，立刻又再起来。她再给一个吗？那又是一个快乐的新源泉，但很快她又恢复均衡了。

她刻刻都在奔赴最远的途程，又刻刻都达到目标。

她是一切虚幻中之虚幻，可是并非对我们；对我们，她把自己变成了一切要素中之要素。

她任每个儿童把她打扮，每个疯子把她批判。万千个漠不关心的人一无所见地把她践踏，无论什么都使她快乐，无论谁都使她满足。

你违背她的律法时在服从她；企图反抗她时也在和她合作。无论她给什么都是恩惠，因为她先使变为必需的。她故意延迟，使人渴望她；特别赶快，使人不讨厌她。

她没有语言也没有文字，可是她创造无数的语言和心，借以感受和说话。

她的王冕是爱，单是由爱你可以接近她。她在众生中树起无数的藩篱，又把它们全数吸收在一起。你只要在爱杯里啜一口，她便慰解了你充满忧愁的一生。

她是万有。她自赏自罚，自乐又自苦。她是粗暴而温和，可爱又可怕，无力却又全能。

一切都永远在那里，在她身上，她不知有过去和未来。现在对于她是永久。她是慈善的。

我赞美她的一切事功。她是明慧而蕴藉的，除非她甘心情愿，你不能从她那里强取一些儿解释，或剥夺一件礼物。她是机巧的，可是全出于善意；最好你不要发觉她的机巧。

她是整体却又始终不完成。她对每个人都带着一副特殊的形象出现。她躲在万千个名字和称呼底下，却又始终是一样。

她把我放在这世界里；她可以把我从这里带走。她要我怎么样便怎么样。她决不会憎恶她手造的生物。解说她的并不是我。不，无论真假，一切都是她说的，一切功过都归于她。

一对奇异的邻家孩子

● 歌　德

两个出身显贵的邻家孩子，一男一女，年龄相当，大家希望他俩结为夫妻，就让他俩一块儿长大，双方父母企盼着成为亲家。然而，大家很快发现，似乎事与愿违，这两个天性可爱的孩子竟成了一对小冤家。也许他俩太相像了。两人都关注自己的内心，意愿明确，决心笃定；两人各自为同伴所喜爱和尊敬；但只要在一块儿，就成了冤家，总是各自为战，互相作对，不是为一个目标而你追我赶，而总是为一个目的争来抢去。

这种奇异的关系在儿童游戏里就已初显端倪，随着他俩年岁的增加日益明显。男孩子自然爱玩打仗的游戏，分成两军，展开厮杀。有一回，这个倔强勇敢的女孩自立为一支军队的首领，向另一支军队开战。她战斗得那么勇猛凶狠，若不是她的死对头没有乖乖就范，最终把她缴械擒拿，这支军队早已被打得落花流水、溃不成军了。即使如此，她仍然反抗得很凶，而他为了既保住自己的眼睛，又不伤着这个女敌，不得不拽下自己的丝围巾，反绑住她的双手。

为此，她永远也不肯原谅他，于是，她想方设法跟他捣乱，对这种古怪的激情，双方父母早已十分关注，见此情形，协商决定把这两个小冤家分开，断掉原来美好的希冀。

男孩在新环境中很快就崭露头角。门门功课他一学就通。根据他的赏识者的愿望和他自己的志向，他人伍从戎了。他不管到哪儿，都遍受喜爱和尊重。他的才干似乎只是为了给他人谋福利，他内心朦朦胧胧地为失去了上天为他而设的冤家感到幸福。

女孩的情形却骤然间变了。她的年龄、她的与日俱增的教养以及她内心的某种感觉，使她远离了她向来爱和男孩们一起玩的激烈游戏。总之，她觉得若有所失，周围没有什么能激起她的恨。她还没有觉得谁可爱。

一个年轻人，年龄比她先前的邻居冤家大，有地位，有财产，有势力，在社交场合受到喜爱，为女人们所垂青，对她一往情深。生平第一回，一位朋友、情人加仆人拜倒在她的石榴裙下。面对众多比她年长、比她更有教养、更光彩夺目、更高不可攀的女人，他偏偏对她献殷勤，这使她大为快慰。他锲而不舍地追求她，却并不惹她烦，他在各种不太愉快的场合忠心耿耿地为她效劳，他在她父母面前虽已提出求婚，却不急不躁，等待着充满希望的前景，因为她年岁还小：凡此种种，都甚合她意，另外，习惯以及世所公认的关系也促进了事情的发展。她常常被称为他的未婚妻，久而久之，她也真这样认为了。与此同时，那位离家者已发展得尽善尽美，顺理成章地登上了一级迈向他的生活目标的阶梯，休假时回来看望家人。他又一次站在了他那美丽的女邻居面前，十分自然，却又相当奇特。最近这段时间，她心中不断滋长着待嫁女子的那种温煦的家庭情感，她与周围的一切都和和睦睦；她觉得很幸福，在某种程度上也确实如此。可现在，很长一段时间以来，头一次又有人站在了她对面。这次他并没有引起她的恨，她已经缺乏去恨的心劲儿了。那孩提时的恨其实不过是在暧昧地攒赏对方的内在价值，而现在，他俩惊喜快慰地互相注视着，坦白的话都说到对方心里去了，半推半就却又不可阻挡地互相接近，这一切都是双方面的。他俩久别重逢，自然有好多话要说。就连少不更事时的鲁莽之举也成了充满童趣的回忆，仿佛至少得通过友好谨慎来化解往日顽皮的仇恨，似乎一说起先前的认友为敌，就应当明明确确地表示互相的赞许。

对他来说，一切都保持在明智而令人欣慰的尺度中。他有那么多的事需要考虑：他的地位、社会关系、追求和抱负，因此把这位美丽的未婚妻的友谊视为一份值得感谢的馈赠，惬意地接受下来，未曾将她与自己联系起来想，或对她的未婚夫心生妒意，他与这位未婚夫还交情甚好呢。

她的感觉则截然不同。她觉得如梦初醒。孩提时与她的小邻居打打闹闹，那曾是她的第一次激情，那场激战表现为相互的反感，其实不过是与生俱来的强烈爱慕使然。她现在蓦然回首，才发现自己一直在爱着他。她回想起自己手持兵刃寻觅冤家，不禁莞尔一笑；她努力回想当他解除她的武装时，她心中那万分甜蜜的感觉；她简直觉得当他捆绑她的双手时，她心中幸福极了，她这才明白，她那时想方设法跟他捣乱、惹他生气，不过是为了引起他的注意。

美丽的未婚妻心里越是滋生这种想法，这颗美丽的心灵就愈发向一边倾斜了。一方面，她已被周围世界、家庭、未婚夫以及自己的应允紧紧束缚，另一方面，那个雄心万丈的小伙子对她丝毫不隐瞒他的心中所想、他的计划和前途，在她面前只是一位忠实的连温柔体贴都谈不上的兄长。说起他即将启程，她孩提时乖戾而粗暴的心性仿佛又苏醒过来，而且，在这更高的生活阶段上增添了愤懑，就会做出更惊人、更不可收拾的事来。她决心去死，以此惩罚这个她憎恨过、现在深爱着的人，惩罚他的漠然，她既然得不到他，就与他的缅怀和懊悔永结姻缘吧。让他再也忘不了她的死，让他无休止地自责，责备自己没能看出、没能了解、没能珍惜她的心意。

她不管走到哪儿，脑袋里都装着这种古怪的疯狂念头。她用各种伪装掩盖这种想法，大家虽然觉得她有些怪异，却没有人足够警觉或足够聪颖，能看出她内心的真正缘由。

这段时间，亲朋好友都在忙着为几个节日做准备。我们的那位年轻游子也想在离家前略表心意，邀请了这年轻的一对和关系较近的亲戚，做一次水上之游。大家似乎要把岸上的舒适带到水上，登上了一艘装扮得很漂亮的游艇，游艇上有一个小厅和几间舱室。

在音乐声中，船行驶在宽广的河面上；天气炎热，大家聚集在底舱，玩着智力游戏和扑克牌。年轻的主人一刻也不愿闲着，掌起舵来，顶替了年迈的船主，船主就在他身旁睡着了；清醒的这位必须特别小心，因为船正驶向两岛之间河面的狭窄处，两块岛屿平缓的鹅卵石岸时而从这边，时而从那边伸进河里，使这里的水流湍急险恶。这位谨慎而目光锐利的舵手差点要叫醒船主了，却还是壮起胆子，驶向狭窄处。就在这时，他那美丽的女冤家出现在甲板上，头上戴着花环。她摘下花环，把它扔给舵手。“拿着它作纪念吧！”她喊道。“别打搅我！”他一边接住花环，一边对她喊道：“我必须集中精力、全神贯注。”“我再也不会打搅你了，”她大声说，“你再也不会见到我了！”她说完，奔向船头，纵身跳进水里。一些人叫了起来：“救人啊！救人啊！她快淹死了。”他在这紧急时刻不知该顾哪头。叫声把老船主惊醒了，他想重新掌舵，年轻的舵手也想把舵交给他；然而，已经来不及替换了：船搁浅了。就在这时，他飞快地扔掉累赘的衣服，一头扎进水里，游向美丽的女冤家。

对于熟悉水性的人来说，水是亲善之物。水载着他，这位熟练的泅水者驾驭着水。他很快就游到了那被水冲走的美人身边；他抓住她，把她托出水面，举着她往前游；汹涌的河水冲着他俩，一直冲到离岛屿很远的地方，这里，河面又变得宽阔平坦了。他这才从最初的紧张状态中缓过劲儿来，这之前他什么也顾不上想，只是机械地游着。他抬起头环顾四周，尽力游向一块灌木丛生的平地，那块地缓缓地融入河流。他将这美丽的猎物放到干地上；可她已经没有一丝气儿了。他感到绝望，这时他眼前一亮，看见一条灌木丛中踏出的小路。他重又背起这珍贵的重负，没走多久，就看见一座孤零零的房子。到了那儿，他遇到了好人，一对年轻夫妇。他很快讲述了发生的不幸。他略微思索提出的要求都得到了满足。屋子里燃起一堆旺火；床上铺好了毛毯；这对夫妇赶紧拿出了家里的兽皮等御寒之物。救人要紧，容不得任何别的顾忌。为了使这个冻僵的、美丽赤裸的身体恢复生机，用尽了所有办法。终于成功了。她睁开双眼，看见这位朋友，伸出天使般的臂膀，搂住他的脖子。她就这样搂了很久，一串泪水涌出她的双眸，使她彻底痊愈了。"我又找到你了，"她喊道，"你还想离开我吗？""再也不了，"他叫道，"再也不了！"却不知他在说什么、在做什么。"你可要珍重，"他加了一句，"珍重！为了你，也为了我，你得为自己着想。"她一想到自己，才发现自己是什么状态。在情人、救命恩人面前没什么可害羞的；可她还是愿意让他先出去，这样他也能换身衣服。他浑身上下湿透了，还滴着水呢。

那对年轻夫妇商量好了：他给小伙子穿他的婚礼服，她给这美人穿她的，这两套衣服还都完完整整地挂在那儿，正好把这一对从头到脚打扮一新。没多久，这两位历险者不仅穿戴一新，而且打扮齐整了。他俩看上去可爱极了，走到一块儿时，不禁惊讶地互相打量着，看见这乔装打扮，忍不住微笑，激情澎湃地紧紧拥抱。青春的力量和爱的活力使他们瞬息之间完全复原，若是再有音乐，他们就会翩翩起舞了。从河流到陆地，从死亡到生命，从家庭到荒野，从绝望到喜悦，从漠然到爱慕和激情，他俩又走到了一起，这一切都发生在一刹那——脑袋简直想不明白这一切，再想就会裂开了、晕糊了。要承受这种大悲大喜，非得竭尽心力不可。

他俩沉醉在幸福中，过了好一会儿，才想起船上的人们一定在为他们担心，而他们一想到又要面对他们，也不免有些害怕和担心。"我们要逃走吗？我们要藏起来吗？"小伙子说。"我们要呆在一起。"她说着就搂住了他的脖子。

我的观察

● 达尔文

少年时期起，我就抱有极强烈的愿望，想去了解或说明自己观察到的事物，也就是说，想把一切事物都分门别类，归纳到某些普适的法则中。所有这些错综复杂的因果关系，曾培养了我的一种耐心，能够在悠长的岁月中，对任何一个悬而未决的问题，进行执著的思考。对于别人的论断，我并不轻易听信，盲目遵从。我始终努力保持自己的思想自由，以便一旦事实明显地相左于我深爱的任何假说时，马上就放弃这个假说。的确，我只能照此办法去行动，别无他径可选择。因为我记得，凡是初次建立的假说，经过一段时间后，我总会或不得不放弃，或作重大的修正，只有《珊瑚礁》一书中的假说是个例外。富有怀疑态度，这对科学家是有利的。然而，我曾遇见不少人，正是由于缺乏怀疑态度，不敢去设立试验和进行观察工作，尽管这些工作具有直接或间接的益处。

为了说明这一点，现在举出我很早就知悉的一个十分离奇的事例。

有一位先生（后来才知，他是一位优秀的植物学家），他从我国东部郡县写信告诉我，那一年各地的普通豆科植物种子，即豆子，竟与往年不同，都错误地生在豆荚的另一侧。我在复信中请他作更详尽的报道，因为我不理解他所指的是什么。但过了很久却无回复。此后，我看到了两张报纸，一张是肯特郡的，另一张是约克郡的，上面都载有一则新闻，报道这个十分引人注目的事实：“本年所有的豆子，都错误地生在（豆荚的）另一侧。”那时我就想，这种说法流传得这样广泛，一定有某种根据。因此，我就去找自己的园丁——一位肯特郡的老人，我问他，对这种说法，究竟听到过什么来历。他回答：“哦，不对，先生！这一定是搞错了。因为只有在闰年，豆子才会生在（豆荚的）另一侧，可今年却不是闰年呀！”接着我再问他，豆子在平常年份怎样生长，在闰年又怎样生长。我马上就发觉他对于豆子在不同年份生长的情形，一概不知，不过他还是一直坚信自己的判断。

又过了一段时间，我那位最初的报道者，来信向我表示万分歉意，并且说，上次要是没有听到几个有文化的农民提出这种说法，那他就不会写信告诉我；可是后来，他再去同那几个农民交谈，才知道他们个个都丝毫不知道他所指称的事。

因此，这里就会有这种情形：一种信念，如果是把毫无明确观念的有关说法叫做信念的话，那么，用不着任何证据，它就可以不胫而走，几乎会传遍英国全境。

一点不能再浪费光阴了

● 卢　梭

我的读书方法，很难使我得到益处，而只能增加我的疲劳。由于我对事物没有正确的理解，竟认为要从读一本书得到好处，必须具有书中所涉及到的一切知识，丝毫没考虑到就是作者本人也没有那么多的知识，他写那本书所需要的知识也是随时从其他书中吸取来的。由于我的愚蠢的想法，我读书的时候就不时地停下来，从这本书跳到那本书，甚至有时我所要读的书自己看了不到十页，就得查遍好几所图书馆。我顽固地死抱着这种极端费力的办法，浪费了无数的时间，脑子里越来越混乱不堪，几乎到了什么也看不下去、什么也不能领会的程度。幸而我发觉得尚早，知道自己已经走上一条错误的道路，使我置身在一个漫无边际的迷宫里，因此在我还没有完全迷失在里面以前就回头了。

一个人只要对于学问有真正的爱好，在他开始钻研的时候首先感觉到的就是各门科学之间的相互联系。这种联系使它们互相牵制、互相补充、互相阐明。哪一门也不能独立存在。虽然人的智力不能把所有的学问都掌握，而只能选择一门。但如果对其它科学一窍不通，那他对所研究的那门学问也就往往不会有透彻的了解。我觉得我的思路是好的和有用的，只是在方法上需要改变一下。我首先看的就是百科全书，我把它分成几个部分加以研究。不久，我又认为应当采取完全相反的方法：先就每一个门类单独加以研究，一个一个地分别研究下去，一直研究到使它们汇合到一起的那个点上。这样，我又回到一般的综合方法上来了，但我是掌握了正确的方法，有意识这样做的。在这方面，我的深思弥补了知识的不足，合乎情理的思考帮助我走上了正确的方向。不论我是活在世上还是行将死去，我都一点不能再浪费光阴了。25岁的人了，还是一无所知，要想学到一切，就必须下决心很好地利用时间。由于不知道什么时候命运或死亡可能打断我这种勤奋治学的精神，所以我无论如何也要先对一切东西获得一个概念，为的是一方面可以试探一下我的天资，另一方面也可以亲自来判断一下最好是研究哪一门科学。

我在执行这个计划的过程中，发现一个原先没有料到的好处，那就是：很多时间都利用上了。应当承认，我本不是一个生来适于研究学问的人，因为我用功的时间稍长一些就会感到疲倦，甚至我不能一连半小时集中精力于一个问题上，尤其在顺着别人的思路进行思考时更是这样。虽然我顺着自己的思路进行思考，时间可能比较长些，而且还能有相当的成果。如果我必须用心去读一位作家的著作，刚读几页，我的精力就会涣散，并且立即陷入迷惘状态。即使我坚持下去，也是白费，结果是头昏眼花，什么也看不懂了。但是，如果我连续研究几个不同的问题，即使毫不间断，我也能轻松愉快地一个一个地寻思下去，这一问题可以消除另一问题所带来的疲劳，用不着休息一下脑筋。于是，我就在我的治学计划中充分利用我所发现的这一特点，对一些问题交替进行研究。这样，即使我整天用功也不觉得疲倦了。当然，田园里和家里的那些零星活计也是一种有益的消遣，但是，在我的求知欲日益高涨的时候，不久我便想出一种能从工作中匀出学习的时间并且能够同时从事两件事的办法，而不去顾虑哪一件会进行得稍差一些。

为了尽可能做到既轻松愉快而又得到益处，我在时间的分配上进行了种种不同的试验，我一想起这点，就感到极为欣慰。对我来说，我的努力仿佛已经取得了结果，甚至还要超过许多，因为学习的乐趣在我的幸福中占据了主要的成分。

卢梭是8世纪欧洲著名的资产阶级启蒙思想家之一。他出身于一个平民家庭，一生中走过了漫长的坎坷的道路，长期过着流浪汉的生活，曾经当过学徒、仆人、伙计，并像乞丐一样进过收容所。他坚持不懈地勤奋自学，终于成了一个不论在社会政治思想方面，还是文学艺术方面都取得巨大成就的历史伟人。他在自己晚年写的名著《忏悔录》中，生动形象地记录了他一生刻苦自学和个人奋斗的事迹。本文是其中一个片断。

生活在大自然的怀抱里

● 卢　梭

为了要到花园看日出，我比太阳起得更早；如果这是一个晴天，我最殷切的期望是不要有信件或来访扰乱这一天的清宁。我用上午的时间做各种杂事。每件事都是我乐意完成的，因为这都不是非立即处理不可的急事，然后我匆忙用膳，为的是躲避那些不受欢迎的来访者，并且使自己有一个充裕的下午。即使最炎热的日子，在中午一点钟前我就顶着烈日带着小狗芳夏特出发了。由于担心不速之客会使我不能脱身，我加紧了步伐。可是，一旦绕过一个拐角，我觉得自己得救了，就激动而愉快地松了口气，自言自语地说："今天下午我是自己的主宰了！"接着，我迈着平静的步伐，到树林中去寻觅一个荒野的角落，一个人迹不至因而没有任何奴役和统治印记的荒野的角落，一个我相信在我之前从未有人到过的幽静的角落，那儿不会有令人厌恶的第三者跑来横隔在大自然和我之间。那儿，大自然在我眼前展开一幅永远清新的华丽的图景。金色的燃料木、紫红的欧石南非常繁茂，给我深刻的印象，使我欣悦；我头上树木的宏伟、我四周灌木的纤丽、我脚下花草的惊人的纷繁使我眼花缭乱，不知道应该观赏还是赞叹：这么多美好的东西竞相吸引我的注意力，使我在它们面前留步，从而助长我懒惰和爱空想的习惯，使我常常想："不，全身辉煌的所罗门也无法同它们当中任何一个相比。”

我的想象不会让如此美好的土地长久渺无人烟。我按自己的意愿在那儿立即安排了居民，我把舆论、偏见和所有虚假的感情远远驱走，使那些配享受如此佳境的人迁进这大自然的乐园。我将把他们组成一个亲切的社会，而我相信自己并非其中不相称的成员。我按照自己的喜好建造一个黄金的世纪，并用那些我经历过的给我留下甜美记忆的情景和我的心灵还在憧憬的情境充实这美好的生活。我多么神往人类真正的快乐，如此甜美、如此纯洁，但如今已经远离人类的快乐。甚至每当念及此，我的眼泪就夺眶而出！啊！这个时刻，如果有关巴黎、我的世纪、我这个作家的卑微的虚荣心的念头来扰乱我的遐想，我就怀着无比的轻蔑立即将它们赶走，使我能够专心陶醉于这些充溢于我心灵的美妙的感情（然而，在遐想中，我承认，我幻想的虚无有时会突然使我的心灵感到痛苦。甚至即使我所有的梦想变成现实，我也不会感到满足：我还会有新的梦想、新的期望、新的憧憬。我觉得我身上有一种没有什么东西能够填满的无法解释的空虚，有一种虽然我无法阐明，但我感到需要的对某种其他快乐的向往。然而，先生，甚至这种向往也是一种快乐，因为我从而充满一种强烈的感情和一种迷人的感伤——而这都是我不愿意舍弃的东西）！

我立即将我的思想从低处升高，转向自然界所有的生命，转向事物普遍的体系，转向主宰一切的不可思议的上帝。此刻我的心灵迷失在大千世界里，我停止思维，我停止冥想，我停止哲学的推理；我怀着快感，感到肩负着宇宙的重压。我陶醉于这些伟大观念的混杂，我喜欢任由我的想象在空间驰骋；我禁锢在生命的疆界内的心灵感到这儿过于狭窄，我在天地间感到窒息，我希望投身到一个无限的世界中去。我相信，如果我能够洞悉大自然所有的奥秘，我也许不会体会这种令人惊异的心醉神迷，而处在一种没有那么甜美的状态里；我的心灵所沉湎的这种出神入化的佳境使我在亢奋激动中有时高声呼喊：“啊，伟大的上帝呀！啊，伟大的上帝呀！”但除此之外，我不能讲出也不能思考任何别的东西。

把吹口哨的心情找回来

● 爱默生

一个积极思考者常会有意识地使自己保持心情愉悦。你期望快乐，便会找到快乐。你寻找什么，便会发现什么。这是人生的基本法则。活着是一件多么好的事！多么愉快的早晨！我从未感到如此开心！我想今天一定会是美好的一天。

这话听起来可能有点奇怪，但我今天早上确实感到如此。我很快乐，觉得很舒服，今天我准备享受诸多生活乐趣。当我走在大街上，如果像年轻时那样吹口哨，我也不觉得奇怪。

想想看吧！在纽约的街道上，我已经好久没有听到有人吹口哨了！这并不是我一个人的感想。有一天，我去找朋友比尔·亚瑟谈天。他是著名的《展望》杂志的总编。“你是否注意到，走在麦迪逊大街上竟没有一个吹口哨的人？”他问我。他是在南部的肯塔基州长大的。他说，他记得他小时候的人比起现在的人会找乐子，生活有趣得多。为什么会这样呢？如果你也如此，你该如何把过去的那种想吹口哨的心情找回来，成为你此刻的生活态度呢？你该如何找回内心深处那种自然的、毫不做作的乐趣？我最近听说，有一个有名的精神医师，正在进行一项“积极心理”的计划。每次当他要描述自己希望获得的结果时，他总是要谈到他的狗。他说：“每天下班回家，我的狗总是很高兴地来迎接我，又叫又跳，非常高兴。这和我白天在医院里所看到的病人忧伤、沮丧的脸，恰好相反。我的狗知道如何享受生活，这也应是我们对待生活的方式。”

当然，我不是建议大家像狗一样到处又跑又跳。我知道有些人如果表露出过分的快乐，会让人感到滑稽。我常常怀疑，这样的人的快乐是装出来的。但是我们也知道有少数人是发自内心感到高兴的。这便是关键所在。所谓真正的乐趣并不是表面上的，或随处可见的，而是一种发自内心的感觉。你是因为你的处境和你所做的事感到无比的幸福。你如果暗中注意这种人，就可以发现他们总是在唱歌或吹口哨。让我重复一次，今天我真的感到快乐，我想我可以说出感到快乐的原因。昨天是个晴朗的星期天，下午我和太太露丝还有小女儿丽莎一起散步。我们在一起很快乐，玩得很开心。

我们沿着公园走上第 5 大街，步履轻快，挺胸抬头，兴致高涨。“抬头挺胸走路真有趣！”我们齐声说。

我们走了约一里的路，觉得全身舒畅，充满活力。我们走过第 5 大街上的莱特大厦和汉姆博物馆时，丽莎说：“看，多美啊！”以前我从没想到过这些建筑物有多特别，丽莎一说，我便抬头又看了一次，这时，我才真正了解了伟大的建筑以及注入到这个建筑中的人生乐趣。它高高的尖顶直入云霄，真正传达着一种振奋、快乐和活力。我第一次觉得自己开始喜欢上它了，而这可能是我当时的一种发自内心的感觉。这真是关键所在。当你觉得心情愉快时，你会情不自禁地表现出快乐的神情，同时会欣赏万物，心中的幸福感也油然而生。心理学家亨利·C·林克博士说，当他看到病人沮丧时，他会要他沿着街道疾走一阵。“快快地走，绕街道走十圈。”林克博士说，“这样走的话，可以锻炼大脑的活动中心，使你的血液从情绪中心流泻出去。而当你走回来后，你会变得较理性，而且比较能接受积极思想。”

你的身体健康状况，与你能否享受生活有关系。当你精神振奋、心境开阔、容光焕发时，生命便也呈现出新的意义。适量的运动及休息，是心情愉快的必要因素。我读过的一篇文章说，有些科学家最近对他们所谓的“大剂量催眠剂”做过实验。他们让那些易疲倦和上了年岁的人服用这些药物，帮助他们休息。结果发现，这些人的生理功能增强、寿命延长、疾病消失了。当然，他们也焕发了新的活力，找到了生命的乐趣。

所以，要获得人生更大的乐趣，首先要感觉正确。而要想使自己的感觉正确，必须好好对待自己的身体。

第二步是思想正确。要好好对待自己的心灵，积极地思考。一个积极思考者常会有意识地使自己保持心情愉悦。你期望快乐，便会找到快乐。你寻找什么，便会发现什么。这是人生的基本法则。开始寻找快乐吧，你一定不会失望。

（薛建伏摘）

相信自己吧

● 爱默生

相信你自己的思想，相信你内心深处所确认的东西众人也会承认——这就是天才。尽管摩西、柏拉图、弥尔顿的语言平易无奇，但他们之所以成为伟人，其最杰出的贡献乃在于蔑视书本教条，摆脱传统习俗，说出他们自己的，而不是别人的思想。一个人应学会更多地发现和观察自己心灵深处那一闪即过的火花，而不只限于仰观诗人、圣者领空里的光芒。可惜的是，人总不留意自己的思想，不知不觉就把它抛弃了，仅仅因为那是属于他自己的。

在天才的著作里，我们认出了那些自己业已放弃的思想，它们显得疏异而庄严。于是，它们为我们拱手接纳一即便伟大的文学作品也没有比这更深刻的教训了。这些失而复得的思想警谕我们：在大众之声与我们相悖时，我们也应遵从自己确认的真理，乐于不作妥协。

随着学识渐增，人们必会悟出：嫉妒乃无知，模仿即自杀；无论身居祸福，均应自我主宰；蕴藏于人身上的潜力是无尽的，他能胜任什么事情，别人无法知晓，若不动手尝试，他对自己的这种能力就一直蒙昧不察。

相信自己吧！这呼唤震颤着每一颗心灵。

伟人们向来如此，他们孩童般地向同时代的精英倾吐心声，把自己的心智公之于众，自本自为；从而拔萃超类。

但人们却常被自己的意识关进了囚牢。一旦他的言行给自己带来声誉，他便受制于众人的好恶，从此难免要取悦于人。他再也不能把别人的感情置之度外了。

对外界的妥协态度，威胁了人们的自信力。往往，你对自己往昔的言行且敬且畏，只图与之相协调，因为除了自己往昔的行为以外，再无其他数据可供别人来计算你的轨迹了；而让人失望又非你所愿。

但为什么要回顾过去，为什么为了不与你在大庭广众下陈述过的观点相抵触，就拖着记忆的僵尸不放呢？假如那是你务须反驳的谬论，那又怎样呢？看来即使在纯记忆的行为里，你也不能只单单依赖记忆力，而应该把往事摆在千目共睹的现在来判断，从此以后不断自赎自新——这才是智慧之道。

愚蠢的妥协调和是小人的伎俩，它为渺小的政治家、哲学家和神学家所崇拜。我们今天应该确凿地说出今天的想法，明天则应确凿地说出明天的意见，即使它与今日之见截然相悖。——“哎呀，这么一来你肯定会被误解的！”——难道被误解是如此不足取吗？毕拉哥拉斯就曾被误解，还有苏格拉底、路德、哥白尼、伽利略、牛顿，还有古今每一个有血有肉的智慧精灵，他们唯谁未遭误解？欲成为伟人，就不可避免地要遭误解。

人往往懦弱而爱抱歉；他不敢直说“我想”、“我是”，而是援引一些圣人智者的话语；面对一片草叶或一朵玫瑰，他也会抱愧负疚。他或为向往所耽，或为追忆所累；其实，美德与生命力之由来，了无规矩，殊不可知；你何必窥人轨辙，看人模样，听人命令——你的行为，你的思想、品格应全然新异。

低级牢骚、高级牢骚和超级牢骚

● 马斯洛

我认为，牢骚的水平，即一个人的需要、渴望、希望的水平，可以用来表示他的生活的动机层次。假如在工业环境中研究牢骚的水平，它就可以作为一种对整个组织的健康水平的衡量。特别是当取样足够大时更是如此。

以生活在贫穷工业环境的工人为例，在这种环境里，担忧、贫困、甚至纯粹饥饿，都是完全可能的，而这些又决定了工作的选择、老板行为的方式和工人们对残酷待遇的顺从，等等。对上述情况有牢骚或怨言的工人，往往缺乏最低层次基本需要的满足。

高级需要层次主要是指尊重以及自我尊重的层次，其问题包括尊严、自发性、自我尊重、他人尊重，还包括价值感、获得赞扬或奖赏的感情以及成就和荣誉等等。在这一层次上的牢骚，多半是指这类事情：尊严的丧失、对自尊或威信的威胁等。

现在，开始涉及到超级牢骚了。我现在这里指的是在倾向于自我实现的生活里保持的超越性动机。更具体一些，这可以概括为成长性价值。这些对于完善、正义、美、真以及其它类似东西的超越性需要，也表现在一定的工业环境中。在这种环境中，很可能有对效率低的抱怨，甚至在这种低效率并不影响抱怨者的钱包时也是如此。实际上，抱怨者是在批评他所处的世界的不完善。人们几乎可以把它看成是某个利他主义哲学家所发出的抱怨，而不是自私的抱怨。抱怨者或者可能会抱怨没有得到全部的真理、全部的真实情况，以及在自由交流方面的障碍。我在工人所提建议、草案中见过大量关于正义的牢骚。这些工人们所处的地方管理良好。他们往往抱怨一种非正义，即使这种非正义对他们个人财务有利也是如此。另一种超级牢骚是抱怨美德没有得到报偿，邪恶反而得到了嘉奖，也就是抱怨一种正义的失败。

换言之，上述每一件事都非常强烈地说明人类将总是抱怨。没有什么伊甸乐园，天堂也不存在。不能设想，再经过 100 万年的进一步发展就会实现尽美尽善。不管有什么满足、什么好事、什么幸运，人们总是能够把它们塞进自己的胃口。这样，由于人们不安地看出事情能变得比此刻更完善，一旦他们习惯了已有的好事，就会忘掉它们，为了更加高级的好事把手伸向未来。在我看来，这是一种连续不断地进入未来的永恒过程。

我在管理学文献中看到了大量的失望与幻灭，以及对整个开明的管理哲学的暂时的放弃，重新回到权力主义的管理。这是因为管理部门对于得不到感激，对于虽然条件好转而牢骚仍不断这些情况感到强烈失望。但是，按照动机理论，我们决不应期待牢骚的中止，只应期待它们会变得越来越高级，也就是说，这些牢骚将从低级牢骚发展到高级牢骚，然后再从高级牢骚最后发展到超级牢骚。我绝不认为被责难必然总是坏的。我设想，被责难是分层次的，从低层次被责难向高层次被责难的发展是一种福音，是一件大好事，是良好的社会状况、良好的个人成熟等迹象。抱怨城市花园的规划不好，女委员们风风火火地跑进来抱怨公园里的玫瑰花没有受到充分的照料，这些事情本身都是极好的，因为它体现了抱怨者们生活的高度。为玫瑰花打抱不平，说明你的肚子不饿，你头上的天花板安全，你的炉子好用，你不必担心淋巴腺鼠疫，不必担心被暗杀，治安当局和消防系统的工作都很有效力，政府不错，教育制度良好，地方政治生活正常，以及其他条件都已满足。

如果一个文明的、明智的管理机构深刻地理解了这一切，那么这样的管理机构将会看到，条件的改善会提高上面概括过的牢骚层次和被责难水平，而不会指望改善了的条件将使一切牢骚消失。这样，他们就几乎不会因为在耗费大量的人力物力之后，仍然有牢骚存在而感到幻灭、懊恼。

布拉格之手

● 阿贝尔

1921 年或 1922 年的某一天，《卡夫卡口述》的作者古斯塔夫·雅诺施和卡夫卡博士一起从工伤保险公司往老城环形路走，走到泰因霍夫斜对面的雅各布教堂，卡夫卡提起了面前的建筑。是一个初春或者深秋的下午，天空和空气都有几分阴郁，不过，体感还算舒适。

卡夫卡提到了雅各布教堂里挂在铁链上的一只手。

卡夫卡博士提议，雅诺施响应，两个人走进教堂去看那只手。

铁链从天花板垂下来，上面挂着一根熏黑的、残留着干枯的肌肉和筋的遗骨。从形状可以看出是一只连同下臂的人手。它是 1400 年或 1618-1648 年战争后不久，从一个盗贼身上砍下来挂在这儿作“永久纪念”的。

关于这只手，有一个神奇的故事。

雅各布教堂有许多小祭坛，其中一个上面有圣母玛丽亚的木雕塑像，塑像上挂满了一串串金币银币。几百年过去了，卡夫卡博士和雅诺施看见的还是原样。

一个退役的雇佣兵（也许是战败后逃脱的）看见这些金币银币，忍不住起了盗心，躲进一间忏悔室，等到教堂关门再出来行窃。他走到祭坛前面，爬上司事点蜡烛常用的高凳，伸出手去摘那些金银，手却突然变得僵硬。这个窃贼以为是木雕塑像卡住了他的手，使出全身力气想把手抽回来，可是一点用也没有。第二天早上，被司事发现时，盗贼还站在高凳上，已经筋疲力尽。司事叫来修道士，两人想尽一切办法，也不能把盗贼的手从塑像上取下来。于是市长叫来了刽子手，只一刀就把盗贼的手臂砍断了。这时，塑像也“松了手”，手臂掉到了地上。

自然，这一幕发生时，教堂拥来了很多围观的人。

人们为这个盗贼包扎好伤口。几天后，他因企图盗窃教堂财物被判处多年监禁。刑满后，他做了方济会的杂役。砍下来的手，就这样挂在铁链上，并简单地配了图画和一段说明性文字，包括拉丁文、德文和捷克文。

卡夫卡看了一会儿干枯的手臂，扫一眼小木板上的文字，就出去了。雅诺施跟在后面。

“很可怕，圣母奇迹当然只是强直性痉挛。”当时还是高中生的雅诺施说。

“但这种痉挛是怎样产生的呢？”卡夫卡问他。

“可能是某种突然产生的内心顾虑。盗贼渴望得到圣母装饰，被这种欲望掩盖的宗教感情突然被他的盗窃行为震醒了。他的宗教情感比他设想的要强烈得多，因而他的手僵硬了。”高中生回答说。高中生写的诗已经得到卡夫卡的赞赏，自然是个不简单的高中生。

“对！”卡夫卡点点头，他挽住了雅诺施的胳膊，说了下面这一大段话：

“对于神圣东西的渴望，伴随而来的对亵渎圣物的羞愧，以及人所具有的正义感，这一切是强大的、不可战胜的力量，一旦人违背这些东西，它们就会在他身上顽强反抗。它们是道德上的调节力量，因此一个人要在世界上进行某项犯罪行为，他总是先要压垮自己身上的这些力量。要犯罪，总要先在心灵上肢解自己。那个要偷塑像上装饰品的人未做到这一点，因此他的手僵硬了。他是被自己的正义感麻痹的。对他来说，刽子手的那一刀并不像你认为的那样可怕，相反，惊恐和痛苦给他带来的是解脱，灵魂的肢解为刽子手对他肉体的伤害所取代。这样，这个连木偶也不能偷的一个可怜的退役兵就从良心的痉挛中解放了出来，可以继续做人了。”